[鹿 小 姐 书 系]

喜欢我 好像 我的医生

+ 蘑菇味桃子 著

百花洲文艺出版社
BAIHUAZHOU LITERATURE AND ART PRESS

图书在版编目（CIP）数据

我的医生好像喜欢我 / 蘑菇味桃子著. —南昌：
百花洲文艺出版社，2018.10
ISBN 978-7-5500-3033-6

Ⅰ．①我… Ⅱ．①蘑… Ⅲ．①长篇小说—中国—当代
Ⅳ．①I247.5

中国版本图书馆CIP数据核字（2018）第223431号

出 版 者 百花洲文艺出版社
社　　址 江西省南昌市红谷滩世贸路898号博能中心Ⅰ期A座20楼　　邮编：330038
电　　话 0791-86895108（发行热线）　0791-86894790（编辑热线）
网　　址 http://www.bhzwy.com
E-mail bhzwy0791@163.com

书　　名 我的医生好像喜欢我
　　　　 WO DE YISHENG HAOXIANG XIHUAN WO
作　　者 蘑菇味桃子
出 版 人 姚雪雪
出 品 人 周　政
特约监制 杨翔森　曾筱佳
责任编辑 袁　蓉　刘玉芳
特约编辑 张　靓
封面设计 周　丽
版式设计 李映龙
封面绘制 Paco_Yao
经　　销 全国新华书店
印　　刷 长沙鸿安印刷有限公司
开　　本 880mm×1230mm　　1/32
印　　张 9
字　　数 276千字
版　　次 2018年10月第1版
印　　次 2018年10月第1次印刷
书　　号 ISBN 978-7-5500-3033-6
定　　价 35.80元

赣版权登字：05-2018-410

目录
CONTENTS

豆瓣。

"八卦来了"小组。

《我的医生好像喜欢我》。

来自：Jessica（恋仲）。

如题，也不知道是不是楼主自恋，但我隐隐感觉到，我的医生好像有点儿喜欢我。

医生的话，楼主就叫他C吧。

C很高，楼主一米七一，都需要抬起头才能跟他对视。C瘦瘦白白的，书生气很重，精英气质浓厚，看起来年纪挺小的，有种反差萌。在我的印象中，一般情况下，医生都挺高冷的，我以为C也是这样的，但实际上C还挺有亲和力的。

楼主的颜值妆前四分，妆后五分吧。楼主受了伤，特别憔悴，知道自己在医院那段时间肯定不好看。我感觉C的颜值是有七分的，穿上白大褂的样子就有八分。我对穿制服的男人都有执念，嘿嘿。

事情还要从半个月前说起，那时，我出了一场车祸，然后，我的腿断了。

路嘉吃着程一恒买给她的零食，用三根手指操作着鼠标，一边看着F1赛车比赛，一边浏览着豆瓣的网页。这场比赛精彩绝伦，已经进入白热化，两个最有力的冠军争夺者的车身并排着，眼看就要撞上，观众都为之提了一口气。在两个冠军争夺者里，一旦有人犯错，就意味着彻底出局。就在最后关头，旁边那辆赛车一个打滑，被对手的车在一秒钟内超过，哨声响起，在车迷的尖叫呐喊声中，比赛结束。路嘉关掉视频网页，伸了个懒腰，打开豆瓣小组。

在"八卦来了"小组，这个《我的医生好像喜欢我》的帖子已经码了一百多页的楼。

"哇，小甜文的经典开场套路！我闻到了甜的味道，楼主多多发糖啊！"

"最近怎么流行小狼狗、小奶狗啥的，只有我一个人不知道小狼狗和小奶狗是什么意思吗？"

"楼主怎么断个腿都能走桃花运？我是断头都走不了。"

"C比楼主小几岁？"

楼主回复："C比楼主小几岁？呃……感觉得有个三四岁吧。C看上去很年轻，白白瘦瘦的。身高？楼主偶然看过他的体检表，他好像有186.5厘米。"

"这文风，楼主写手无误。"

"现在的人心思怎么这么重，随随便便一个帖子就说人家是写手，就算人家是写手，又没收你的钱，瞎嚷嚷什么呢？"

半个月前，身为摩托车赛车手的路嘉出了一场车祸，腿断了，面临必须截肢的困境，主治医生认为她的情况不适合动手术，不愿意担风险，建议截肢。在这种情况下，程一恒以一个骨科实习医生的身份，排除万难，顶着巨大的压力，给她的腿动了手术。

此刻，路嘉将戴着护具的腿放在程一恒家的电脑桌上，以奇怪的姿势浏览着网页。端着牛奶进来的程一恒看到她的姿势，随口问了一句："你这么放着腿，不会觉得腿酸吗？喝杯牛奶，少吃点儿零食，你是个赛车手，记得管理身材。"

路嘉目不转睛地盯着电脑屏幕，甚至都没注意到程一恒进来了。不满自己被忽略的程一恒想找存在感，凑了过去："你看什么呢，笑得这么开心？"

路嘉被吓了一跳，差点从椅子上摔下来。程一恒扶了她一把，她回头看到程一恒，担心自己的小心思暴露，手忙脚乱地想要关掉网页，没想到程一恒先一步将牛奶放在了电脑桌上，脸跟着凑到了她眼前。

路嘉戴着护具的腿依然搁在电脑桌上，她把腿挪下来是来不及了，关网页也来不及了，索性扑过去，用雏鹏展翅的姿势抱住电脑。她的动作这么大，本来电脑桌就不宽，就这么带倒了旁边的杯子。

杯子被打翻，里面装的牛奶洒了一桌，流下来的部分蹭了路嘉一身。

"哎呀！"两人不约而同地叫了一声。程一恒的第一反应是抽了一沓纸巾，帮路嘉清理她衣服上的牛奶，而她选择紧紧地抱住电脑屏幕，像大灰狼来袭时死命护住小鸡的母鸡一样。

程一恒帮她清理完衣服，皱着眉头说："不行，你得去换一件衣服。"

路嘉全然没听到程一恒说了什么，专注地抱着自己的电脑。

程一恒纳闷，问道："电脑上有什么见不得人的东西吗？"

路嘉撇撇嘴，一顿猛摇头："没有。"

"那为什么不能给我看？"程一恒问。

"给你看咯！"路嘉先把屏幕转向自己，点了几下鼠标，然后把电脑屏幕转向程一恒，点开刚才的F1赛车比赛视频，跟程一恒一起重温了一下最经典、最刺激的画面：一辆赛车如闪电般连续超车，好几次都要撞上别人的车屁股了，又巧妙地避开，就像在表演一场得心应手的魔术。

可是，这场魔术失败的代价很有可能是让人付出生命。

程一恒很快被F1赛车比赛吸引，忘记了追究路嘉。比赛越来越紧张刺激，程一恒看得攥紧了拳头。

"看赛车果然就是要看疯狂而危险的场面啊。"比赛结束后，他感叹道。

路嘉干笑了两声，故意挤出一抹笑容："比赛看完了，我要换衣服了，你不出去吗？"

"哦。"程一恒准备乖乖退出去。路嘉松了一口气，无意识地关掉了F1赛车比赛的视频网页。程一恒不经意瞥到电脑屏幕上没来得及关掉的豆瓣网页，上面显示着一个加粗的帖名：《我的医生好像喜欢我》。

程一恒会心一笑，退出路嘉的房间，然后带上房门。

清理完四周的狼藉，换了一身衣服，路嘉再次艰难地把腿放在电脑桌上，点击编辑帖子。

"一月十一日更新——高亮！

楼主吃着C给楼主买的零食，正准备更新帖子呢，结果他端了一杯牛奶进来，差点就让他看到帖子了！还好我机智，捂住了电脑屏幕，结果把牛奶打翻了。他立刻抽了一沓纸过来，帮我擦身上的牛奶。他擦到我的脸时，那个眼神温柔得……我差一点儿就沦陷了！"

路嘉编辑好发出去后，底下立刻就有了新的评论：

"莫名有点甜儿？楼主的意思是，你已经跟C同居了？"

"我也想断腿！再赐我一个C吧！"

路嘉心满意足地吃完最后一包辣条，在评论中挑有趣的回复。其中一条回复是："楼主可以详细地说一下跟C的相遇情形吗？想听细节（星星眼）。"

如果非要追溯路嘉跟程一恒相遇的源头，就得说起那场车祸。其实，事情是这样的：一个月前的一个晚上，作为现役职业女摩托车赛车手，路嘉正在为参加亚洲女子公路摩托车锦标赛决赛做准备。可就在比赛的前一天，她接到另一名决赛选手华庭的邀请，对第二天的决赛进行预演。她本想拒绝，却没经受住华庭的软磨硬泡，最后赴约了。没想到，在预演的过程中，两人因为速度太快，在她撞到路障后，紧随其后的华庭直接撞到公路护栏，然后冲下了山崖。

路嘉醒过来时，已经身在医院了。她闻着消毒水的味道，看到自己的右腿被高高吊起，病房里没有其他人。

当时她还不知道发生了什么事，只依稀记得自己撞上了路障，整个人飞了出去，车跟着摔出去好远，没来得及报警，她就晕了过去。车会打滑、撞上路障，是因为车开出去后没多久，天气状况突然变得极其糟糕，原本月明星稀的夜空，忽然间乌云密布、狂风大作，不一会儿就暴雨倾盆。在她的记忆中，A市很久没下过那么大的雨了，天空就像被机枪扫射成了筛子，暴雨狂泻而下。

在病床上不知躺了多久的路嘉坐起来，揉了揉后脑勺，感觉后脑勺依旧很痛。有个护士进来，看到她醒了，撑开她的眼皮，然后观察了一下，在她的腿上又捏又敲，最后拿出笔在本子上写写画画一通，抬起头跟她说："你醒了？身体还有哪里疼吗？"

路嘉看到自己被包扎得跟木乃伊似的腿，稍稍动了一下，钻心的痛感像电流一样传遍全身，她忍不住号了一嗓子，被护士一顿训斥："叫你动了吗？还想不想要你的腿了？你们这些飙车党真是的，一个死了，一个腿断了，还不当回事呢！"

路嘉没顾刺耳的"飙车党"三个字，问："你说什么？谁死了？"

"跟你一起飙车的那个人，送来医院抢救了，没救回。"

路嘉手捂着太阳穴，心道：护士是说，华庭死了？

怎么可能？她撞到路障飞出去时，明明看到华庭的车速已经慢了下来，还以为是华庭送她来医院的。

"你是不是搞错了？"路嘉问。

护士很不耐烦地扔下一句"自己去太平间看不就得了"后，就离开了病房。

路嘉努力撑着身子坐起来，想追问护士到底怎么回事，但是护士已经不见踪影，只见一个穿着白大褂的年轻医生走了进来，胸牌上明晃晃地写着"骨科：程一恒"几个蓝色宋体字。

这个程医生站在路嘉面前，眼睛红红的，像刚刚哭过，又像熬了几个通宵，精神状态欠佳。但长得好看的人身上的光芒是遮不住的，特别是他的个子高得让人瞩目，路嘉的目光停留在他的五官上就挪不开了，他红红的眼睛跟挺拔的鼻子让他看上去像冬日的雪人。路嘉觉得，这人虽然长得精致，但是带着些傻气。这就是路嘉第一眼看到程一恒时对他的印象。

程医生简短地向路嘉转述了主治医生的意见："截肢，并且以后不能再骑车。"

转述完意见，程一恒又说："有个警察在门外等你几天了，你现在醒了，要叫他进来吗？"

路嘉心想：我这就睡了几天？

她还来不及回答，便听到门外一阵喧哗，似乎有很多人拥挤在病房门外。路嘉眼睁睁看着病房门轰然倒地，一声巨响后，如同千军万马挤地铁一般，一群人拥了进来——病房门竟然被挤塌了。

这群举着话筒跟相机的人，踩着躺在地上的病房门冲进来，队伍的最后是一个穿着制服的警察。他们挤作一团，丝毫不顾在一旁呐喊、制止他们的警察，闪光灯不断在路嘉头上闪耀，就差贴着她的脸拍了。

"你们警察到底来这儿干吗的？参观动物园吗？"路嘉吼了一声，被挤蒙了的警察才想起要去阻止疯狂的记者们。无计可施的警察只能使出全身的力气拦腰抱住离路嘉最近的记者。被警察抱住的记者仍旧不死心，高举着话筒喊道："路嘉，作为一名职业赛车手，你应该知道私下里飙车是很危险的行为。对于华庭在跟你飙车的过程中发生车祸、不幸离世的事情，你有什么要说的吗？"

路嘉面无表情的脸上终于起了一点儿波澜，脑海中关于"华庭是不是真的死了"的疑问一闪而过，她推开贴到脸上的相机："首先，那不叫飙车，只是我们私下约定的预演而已。其次，对于华庭的事情，我表示很遗憾。你还有什么要说的吗？"

记者咄咄逼人，路嘉不甘示弱地回击。

"你不觉得自己应该对华庭的死负责吗？你俩作为本次亚洲女子公路摩托车锦标赛决赛冠军的最有力竞争者，她死了，你是不是可以顺理成章地坐上王位，从此头顶'妖精女王'的称号？"

"妖精女王"原本是用来形容华庭的。

华庭年纪轻轻就获得过好几次女子摩托车比赛的国际冠军，是摩托车赛车界冉冉升起的一颗新星，没想到会以这样的方式陨落。

路嘉跟华庭的成绩差不多，属于后起之秀，这几年正当大势，颇有超过华庭的气势。以往两人一起参加过不少比赛，从胜负率来看，路嘉要略高一筹。这次亚洲女子公路摩托车锦标赛，是确定路嘉能否正式上位的决定性比赛，也是华庭能否保住自己地位的关键性一役，重要性对两人不言而喻。

两人为什么会在这种情况下私下约定进行预演？这给人想象的空间实在太多。

但对于路嘉而言，单单是因为她不太会拒绝人，所以造成了严重的后果。

面对记者的逼问，路嘉没再回答，只是定定地坐着。

她看向在场唯一穿着警服的人，问了一句："华庭真的死了吗？"

现场瞬间安静了下来，那个试图通过抱大腿阻止记者拍摄的警察一开始还没反应过来，直到感觉到路嘉冰冷又炙热的目光，才如梦初醒般点了点头："是的。华庭在现场撞上了公路旁的护栏，由于道路两旁都是山崖，华庭骑车的速度太快，结果连人带车坠入山崖。路过车辆的车主发现你倒地后，报了警，打了120。我们赶到现场时，120的人正要抬走你。而我们第二天早上才在山崖下找到华庭，当时她已经奄奄一息，送到医院抢救后，于昨晚因伤势过重而去世。"

路嘉有点儿蒙，捂住头，觉得整个脑袋嗡嗡作响，脑子里被揉进了很多东西，杂七杂八的，让她根本无法进行正常思考。她怎么也想不到，华庭会死掉。按理说，在那种情况下，她已经出事故了，华庭在她后面目睹了全程，完全有可能避免出事。

到底是为什么？

在她撞到路障、晕过去之后，华庭都发生了些什么？

老实说，她跟华庭不熟，一次赛车的预演，就要让她背负一辈子害死华庭的骂名，她担不起，也不会担。

路嘉当场下定决心，一定要搞清楚车祸背后的真相。

原本场面已经混乱无比，突然有一男一女两个中年人冲进病房，不顾一切地挤开记者跟警察，在大家还没反应过来之前，女的提起一个保温桶就往路嘉身上泼，男的则死死地按住路嘉。

记者马上像看好戏似的打开相机，一顿狂拍。换作以前，路嘉早就一脚把这个按住她手的中年男人踢开,可现在她的腿完全使不上力,只能做案板上的鱼肉。她狂躁地蹬了几下腿:"你们医院的人呢?这么多人,又是记者,又是警察的,难道今天要让我死在这里?"

好在医院的保安闻风而来,先把按住路嘉的中年男人拉开,再试图去控制情绪更为激动的中年妇女。然而,中年妇女的力气大得惊人,两个保安愣是没拉住她。她泼了路嘉不算,还冲上去对路嘉拳打脚踢。

路嘉早就被激怒了,现在当然不可能坐以待毙。她一把攥住中年妇女砸过来的拳头,打算回敬中年妇女一个单手骨折。中年妇女提起一旁的保温桶,砸到了路嘉的额头上。这还不算,本来好不容易被保安控制住的中年男人,挺着他的啤酒肚,排除万难,挣扎开来,挤到路嘉的面前,抡起拳头就想给她一拳,她本能地用手臂去挡了一下。

紧接着,路嘉眼前一片模糊,觉得自己可能要死了。

迷迷糊糊中,有个气味很好闻的穿白大褂的人抱起了她,在医院保安的帮助下,带着她脱离了重重包围。她隐隐约约听到那对凶狠的夫妻大喊:"程一恒,你……怎么能帮她?!"

路嘉醒来时,病房里还是没有其他人。过了一会儿,之前见过的那个程医生推开病房门,走了进来。

路嘉揉了揉自己发痛的额头,低头一看,发现自己的病服已经被换了一套,头发也被洗过了,但她还是能隐隐约约闻到鸡汤的味道。

"刚刚打你的,是华庭的爸爸妈妈。今天华庭的遗体从医院运到殡仪馆去火化,上午刚刚结束了告别仪式。"

路嘉的脑子里空荡荡的,却有一道光突然闪过。她揉着太阳穴,一脸狐疑地看着他:"你为什么知道华庭的名字?"

正在整理医疗器具的程一恒后背僵硬了一下:"你们车祸的新闻闹得很大,我自然知道她的身份和名字,说来很巧,我还看过你们的比赛。"

路嘉听完,思考了一会儿。她的背后垫着枕头,醒来之后,一切太过混乱了,她还没有时间好好捋一捋事情的整个经过。

华庭死了。

在那场车祸里。

排除她脑子被撞坏和记忆被删改的原因,她可以确定,自己在撞到路障后，额头被磕出了血，模糊了视线，但她在晕过去前，有十几秒的清醒时间。她清晰地记得，那时，华庭在她的面前，速度慢了下来。她甚至还模糊地记得，华庭下了车，来查看了她的情况……

当然，这都是模糊的记忆，她不能肯定。

警察说，华庭是冲过护栏摔下山崖，从而车毁人亡的，路嘉不信。

出事的前一天，华庭来约她比赛时，她是一点儿也不想答应的。第二天就要比赛，前一天晚上，车手一般不会参加太多活动，而是选择保存体力，便于第二天发挥，偏偏华庭在那个时候找上她。

华庭找上她时，她的第一想法是，华庭想用这种战术耗掉她的体力。在赛车这件事上，有些自负的路嘉全然不在意这种小心思，加上华庭说无论如何也想跟她比一场，她只好舍命陪君子。

没想到，她还真的是"舍命"陪君子了。

在比赛开始前，华庭有意无意地跟路嘉说起，她可能要退役了。

路嘉很纳闷，华庭正值职业巅峰时期，为什么要急流勇退？难道是华庭的状态在不知不觉中已经开始下滑，想给粉丝留下最美好的回忆？

路嘉没有去深究，满脑子只有比赛。赢得比赛，她就可以飞去欧洲跟闵璐会合，来个欧洲五国深度游。

现在别说欧洲，她连A市都出不了，不对，X医院都出不了。

其实，她现在想起来，华庭那天晚上的状态就已经有些不对劲了。华庭看她的眼神里，总隐隐约约泛着泪光，她想，华庭可能是迎风流泪。她没有想太多，结果就出了这样的事情。

在路嘉思考时，程一恒又说起截腿的事情："我们主任的意见就是截……"

"不截。"路嘉的思绪被"截肢"二字拉回，比起弄清楚华庭车祸死亡的真相，现在最紧要的是保住她的腿，她暴躁地打断一恒的话，"你想办法把我的腿保下来，能不能骑车这点不用你管。"

医生见惯了呼天抢地砸东西的病人，没见过这么理智却比无理取闹还让人头疼的病人。

"其实，不是不能动手术，但是很难，风险很高。如果你有充足的时间，可以考虑出国，但你的腿可能等不到出国就坏死了。"

"我愿意承担风险，动手术吧。"路嘉轻描淡写地答道。

"主任的意见还是截肢……"程一恒还在坚持。路嘉有些不耐烦地"啧"了一声，瞪了一眼程一恒。她已经表达清楚了自己的意见，不想再听到别人啰唆。

看到她不耐烦的样子，程一恒又说："或许我可以试试，如果你不介意我只是实习医生的话。"

路嘉看了他一眼，心里有些犹豫。一个实习医生，真的可以吗？

"为什么你们的主任医生不给我做手术？"

"主任马上到退休的年纪了，最近正在评名誉院长，口碑很重要。"程一恒话里的意思不言而喻，意思就是，主任医生不愿意承担风险。

"所以这个风险由你承担，对吗？还是说，你愿意主动承担这个风险？"

程一恒一言不发地看着路嘉，掏出笔在本子上记了什么："你这么理解也可以。"

路嘉还想问点儿什么，程一恒却被护士叫走了。

因为一点儿好奇心，路嘉拄着医院给她配的拐杖出去溜达，打听到程一恒是以最好的成绩从华西毕业的骨科学生，这让她稍稍放心了一点儿。她又问了一圈儿，得知程一恒在X医院的实习生当中，实力是数一数二的，参加过很多场大型手术，主刀的经验尽管不多，但口碑不错，大家觉得他的实力与运气并存。但是，对于她的这场手术来说，程一恒作为实习医生，做这种事情其实是很冒险的，几乎是赌他的前程。

其实，路嘉倒不是很关心这种生死攸关的手术是由一个初出茅庐的实习医生还是经验无数的资深医生来为她做。在这种事情上，她还是信奉那句话：不管白猫黑猫，抓到老鼠就是好猫。

路嘉打听结束，路过程一恒的科室，看到他挂在衣架上湿漉漉一片的白大褂，走近了，闻到鸡汤的味道。她突然反应过来，那个白大褂医生原来是他，他帮了她。

"咚咚咚。"路嘉敲了三下程一恒办公室的门。正在写字的程一恒抬起头来看着她，露出礼貌的微笑："路小姐，你有什么事吗？"

"程医生，我听说你是这个医院里最有前途的实习医生，"路嘉看着程一恒的胸牌，说，"我希望你能保住我的腿，也能保住你的前程。"

程一恒笑了笑："重要的不是我的前程，是路小姐的腿。我会尽力的。"

路嘉摇头："不是尽力，是必须。如果我残了，你下半辈子也不会好过。"

手术定在三天后进行。

这样的手术，程一恒是第一次做。骨科的主任医生，也就是教授，答应在一旁观摩指导，如果遇到临时事故，可以出手搭救一把。

路嘉对手术方案没有异议。

病人最爱问手术成功的概率，路嘉压根就没想起来过问。

对她而言，不是百分之百，就等于零。

动手术前，医院提出，要程一恒跟路嘉签免责协议，两人都没同意。人家一个实习医生愿为她赌上前途就不容易了，不必真的拿一纸协议去威胁他，徒增压力，她是这样想的。可是程一恒在得知她也没有签协议的时候，急匆匆地跑来病房："路小姐，听说你没签免责协议？！"

"对啊。"路嘉吃着水果，看着F1赛车的直播，毫不在意地说。

"我个人建议，你还是签一下，万一出了事故，你要求赔付的话，会容易一些……"

"没有万一。"路嘉打断他，"你去忙吧，程医生，不用劝我签这个免责协议了，我不会签的。"

"那……"程一恒问，"你的家人呢？你是不是要通知他们一声，跟他们讨论一下再决定？"

"我是个孤儿。"路嘉放下手中的橘子，"十四岁那年，我父母出车祸去世了。"

"那还有没有其他……"

"没有。"路嘉有些不耐烦了，"程医生，你赶紧走吧，别打扰我看比赛。你好好准备手术就行了。"

动手术的前一天，程一恒照例去跟病人路嘉聊天。路嘉躺在病床上，脚挂得老高，正在回看自己一周前的比赛，总结经验和教训。

程一恒凑过去看了一眼："马上就要手术了，你一点儿都不紧张吗？"

"正是因为马上就要手术了，我很快就会回到赛场，所以才要抓紧时间分析。"路嘉对自己能重回赛场深信不疑。

程一恒看着她自信满满的样子，有些不忍，试图找话题："我看过你的比赛。"

"哦？"路嘉挑眉，"然后呢？"

"路小姐，我觉得你很厉害。"

"谢谢。希望你的医术能跟我的赛车技术一样厉害。"路嘉说。

原本手术时间已经定了，但是骨科的一个吴姓副主任突然发难，不同意让程一恒主刀路嘉的手术。

原因很简单。吴副主任说："路嘉可是现在的热点人物，万一她的手术失败了，那么会有人质疑我们医院的实力，会给我们骨科抹黑。这手术本来难度就高，成功率又低。如果成功了，现在外面的人都说她害死了华庭，都在讨伐她，我们医院会跟着受牵连。"

一直带着程一恒、相当程一恒半个老师、同样是骨科副主任的周医生出来反驳："医者父母心，就算是犯罪分子，我们该救的还是得救，我们的天职是救死扶伤，审判犯人，那是法院的职责。"

"那如果手术失败了，周副主任能引咎辞职吗？"吴副主任毫不客气地说。

现场的气氛似乎都凝固了。大家都知道，目前，教授要退休了，去当名誉院长后，骨科主任医生的位置自然就会空出来，两个副主任已经等这个机会很久了，没有人肯轻易放弃。二人的实力和口碑都相当，谁上谁下，目前来说，任何人无法判断，两人只能不断地给自己增加砝码，才好有最后谈判的资格。

周副主任咬着牙，答应了吴副主任提出的要求。

战争白热化了。

程一恒的压力越来越大，如果非要坚持做手术的话，不仅要赌上他自己的未来，还要赌上一直带着他、跟他亦师亦友的周副主任的未来。

路嘉听说了这个小插曲后，拄着拐杖去找程一恒，故意调笑他："没想到我这么厉害，引骨科英雄医生竟折腰啊……"

背对着路嘉、没有察觉到她出现的程一恒正看着手机发呆，听到她的声音，被吓了一跳，赶紧把手机锁了屏。在程一恒锁屏前，路嘉隐约看到了一个女人的照片。由于程一恒的动作太快，她没看清楚屏幕上的人的长相，只知道是个女人。能让程一恒在压力这么大的情况下对着照片发呆的女人，一定是他喜欢的人吧。

程一恒像被戳破了秘密，慌张地起身，催促路嘉："路小姐还是回病房休息，等待手术吧。你这样四处跑，对腿没好处的。"

路嘉撇撇嘴，回了病房。

手术时间定在早上，一共进行了十一个小时，从日出到日落，程一恒被汗浸湿了三件洗手服，中途停下来休息了五次。

当手术室灯灭时，程一恒是跟路嘉一起被推出来的。

他缝完最后一针，在确认后，就虚脱得一屁股坐在了地上，只能被护士扶到另一张移动病床上，然后被推出来。一直在旁观手术的周副主任的手掌沉沉地落在他的肩膀上："一恒，你不愧是我最看好的学生。后生可畏啊。"

手术成功了。吴副主任甩袖离去，周副主任笑逐颜开。一番角逐之后，鹿死谁手，非常分明。

半个小时后，麻醉剂的药效过去，路嘉醒了。

在漫长的手术过程中，一次性麻醉剂的药效根本撑不了多久，中间好几次，路嘉彻底清醒了，瞪大眼睛看着全副武装的程一恒。

她的眼神那么赤裸裸，看得程一恒心里发毛。透过护目镜，他跟她四目相对，不知道为什么，他当时的第一反应是想捏住她的嘴巴，看她做金鱼嘴。

路嘉这么高冷的人做金鱼嘴，肯定很搞笑吧？手术中的程一恒想。

第一针麻药的劲儿过去时，尽管额头上已经渗出了豆大的汗珠，但路嘉的嘴跟蚌壳一样坚硬，一声疼都没叫过。后来还是程一恒看不下去了，让护士赶紧给路嘉加麻药。

路嘉还是无动于衷，程一恒只能从她的眼神是坚定还是迷离，来判断麻药是否对她起作用了。

做完手术、被推回病房的路嘉醒来后，立刻摸到床边柜子上的手机，给程一恒打电话。

"程医生，你的前程保住了吗？"

程一恒刚睡着，又被电话吵醒，他声音嘶哑，虚弱地说："保住了。"

"恭喜你。"路嘉挂了电话。

程一恒累得不行，又沉沉睡去。

他醒来时，被吓了一跳。路嘉撑着拐杖正站在窗前，纹丝不动地看着他，看得他的后背一寒。

"路小姐，有什么事吗？"

"我什么时候可以出院？"

听到这话，程一恒松了一口气，原来是问这个。但路嘉问他这话时的表情跟一个杀手问"我现在可以杀你吗"的表情如出一辙，吓得他的毛孔都扩大了。

自从他接手路嘉以来，不论事情大小，路嘉总是一个电话打过来，不管是清晨还是深夜，更不用说他是在上班还是已经下班。

在路嘉那里，不存在时间问题。

"你还得留院治疗一段时间。出院的话，要看恢复情况。你如果恢复得好的话，大概一个月后可以出院；如果恢复得不理想，肯定需要更长的时间。"程一恒知道她肯定要问具体的时间，干脆一并回答了。

"太久了。"路嘉说。

"不算久了，伤筋动骨还需要一百天……"程一恒说这话时，路嘉已经拄着拐杖一瘸一拐地离开了他的办公室，他这才意识到那句"太久了"是路嘉的自言自语，并不是对他说的。

他有种预感，她可能要人为减少恢复时间。

看着她蹒跚的模样，程一恒突然想笑。也许是做手术太累了，大脑的反应竟然慢过了身体，程一恒真的笑出了声。

听到笑声的路嘉停下来，回过头，一脸迷茫："程医生，你笑什么？"

程一恒有些慌乱地拿起手机："这上面有个笑话。"因为他太慌张，手机没拿稳，摔落在地，手机屏幕立刻炸开，跟蜘蛛网似的。

程一恒小声而惊讶地叫了一声。路嘉淡淡地看了一眼"开花"的手机，拄着拐杖自顾自地走了。

不过，很快，她就被逼回程一恒的办公室。这趟她回来得很着急，因为行动不便，东倒西歪，拐杖不知所踪。

"快关门。"路嘉迅速说。

程一恒来不及缅怀自己的手机，立刻起身扶住路嘉："怎么了？"

路嘉警惕地推开他的手，凶神恶煞地说："关门！"

程一恒立马去关门，关到一半，有半个身子挤了进来，举着相机，快门声"咔嚓咔嚓"地响，这人的嘴里还在不停地喊："路小姐，请问华庭的死是不是跟你有关系？听说你是不想她在亚锦赛上赢过你，所以才在比赛前一天约她出去飙车的。你可以解释一下，你为什么这么做吗？"

镜头就像长枪炮一样对着路嘉猛拍，她只能趴在程一恒的办公桌上，躲避拍摄。因为先前的奔跑，她狼狈地喘着气。

路嘉埋着头，咬牙切齿，紧捂着耳朵，表情十分痛苦。

程一恒见状，用自己的身子挡住路嘉，试图把记者推出去："不好意思，这是我的办公室，不接受采访。"

记者把注意力转移到了程一恒的身上："请问，你是路嘉的主治医生吗？你对于路嘉的这种行为有什么看法？明明是杀人凶手，却可以逃脱法律的制裁……这种介于法理跟情理之间的事，你会选择什么？"

"砰——"

随着一道猛烈的关门声，记者烦人的声音被隔绝在外，但屋里的人还是能隐隐听见拍门声。

程一恒转过身，发现路嘉还趴在办公桌上，戴着护具的伤腿单吊着，不合身的病服让她看上去更加瘦弱。

路嘉刚被送进医院时，还穿着她平日里被媒体拍到的经典装扮：黑色夹克衫、皮裤和一双马丁靴，脸上化着妆，看上去飞扬跋扈，虽然脸上血迹斑斑，但还是能让人看出，她清醒的时候，应该是一个让人心生畏惧的人。

没想到，素颜的时候，她整个人看上去暗淡无光，但也温柔多了。

"你没事吧？"程一恒将手搭在路嘉的肩膀上，想多关心她一点儿。

路嘉往后一推，甩开了他的手："不用你管。"

"我要出院。"路嘉斩钉截铁地说。

程一恒心里咯噔一下，抬头看了一下墙上的挂钟："已经凌晨一点了，大厅缴费处的同事早就下班了，没办法办理出院手续。"其实，程一恒在骗她，大厅里有人二十四小时值班。

"手续你给我办，我现在就要出院。"路嘉雷厉风行，起身就要去开门。

程一恒拉住她："你不怕那些讨厌的记者还在门外守着？他们没吃着鸡肉，可不会这么容易收手。"

路嘉的眼珠子转了转，似乎在思考程一恒说的话。

"他们为什么要吃鸡肉？"

"……"程一恒想，路嘉可能不太了解"黄鼠狼给鸡拜年"这个典故。

不过，还好，程一恒用记者震住了路嘉，她没有再继续吵着要出院。

她坐在程一恒的办公室里，戴着护具的腿放在他的办公桌上，抬得高高的："如果我今天跑了，你是不是要挨批评？"

程一恒："……"

路嘉想，一定是因为这样，程一恒才不敢让她溜了。

"你为什么这么晚还不下班？"

"我……今天值班。"

"那你能帮我解决那些记者吗？"路嘉没头没脑地说了一句。

程一恒一时不知道怎么回答："你说的解决，是什么意思？"

"比如放风，跟记者说，我转院了什么的。反正，你自己想办法。"

程一恒本来想回"我为什么要想办法"，又听路嘉说："我会给你钱的。单独算在住院费之外。你觉得多少合适？十万够吗？如果你觉得不够，尽管开口。"

听到十万这个数字，程一恒差点就笑了。对其他医生，尤其是实习医生来说，十万几乎是他们一两年的工资，做这么一件简单的事情，就能拿十万，几乎等于空手套白狼，谁都会欣然答应，但是十万块钱对程一恒来说，实在算不了什么。

如果是在其他场合，程一恒会觉得，这样大方的路嘉酷毙了。可是，依他对路嘉的了解以及从华庭那里听来的对路嘉的描述，他知道，路嘉此刻不过是扮猪吃老虎罢了，想要装老虎吓他，没想到被他看穿了，她是一只纸老虎。

"路小姐，我做这些，不是为了钱。"程一恒说。

"哦?"路嘉挑了挑眉毛，她本来在程一恒电脑上搜了一部恐怖片，然后点开视频，看得津津有味，听到这话时，移开目光看着他，"你冒那么大的风险给我做手术，会什么都不图?"

程一恒知道路嘉误会他了。

也对，不管是谁，病人还是医生，都会觉得程一恒接这个手术目的性非常强：为了出头。

目前，医院存在着两派声音，老的主任医生要退休了，两个副主任医生，总有一个要上位。

不管谁想上位，得力干将必定少不了。

被认为在周副主任阵营的程一恒这次手术成功，在医院看来，这是为周副主任的成功上位打响了冲锋的一枪。

多少实习医生在医院一窝就是好几年，青春耗在这里，出头的就那么几个，大部分还是得去地方小医院。能当上主治医生的，更是寥寥无几，不知道要熬多少年，积累多少人脉。

想在X医院这类全国叫得响名号的医院里混出头，更是难上加难。

"也行。"程一恒没有多解释。有时候，接受金钱是最简单的，不会让事情变得更加复杂。虽然十万块钱对程一恒来说，真的做不了太多事情。

路嘉满意地点点头："你能去帮我买包薯片吗？顺便带一杯奶茶。谢谢。"

她刚刚被记者追得走投无路，现在竟然像没事人一样看起了恐怖片，还要吃零食？程一恒不禁佩服起她的心理素质。

　　程一恒出门，乖乖地给她买了薯片跟奶茶，顺便还买了点儿关东煮和两盒泡面。毕竟他做了一天的手术，滴水未进，她饿了，他也饿了。

　　两人一起窝在程一恒不算大的办公桌前，关了灯，"哧溜哧溜"地吃着泡面。

　　凌晨两点，路嘉在看《小丑回魂》。程一恒陪她看了一半，起身说："我现在得去查房了。你一个人在这里小心点儿，有什么事就给我打电话。"

　　现在的记者为了第一手新闻也是什么事都做得出来，万一他不在，又有人冲进来，毫无行动能力的路嘉一个人在这儿，肯定会出事。

　　尽管不放心，程一恒还是出去查房了。

　　等他查完房回来，一边揉揉酸痛的肩膀一边走到办公室，用钥匙打开门时，发现里面空无一人，只有电脑屏幕的荧光还闪烁着。

　　路嘉不在。

　　程一恒有些慌，跑到走廊上，四处看了看，并没有发现路嘉的踪影。他怕打扰其他病人，只能小声地喊着："路小姐——"

　　没有人应。

　　他跑去护士台看监控，却被告知监控有延时，现在的监控要一个小时后才能看到。

　　程一恒无可奈何地回到办公室，看到路嘉带来的拐杖跟着不见了，这才稍稍放了心。拐杖不见，说明路嘉是主动离开的。

　　他尝试着拨了一下路嘉的电话，通了。

　　"路小姐。"他喊。

　　"嗯。"

　　"你还好吗？记者没有跟过来吧？"

　　"挺好的。"路嘉说话似乎有点儿费劲。

　　程一恒担心她是在哪个楼梯上摔倒了，爬不起来，便说："我听着你的声音，感觉你的状态不太好。你要我过来接你吗？"

　　"你确定要来吗？"路嘉问。

程一恒有些不解，但还是点头："确定。"

"那好吧。"路嘉说。

程一恒随即听到拐杖拄地的声音和水箱冲水的声音。

"我在女厕所，脚麻了。你来接我一下吧。"

程一恒赶到女厕所时，路嘉倚在门口的墙上，看上去脸色很正常。程一恒走过去扶她，并且接过她手中的拐杖。

可路嘉刚跳着走了几步，就不动了。

程一恒回过头，纳闷地看着她："怎么了？"

"脚……"路嘉指着自己的一只脚，"麻了，跳一跳就更麻了。"

程一恒无奈地看着她，换了一只手拿拐杖，半蹲下身子，弓起背："上来吧，我背你过去。"

路嘉费了点儿时间才爬上程一恒的背，因为脚用不了力，只能靠手。她又怕自己太过用力去抓程一恒的肩膀的话，两人会一起往后仰，到时候，两人同时摔个狗吃屎就难看了。

好在尽管路嘉用力，但程一恒也稳住了。

等路嘉爬上程一恒的背，程一恒把她往上托了托。

厕所距离程一恒的办公室大概只有一百米，程一恒背着路嘉往前走，刚走出没几步，就看见几个人围在他的办公室门口。

"又是记者。"路嘉低声说。

"这群人怎么跟狗皮膏药似的。"

"这么大个新闻，肯定得深挖。谁拿到一手料，就等于拿到一大笔钱啊。"路嘉说。

"那我们现在去哪里？"程一恒偏过头，想问路嘉，可路嘉正好趴在他脖子的位置，他一偏头，两人的脸就贴在了一起。

程一恒立刻移开，路嘉倒显得很镇定。

过了一会儿，路嘉感受到了程一恒的脸在冒热气。她毫不顾忌地伸出手摸了一下程一恒的脸，有点儿发烫。

"程医生，你在害羞吗？"

"不是，我背了你这么久，很费力的。"程一恒有些吃力地说。

路嘉意识到自己的体重快一百斤了，于是从程一恒的背上滑下来。程一恒想阻止她，但她已经落地。

"我们去别的地方吧。今天晚上，我们可能暂时不能待在医院了。"程一恒说。

"去哪儿？"路嘉问。

"医院旁边有不少酒店，供病人家属住的，如果你不介意的话……"话一出口，程一恒就有点儿后悔。医院旁边的酒店，看上去都不怎么上档次，无非病人家属一个落脚的地方，更提供不了什么优质服务。像路嘉这样的知名赛车手，不管到哪儿住的都是五星级酒店，让她去住路边的小酒店，实在有些委屈她。

"行。不过你得记住我说的事情。"她是指换病房的事情。

程一恒扶着路嘉，两人放轻脚步，找了一条偏僻的通道离开医院。

"就是明天帮我换个单间的病房，然后对外宣称，我转院了。"

"嗯。"

夜凉如水，黑夜如墨。程一恒扶着路嘉走到了住院部楼下，望着漫天的繁星，背后是灯火通明的住院大楼。

路嘉的手机响了几下。

她拿出手机一看，发现是来自经纪人的一条短信："路嘉，这段时间老板跟我商量过了，让你好好休养，比赛的事情，你就别想了。一切等你的腿好起来再说。"

路嘉想起来了，她车祸后醒过来时，俱乐部老板曾站在病床前，本来想说什么，却被华庭妈妈的闹剧打断了。

她十四岁时就进入了这家俱乐部，老板几乎看着她长大的。她本来以为，老板会看在这么多年的情分上，再给她一次机会。

可是，情分是最不值钱也最没用的东西。

路嘉低下头，迅速地回了几个字："我很快就会养好伤的，等我回来。"

那边没有再回复。

路嘉叹了一口气，知道自己所做的都是徒劳。她把手机递给程一恒看："俱乐部要把我开除了。"

程一恒盯着手机上的这条短信，喉咙有些酸涩。他知道赛场对于她们这些赛车手来说意味着什么，几乎是生命。

现在有人要夺去她的生命，而她只是轻轻叹了一口气。

"那你打算怎么办？"

"能怎么办？等腿好了再说呗。实在没有俱乐部要我的话，我就自己租车比赛呗，只不过很耗钱。"路嘉洒脱地说。

他们走出医院，过马路时，有飞车党呼啸着从他们面前穿过。路嘉的目光落在他们的身上，久久不曾离开。

程一恒第一次从路嘉的眼神中看到了落寞。

他觉得她的洒脱可能不是真的，他跟着她变得有些落寞了。

路嘉看到程一恒在看她，便问他："你看我干什么？"

"看来你真的很喜欢赛车，你是有天赋的。发生了这样的事情，我很抱歉。我相信，你一定可以好起来的。"

"你跟我道哪门子的歉啊，又不是你害我出车祸的。大家都说，医者父母心，你这个人是不是有点儿圣母心啊？"路嘉笑道。她的笑带着一点儿轻蔑，但没有恶意。

"不过，还是谢谢你。"至此，路嘉觉得，程一恒这个人还不错，为她先前在医院对他的态度感到有些愧疚。

"我是说真的。"程一恒说，站在夜晚的马路中间，不管什么红绿灯了，"我看过你的很多场比赛，看过你在赛场上意气风发的样子，你天生属于赛场。"

路嘉耸耸肩，不想再接话，拄着拐杖继续往前走。

程一恒追了上去，两人走进一家装潢还算新的酒店。

前台一边在看婆媳剧一边在嗑瓜子儿，见到来人，起身打量了他们几眼，嘀咕着："腿断了还来开房啊？"

"是啊。这样才有意思嘛。"前台的语气不善，路嘉也没必要客气。

前台被堵了回去："身份证。"

路嘉说："忘了带。"

程一恒掏出自己的身份证，递给前台。

前台说："不行，一人一证。"

"那就算了。"路嘉转身就走。

前台立马叫住他们："哎哎哎，我说的是平时。这都大晚上了，没那么严。"

"哦。"路嘉从前台手中抽走房卡。

程一恒想向前台解释，说他上去一下就下来，却被路嘉用眼神制止了。

路嘉跳上几级台阶，朝程一恒伸出手："上来，扶我一把。"

程一恒听话地伸出手，扶住路嘉。路嘉的上半身靠在程一恒的身上，她说："她既然要那样说，你就顺着她好了。"

"为什么？"

"对于这种不相干的人，你有什么好解释的？"

路嘉说得对，如果每次有一个人误会他，他就去解释一遍的话，那样他会累死的。

程一恒跟着路嘉上了楼。这家酒店没电梯，好在房间在三楼。程一恒要背路嘉上去，路嘉拒绝了。

"要么你就抱我，要么我就跳上去。背什么背，我又不是你的老父亲。"

程一恒不知如何作答。

路嘉又说："我开玩笑的。"

到达指定房间后，路嘉拿房卡开了门。

路嘉拄着拐杖走到床边，扔掉拐杖，呈一个"大"字形倒在床上。程一恒想阻止她："哎，你别这么摔自己，万一伤了腿……"

路嘉已经躺到床上了。

又是做手术，又是逃离医院的，经过这么一趟折腾，路嘉早已疲惫不堪，躺到床上一会儿后，就发出了均匀的呼吸声。

程一恒知道自己再喊路嘉已经没用了，干脆把她往床里面挪了挪，扯出她身下的被子，给她盖上。

盖好了还不算，程一恒想了想，又把四个角掖好，害怕漏风，晚上路嘉再受凉就不好了。

他把空调调到睡眠模式，看到空调遥控器上贴着"开空调加十块"的便利贴，不禁摇了摇头。

他们开的是一个标间，有两张床。程一恒空闲下来后，觉得自己全身酸痛，伸了个懒腰，爬上了旁边的床。

他心想，就在这儿眯一会儿，等记者走了，赶回办公室再小憩一会儿，就到早上八点的查房时间了。

没想到，他这一眯眼就眯到了天亮。

还是水箱的冲水声吵醒了他。

他睁开眼睛时，看到路嘉靠在洗手间门口："腿……麻了。"

他掀开不知道什么时候盖在身上的被子，站起身来，然后小跑几步到路嘉身边。他本来已经蹲下了，想让路嘉爬上他的背，又想起她说过的话，试探了几下，干脆横抱起她，把她放到一旁的椅子上。

"洗漱了吗？"程一恒问。

"嗯。"路嘉说。

程一恒抹了一把脸："你等我一下。"说完，他便冲进了洗手间，然后带上了门。

他刚进去打开水龙头，放在床头柜上的手机就响了。路嘉伸手刚好够得到，就帮他接了起来。

"喂？"一个着急的女声响起，"程医生吗？查房时间快到了，你怎么还没来啊？你昨天晚上不是值班吗？还有，那个路嘉不见了，现在警察找上门了，要找她问话呢，她该不会跑了吧？"

"我跟程医生在一起，他现在在刷牙，我们马上就回来。你跟警察说一声，我没跑。"说完，路嘉就挂了电话。

赶在八点前，程一恒扶着路嘉回到了医院。

警察已经在病房里久候了。

路嘉爬回病床，程一恒则去查房了。

路嘉认出来了，眼前的警察就是上次那个抱着记者大腿、没有起到任何作用的警察。

警察介绍自己姓冷，看上去三十出头，是交警队派来的，例行公事地问了一些问题，然后说："经过现场痕迹勘查和在附近走访，现在对这起事故的初步定义还是车祸。但是，有些舆论……"

"我知道。"

"那天晚上，你跟华庭一起出去飙车，是谁约的谁？"

"她约的我。她说第二天就是决赛了，要提前跟我切磋一下。"

没想到，只是一个晚上，两人就经历了这么大的变故，一死一伤。

最终，两人都没能参加比赛，冠军花落一个不知名的小将，小将名噪一时。一场预演，三个人的人生就此改变。

路嘉跟冷警官详细地说了飙车当晚发生的事情。冷警官提出质疑："你说你先撞到路障，而华庭的车速已经慢下来了，她为什么还会冲过护栏，摔下山崖？"

"这就是你们该去查的事情了，我也是受害者。"路嘉强调，"天网监控查了吗？"

"那天晚上的风太大，又下着暴雨，监控受损，已经送去维修了，不知道数据能不能恢复。"

路嘉有些焦躁："那要怎么办？"

"我们会继续调查的。"冷警官说，"随时保持联系，你有需要的话，我们会帮助你的。"

"我可不想跟一个警察随时保持联系。而且，我认为你们并不能帮助我，上次泼我鸡汤，还有那群记者猛拍我的事，就是很好的证明。"

冷警官一时语塞，半晌后道："上次的事是我们考虑不周，下次我们会增派人员……"

"好了。"路嘉打断冷警官，不想听他的借口，问，"程一恒呢？"

"你找他做什么？你跟他很熟吗？"冷警官又问。

"警察叔叔，那天在这个病房，那么多记者突然冲进来，还有个疯婆子泼了我一身鸡汤，这些事情你知道吧？我要找我的医生给我换个病房，我不想没有摔死，却被那些记者烦死。"

"路嘉，我说的话你别不爱听，华庭的父母只有她这么一个孩子。据我们了解，他们老两口把所有的希望都放在了她的身上，她还这么年轻就去世了，白发人送黑发人，她父母一时间肯定难以接受，对于上次泼鸡汤的事情，我们已经对他们进行教育了，你别太放在心上。"

身为孤儿的路嘉听了这话后，心情有点儿沉重。从某种程度上来说，华庭的父母跟她同病相怜，都是失去了至亲，伶仃飘零于世。

她点点头："我知道了。我去一趟卫生间。"

路嘉联系了自己以前的助理："小可，我的银行卡账号密码你都知道吧？麻烦你一件事情，你打听一下华庭父母的银行账号，给他们转五百万过去。"

"五百万？"前助理小可难以置信地问，"嘉姐，你清楚自己有多少钱吗？"

"叫你打就打呗，两个老人失去了女儿，生活来源肯定没了，五百万应该够他们生活了吧？"

"够是够他们生活了，那你考虑过自己的生活吗？还有，嘉姐，华庭父母冲到病房来，打你、泼你鸡汤那事儿，网上可都传遍了。本来大家就说，是你害死了华庭，现在你又给她父母打这么多钱，别人肯定会乱想的。"前助理小可嘀咕道。

"你不说，我不说，打款的时候不留名不就行了？不说了，我还有事，记得去办啊，尽快。"

路嘉从卫生间里出来时，发现冷警官还没走。路嘉没好气地看了冷警官一眼。

"程医生，你过来一下。"见程一恒路过，路嘉便喊住他。她是故意演给冷警官看的，意思是催冷警官走。她拉过程一恒，耳语道："昨天晚上说的事，你可要记住。"

程一恒点点头。

有个冒失的护士端着托盘，走路不稳，撞到了程一恒。程一恒因为重心不稳，压在了路嘉身上。

两人四目相对，相隔不到一厘米。

程一恒的耳朵瞬间红了，他感受到了胸前的柔软。路嘉倒是很坦然，伸出一根冰凉的手指，戳了戳他的鼻头。

程一恒满脸通红地站起身，路嘉却不肯放过他："程医生，你的鼻子很挺。"

听说鼻子挺的人，那方面的能力都不错。

冷警官成功地被路嘉刺激到，留下联系方式，叮嘱她不要随便离开本地后就离开了。

程一恒在病房里多逗留了一会儿，从白大褂口袋里掏出一张银行卡递给路嘉。

"刚刚我在外面碰到一个男人，说是你的老板。他看到有警察在，不方便进来，就让我把这个交给你，还有一封信。"

路嘉打开信一看，上面写着："嘉嘉，真的对不起，我们俱乐部不能再留你了。外面实在闹得厉害。至于解约的事情，我会让你的经纪人来谈，我们俱乐部只能做到这一步了。"

路嘉知道老板指的是什么。

网上的舆论，都说是路嘉计划了这场飙车，害死了华庭。华庭的粉丝一直在网上跟路嘉的粉丝掐架。

由于华庭死了，死者为大，所有的路人站在华庭这边，撕得路嘉的粉丝毫无还击之力，甚至后援会已经宣布了要解散。

这个后援会的管理权限在官方，也就是俱乐部的人在打理。

俱乐部打算彻底放弃她了。

路嘉知道。

"发生什么事了？"一直在旁边的程一恒问。

"没什么，就是我的老板要把我开除了，赔了点儿钱给我，都在你给我的这张卡里了。"

"啊？但你看上去好像没什么事啊。我以为你至少会伤心难过一下。"程一恒说。

"有什么好伤心的，有钱花才是王道。"

程一恒觉得，路嘉说的不是真话。

从以往的新闻来看，路嘉是对钱一点儿概念都没有的人，花钱大手大脚，对粉丝超级好，因此吸引了一大批粉丝。

但是，现在她的粉丝估计没多少了。

"什么时候给我换病房？"

"已经准备好了。"程一恒把手上一直拿着的一件风衣搭到路嘉的身上，上面有他独特的香味，"这件衣服是我的，洗过了。我现在就把你送到新的病房去，为了躲开那些记者，你先委屈一下，穿上这件衣服，顺便把帽子戴上。"

程一恒像变戏法一样，从背后掏出一顶鸭舌帽戴在路嘉的头上。

"至于你的东西，我会让护士帮你收拾，然后带过来。"

程一恒借来了一辆轮椅，推着路嘉乘电梯去新病房，路上还碰到好几个脖子上挂着相机的人。

"看来他们还是不死心。"

"是啊。"路嘉打了个呵欠，"也不知道这种日子什么时候是个头。"

他们准备离开病房时，有快递员来敲门："请问，谁是路小姐？"

"我。"路嘉举了一下手。

"请你签收。"

路嘉签下包裹，顺手递给程一恒："给你的。"

"什么？"程一恒纳闷地接过。

"手机。"路嘉说。

程一恒想起昨天晚上屏幕摔成蜘蛛网的手机，没想到路嘉这么快就买了部新的送给他。

"我不能要……"程一恒还没说完，路嘉已经自己推着轮椅走了。

看着路嘉的背影，程一恒只能无奈地摇摇头。在华庭的口中，路嘉就是这样一个人，别人对她好一分，她就对别人好十分。

她的外表十足高冷，其实是一个大傻子。

这是华庭对路嘉的评价。

转病房成功，路嘉清闲了几天，对程一恒颇为感谢，计划着找个时间把答应给程一恒的十万块钱给他。

偏偏这几天程一恒在休假，路嘉没机会见到他。

一天下午，在护士拿着缴费单来找路嘉时，程一恒回来上班了。路嘉把他叫过来，递给他俱乐部老板留给她的卡："帮我去刷一下，没有密码。"

缴完费回来，程一恒把卡还给路嘉，路嘉没接。

"你自己去ATM机上转十万吧。"路嘉说。

"十万？"程一恒很纳闷。

"就是上次，我说只要你帮我，我就给你十万的那个十万。"路嘉解释道。

“我不要。”程一恒说完，把卡塞回路嘉的手里。

路嘉把卡推了回去：“你必须要。这么点儿钱，都是小事……”

“可是……”程一恒欲言又止。

“这样吧。”路嘉跳着走到轮椅旁，然后坐下来，“你推我去ATM机，我取现金给你。这样显得比较有诚意。”

程一恒拗不过路嘉，只得乖乖听话。

离开病房前，程一恒帮路嘉乔装打扮了一下，两人一起到了医院缴费大厅的ATM机旁。

路嘉把卡插进去，也没查看余额，直接取十万。

系统提示余额不足。

路嘉纳闷了，去查余额，屏幕上显示不到两万。

路嘉非常尴尬：“这……这个……”

华庭说得没错，路嘉就是个傻大姐。

前面说了，路嘉对金钱一点儿概念都没有，赚多少花多少，加上给了华庭父母五百万，俱乐部老板留给她的这张卡是她唯一一张有钱的卡，缴完手术费、药费、住院费后，就只剩这么多了。

“……可能暂时不能给你十万了，我再想想办法。”路嘉回过头，尴尬地看着程一恒。没了钱的路嘉干什么都没底气，看着程一恒都有点儿心虚，记起她夸下的海口，都想挖个地洞钻进去。

路嘉最害怕的事情就是自己许下的承诺无法兑现。

“没事。”程一恒说。

路嘉却不放弃，埋头翻自己的钱包，卡一堆，却都没钱。她越来越尴尬，想着，她在程一恒面前酷炫的形象保不住了。

程一恒忍不住笑了：“没事的，我真的不要钱。”

路嘉思考了一下，在现在这个消费主义抬头的时代，还能有人不要钱？既然不是为了钱，难道是为了人？

……

路嘉抬起头，问：“那你为什么对我这么好？”

“呃……”程一恒犹豫起来。

路嘉基本上是单线思维。她回顾了一下这段时间以来的种种，眼睛一亮，心道：这个程一恒，又是冒着大风险给我做手术，又是帮我挡记者、挡鸡汤的，竟然不是为了钱，难道是喜欢上我了？

　　她十四岁加入俱乐部，练习摩托车，俱乐部的人对她好，只是因为她是摇钱树，这点她心知肚明，因此还不习惯程一恒对她这么好——毕竟她看起来对他没有任何利用价值。

　　路嘉这个人，骑车时坚决、果断，技术一流，善于冒险，在过往的比赛中，最常出现在观众面前的场景便是——很多时候，车身都贴到地面了，在大家以为她要出意外时，她化险为夷，快速超过前面的对手，总喜欢吊着观众的心。

　　由于她不怎么接受采访，少有的几次出现在镜头里的都是酷酷的形象，没人知道，她私下里其实是一个普通女生。

　　大多数人只能看到赛场上的她，实际上，她也有小女生的、不为人知的一面——比如，她每天都会逛逛豆瓣里的"八卦来了"小组。她曾经在上面看过不少别人的感情帖、生活帖，现在，面对程一恒为什么对她好这个问题，她想，要不她上去求问一下八组的小仙女们？她们肯定能分析出来。

　　路嘉陷入自己的思考，已经完全忽略了旁边的程一恒。她一路点着头，脸上写满自信，自己推着轮椅回了病房，留下程一恒愣在身后。

　　一回到病房，她便迫不及待地掏出手机，打开豆瓣小组，编辑了一个帖子——《我的医生好像喜欢我》。

　　她没想到，帖子一发出来就有许多人回复。一直以来，她都孤单习惯了，现在还挺享受这种与人分享心情的感觉。

　　虽然只是网络上的文字，但路嘉受到了莫大的鼓励。

第二❤章
CHAPTER 2

在医院待了大半个月后，路嘉比预计的时间提前一周出院。

提前一周出院不是因为她的身体好、恢复得比常人快，而是因为她没钱继续住院。车祸发生后，大量媒体抹黑她，舆论都把华庭的死归咎于她，以前簇拥在她身边的狐朋狗友全部离开了她，连粉丝后援会都被迫解散了，她想借钱都找不到地方。

这个世界总是这样。

锦上添花谁都乐意，雪中送炭却寥寥无几。

出院前，路嘉去找程一恒道别："程医生，我准备出院了。这段时间，谢谢你对我的照顾。"

程一恒正在出门诊，看了一眼路嘉，说："你等我一下。"

路嘉就听话地在旁边等程一恒出完门诊。

经过这段时间的接触，路嘉对程一恒的态度转变很大。

她态度的转变，也许有那个帖子的功劳。在帖子里，网友们每天像追网络小说似的，催促着她更新她跟程一恒的日常，网友都爱看她调戏C。

"C好暖啊！软软的。"

"楼主前期还表现得挺像御姐的，没给C表现的机会。"

门诊结束，程一恒伸了个懒腰，坐定后对路嘉说："根据你的状况，你可以在医院里再休养一段时间。"

"不了。"路嘉说，"我没钱了。"

程一恒抬头看她，然后笑了，心想：不知道先前信誓旦旦、挥金如土的她去哪儿了，竟然会在这个时候哭穷。

"钱不是问题，我可以帮你。"程一恒说。路嘉住院的费用其实并不多，程一恒心里还是希望她能尽量再住院观察一段时间，其间产生的费用都可以由他来出。

"不，你已经帮我够多的了。"路嘉急着出院，不是真的因为穷得身无分文，而是她在医院里待够了，记者隔三岔五就来骚扰她，还有那个时不时冒出来的冷警官，都让她觉得疲惫不堪。她想回到自己的小世界里，不被任何人打扰，独自待一段时间，好好理理这段时间发生的事。

这段时间，她跟程一恒相处得还算愉快，她马上就要出院了，都这个时候了，程一恒不打算说点儿什么吗？一旦她出了院，日后他们不知还有多少机会能见面。

她想起自己发的帖子《我的医生好像喜欢我》，心想：这个帖子是不是得就此终结了？

人生最大的幻觉大概是：他喜欢我。

"你出院了，去哪儿？有人照顾你吗？"程一恒问。

"没事，我租了房子，基本的自理能力还是有的。放心吧。如果你实在不放心，可以来看我。"

"好，我一定来。"程一恒答应得很爽快。

隔天，程一恒调了班，忙前忙后为路嘉办理出院手续，收拾好东西后送她回家。

路嘉在A市最高档的小区租了一套单身LOFT公寓，自从出了车祸，还没回去过。程一恒开车把她送到小区，没想到在楼下碰到了房东，更没想到，房东说，根据合同，路嘉没有提前十五天提出续租，他已经把房子租给别人了，限路嘉在一周之内搬出去。

这下好了。

路嘉带着一堆行李站在小区楼下，孤零零的，像被扔出家门的玩偶。

路嘉十四岁时，父母不幸出车祸，双双离世。那时的她刚进入赛车圈不久，靠着俱乐部发的工资生活，借住在闵璐家，一直到她有足够的经济实力才从闵璐家搬出来。搬出来之后，她都是一个人住的。

她在脑海中搜索了一圈儿可以求助的人，出了车祸后，赛车圈的人对她避之不及，职业为空姐的闵璐最近一段时间在飞国际航线，长期不在国内，所以，她只好硬着头皮给魏映打了电话。

路嘉十四岁进入俱乐部时就认识魏映了，那时，魏映已经在圈内小有名气，有"天才少年摩托车手"之称。

刚进俱乐部，路嘉谁也不认识，俱乐部里跟她年龄相仿的人不少，可是愿意靠近她、愿意跟她玩的只有魏映。

魏映就像一个温暖的太阳，照耀着路嘉。

这个太阳温暖了路嘉的整个青春期，把路嘉培养成了一朵向日葵，只有跟随太阳的方向，才能盛开。

可向日葵跟太阳的关系本来就不是恒定的，太阳永远挂在遥远的天空，高高在上，普照大地，而向日葵不过是他普照中小小的一个黑点而已。

向日葵一心向着太阳，太阳却钟情别的风景——闵璐。

路嘉和闵璐大概在襁褓里就认识了，两人的关系好得像连体婴儿一样。在好朋友之间，差距至少在人生的前十二年是显现不出来的，因此路嘉跟闵璐一直开心而平和地生活着。

上了初中之后，闵璐开始发育，高个子，大长腿，到了初三，已经是远近闻名的校花。而路嘉还像个小丫头，除了在骑车上有些天赋，只是一个平凡无奇的初中女学生，加上父母突然离世，她低沉了很长一段时间，脸上的表情总是恹恹的，不大爱跟人接触。

而闵璐并不止于此。那几年，她家似乎走了大运，她的父亲辞掉公职后创业办公司，获得了巨大成功，而她一跃成为白富美。

与此同时，路嘉因为骑车天赋被招进了俱乐部。

到这个时候，路嘉还没有察觉到自己跟闵璐之间的差距。直到上了高中，出落得更加美丽动人的闵璐来俱乐部看路嘉训练。看到魏映看闵璐的眼神，路嘉才明白，她的太阳可能从此要转向了，不会再照耀她了。

因为，魏映看闵璐的眼神，她太熟悉了，她就是那么看魏映的。

魏映是个藏不住心事的人，太阳总擅长散发自己的热情，却不去想会不会灼伤他人。当魏映跟闵璐表白时，闵璐不但没有高兴，反倒暴跳如雷。

少女的心情总是诗，一定要跟闺密分享。闵璐早就知道路嘉对魏映的心思了，没想到魏映却跟她表白了，她因此非常头疼，明确地拒绝了他。

她本以为，按照魏映的性格，不出三天，他就好了伤疤忘了疼，会重新喜欢别的女孩子，没想到他竟然就这么执着，再也没喜欢过其他人。

正是魏映的这种坚定跟决绝，才让路嘉更伤心。从此以后，她只能把所有心思放在赛车上。

这些年，路嘉好不容易混出了一点儿名堂来，却在大赛前出了那么大的事故，前程几乎被断送了。

程一恒接了个紧急电话就先走了，说晚点儿再联系路嘉，让她别着急，他会想办法帮她解决住房的事情。

路嘉知道，程一恒也许是出于客气，毕竟作为医生，他已经仁至义尽。

回到家里，路嘉在沙发上坐了一会儿。阳光渐渐散去，一个人坐在房子里待太久就容易乱想，她起身收拾了一下，准备出门。

她今天的计划是要出门，去一趟银行，看能不能再凑一点儿钱出来，找住的地方，毕竟之前那么多年，她都没有好好清理过自己的资产。

路嘉拄着拐杖打了一辆车去银行，在大厅里排队时，突然被撞了一下。

路嘉还没反应过来，那个比她矮一个头的中年妇女就开始指着她的鼻头破口大骂："杀人凶手！"

路嘉眉头紧皱，退了几步才看清楚，骂她的就是上次在医院泼她鸡汤的女人——华庭的妈妈。

"阿姨。"认出华庭的妈妈后，路嘉按住她的肩膀，"这里是公共场合，你稳定一下情绪。"

华庭妈妈打开她的手："你害死了我女儿，现在还有心情来银行？"

路嘉的最后一丝耐心被耗尽，她注意到华庭妈妈的另一只手上拿着一张取款单，上面的金额恰好是五百万。她一把抓住华庭妈妈挥过来的手："首先，我不是什么杀人凶手。杀人凶手这个称呼还得警方、检察院、法院三方判定，就算你是警察，你顶多叫我嫌疑人，而现在警察都不敢这么叫我，为什么？因为他们怕被我告诽谤；其次，我没看错的话，你手上的五百万，应该是一个叫小可的人汇给你的吧？"

"你怎么知道？"华庭妈妈脸上的表情一滞。

"小可是我的助理，你问我还有心情来银行？是啊，那是因为我把所有的资产汇给你们两位老人家了，我自己连住的地方都没有了，才来银行看看还剩多少钱，回去租个便宜的房子。"

华庭妈妈脸上的表情有些挂不住，但还是梗着脖子说："如果你不是心里有愧，为什么要给我打钱？"

路嘉真是心疼华庭有这样的父母。

不过，她还是表示理解。不管怎样，他们失去的是女儿，是精神支柱，而她虽然失去了前程，但尚且年轻，只要活着，就有希望。

路嘉只能这么想。

不然，如果一个劲地往灰暗的世界钻，人很容易就再也走不出来了。

路嘉在去银行的路上接到小可的电话："嘉姐，我昨天已经把钱打过去了。我跟了你这么多年，真不忍心看到你走到现在这一步。不过，我知道你是一个好人，希望你以后能找个正经工作，平平淡淡地过完这一生吧。赛车这段经历，就当作一场黄粱梦好了。"

"嗯嗯。"坐在出租车上的路嘉拿着手机，喉咙干涩得不行。

所有人都在劝她向这段经历、向命运臣服，可是她不愿意。

从十四岁到现在，她把自己的人生都交给了赛车，难道就要因为一场车祸而葬送她一切的努力吗？

她还想要重新来过。

"那是因为我担心你们两位老人家下半辈子的生活费没着落。"路嘉觉得，她再跟华庭妈妈多说一句就要被气死了，"而不是因为我愧疚，只是因为我可怜你们而已，可怜你们白发人送黑发人。"

路嘉说的"可怜"二字像一把尖刀扎进华庭妈妈的心里，华庭妈妈开始抓狂，不由分说地朝路嘉扑过去，用力推了路嘉一把。挂着拐杖的路嘉往后仰了一下，条件反射般地想抓住什么东西，于是就抓住了华庭妈妈的手腕。

不知道从什么时候开始，一群举着相机跟话筒的记者冲进了银行，看到的就是路嘉抓住华庭妈妈的手腕，两人摇摇晃晃，像起争执、在动手的画面。

这群记者最会抓热点造事端，肯定不会错过这个新闻，管他什么前因后果呢，先拍下来再说，霎时标题都拟好了——"华庭死后，路嘉竟公然上门与其父母起争执，甚至还动手"。

新闻一发出去，路嘉毫无疑问会被推上热搜，又一次掀起舆论高潮，被所有人唾弃。

路嘉不能让这种事情发生，前段时间，她承受的压力已经够大了，几乎夜夜做噩梦，要不是有程一恒一直陪着她，她早就崩溃了。

玩赛车的人，骨子里都有些落拓跟桀骜不驯，是不会让人踩着鼻子欺负的。

路嘉真是讨厌极了快门的响声跟闪光灯，确定华庭妈妈不会摔倒后，挂着拐杖，转身面对这群记者，丝毫不畏惧，上前就去抢相机。

她真的是气急了，所以没去考虑抢相机时，会不会被拍下表情狰狞、被记者用来大做文章的照片，也没去考虑在抢相机时，如果摔坏了对方的相机，还得赔的事情。

烂船还有三斤钉呢，虽然路嘉的腿没完全好，但她以前一直健身，身体素质自然比这群记者好很多，以一敌三不是没有可能，况且，她的拐杖还能当武器。

处于被激怒状态的路嘉在跟记者大闹一番后，挂着拐杖一瘸一拐地离开了银行。她说："阿姨，我希望你在官方出了通报之后再决定要不要叫我'杀人凶手'。还有，既然你真的这么恨我，就不要收这五百万啊。相信华庭给您挣了不少五百万吧，您也瞧不上这点儿钱。不过，既然您收下了，以后就别乱说话了。"

路嘉说完就离开了，留下一个潇洒的背影。

刚刚被打趴下的记者们不敢再轻易上前，而一两个记者望着地上碎成几块的相机，咬着牙，捏着拳头，对路嘉的行为嗤之以鼻。他们想好了如何在文字上抹黑路嘉，毕竟玩文字游戏，他们是专业的。

从银行出来时，路嘉感觉脸上有一阵凉意。

她抬起头，雨丝飘进她的眼睛，她赶紧揉了揉眼睛。刚离开银行时，她一路心潮澎湃，激情满满，觉得整个人被点燃了。她觉得自己仿佛化身为穿着一身盔甲的战士，就算前路有再多炮火，她也能穿过枪林弹雨，获得胜利。

可刚走出去不远，她就像被抽掉了所有的力气一样，整个人如同泄了气的皮球，拖着脚步往前走。她走着走着，发现雨越下越大，没有记者跟上来，但她心里很清楚，相关新闻下午就会发出来，毫无意外，她又会被群嘲了。

她得马上赶回家，然后躲起来，至少那里暂时还是属于她的小天地，还有一个星期供她逃避。

雨大得已经如同断线的珠子一般，路嘉伸出手想打车，却想起自己身上一分钱都没有了。

她的钱全部被她用来买慰问品了。她拿出手机，想要向人求救，想了半天，却只能拨出程一恒的号码。电话响了两声，她马上如梦初醒般挂掉。不一会儿，程一恒打电话过来，问她在哪里。她犹豫了几秒，还是报了银行名字，然后挂掉了电话，继续如行尸走肉般往前走着。

整个世界笼罩着一层雨雾，公交车、行人、雨伞都匆匆移动着，只有她一个人不知道前路的方向。

她整个人被淋成落汤鸡。行走不便的她如同小丑一般，在这天地间艰难地前行着，走着走着，觉得鼻子一酸，不想再走了。她想，就让她消失在这天地间吧。

她蹲了下来，把拐杖横放在脚旁，但不能完全蹲下来，干脆一屁股坐在地上，任凭雨水在她身上冲刷。

路过的行人都用怪异的目光扫过她，她一手握着拐杖，坐下去时容易，想要重新站起来却十分费力。她挣扎了很久，强忍着疼痛站了起来，却摇摇晃晃的，几欲摔倒。

——就这样吧，就这样消失吧。

有一道小小的声音在她的心底响起。

"你没事吧？"一道温暖的声音响起，有人扶住了浑身湿透的她。她回过头，程一恒的脸闯进她的视野。

她的视线已经被雨水冲刷得模糊了，可她还是能感觉到程一恒在她头顶撑起了一把伞。

"没事了，没事了。"程一恒把她揽进怀里，轻轻地拍着她的背，安慰着她。

这一句安慰，仿若开启了某个闸门。奋战了那么多年、一路上只流血流汗不流泪的路嘉，终于忍不住，扑进程一恒的怀里放声大哭。

"我下午去银行，碰见了华庭的妈妈还有记者，跟他们起了冲突。我想，他们肯定又会乱写。"路嘉三言两语说了下午发生的事情，但肩膀抽搐不停。

"没事的，没事的。"程一恒摸着她的头说，"我一直都在。我会陪着你的。"

路嘉已经记不起上一次哭泣是什么时候，又是为了什么。这一次重新开启泪腺的闸门后，就像百年一遇的大雨，不冲毁心里筑起多年的防御大坝不肯罢休。程一恒试图扶起哭成泪人的路嘉，却感觉她的身体瘫软如一摊烂泥。好不容易将她塞进他的车里，他躬着身子替她系安全带，退出去时，两人脸跟脸之间的距离突然变得很近，空气仿佛在这一刻凝结。她突然停止了抽泣，瞪大红红的眼睛看着他。他扭着脖子，以一种奇怪的姿势看着她。

暧昧的气息在空气中流动，路嘉缓缓地闭上了眼睛，微微嘟起嘴。

路嘉等了好久，预想中的吻并没有落下。程一恒退出了副驾驶室，绕车一圈儿，拉开车门，进了驾驶室，然后驱动了车子。

路嘉偷偷看他的脸，他的耳根红红的。

路嘉揉了揉哭红的眼睛，带着关于这个未完成的吻的淡淡不甘，在车里开着空调热风和头脑昏昏沉沉的情况下，偏过头，沉沉睡去。

她醒过来时，发现自己身处一个陌生的地下停车场。她好奇地问："这是哪儿？不像我们小区的地下停车场啊。"

　　"这是我们小区的地下停车场。你的衣服全湿了，我带你上去换身衣服吧。"程一恒替路嘉解开了安全带，带她下车。

　　路嘉的头昏昏沉沉的，她没多做思考，就这么拄着拐杖跟程一恒上了楼。

　　两人进了屋，程一恒的家宽敞明亮，是欧式装修风格，简单清爽，置身其中会觉得心情很放松。

　　程一恒走进主卧，出来的时候，手里拿着一件全新的睡袍："你的衣服全湿了，先去洗个澡吧。我去楼下超市给你买内衣、内裤，待会儿就给你放在浴室外面，你可以随便拿，我不会偷看的。从此以后，你就把这儿当作你的家，不用客气。"

　　程一恒说去给路嘉买内衣、内裤时，就跟说替她买零食一样，没有丝毫的害羞跟尴尬。毕竟是见惯了人体构造的医生，跟一般人不同。

　　路嘉手里抱着浴袍，发了一会儿呆，就听到关门的声音。程一恒出去了。

　　她掏出手机，匆匆忙忙地打开豆瓣的"八卦来了"小组，更新了一段帖子。

　　"速报——

　　今天楼主被淋成了落汤鸡，C跟天使一样出现在我身边，把无家可归的我带回了家。而且，你们猜，现在他干什么去了？

　　他去给我买内衣、内裤了。

　　别误会，我们什么也没发生，还是纯洁的友谊关系。

　　不过，今天我做了一件特别蠢的事情。他替我系安全带时，我俩的距离可近了，可能是因为多巴胺分泌吧，我鬼使神差地闭上了眼睛，还嘟了嘴，以为人家要亲我，结果并没有。（摊手）"

　　评论区：

　　"哈哈哈……笑死我了，这个帖子应该改名为《我好像喜欢我的医生》吧？"

"对啊，楼主真是太搞笑了，又蠢又萌。"

"我感觉这个医生应该对楼主还是有好感的吧，不然也不可能随随便便把病人带回家呀。"

"楼主你矜持点儿，嘟嘴干什么？我都能想象当时那种尴尬的氛围！原谅我不厚道地笑了……"

"大家都在笑，没注意楼主说自己无家可归了吗？心疼楼主，抱抱。"

"我的关注点在内衣、内裤！平时，我男朋友给我买包姨妈巾都会垮脸，C竟然帮楼主买内衣、内裤！天啊，羡慕！"

"这是同居的意思吗？"

评论火速刷新，路嘉看了一会儿评论，听到有人在开门，猜测大概是程一恒回来了，立刻起身，抓起睡袍就往浴室里跑，争分夺秒地打开了花洒，一切掩饰得很到位。

程一恒在楼下便利店里给路嘉买了换洗的贴身衣物后，便上了楼。他拿钥匙开门时，听见屋子里窸窸窣窣的声音。门开后，他看到路嘉的背影快速闪进了浴室，然后响起浴室关门的声音。他有些纳闷，这么久了她才进去洗澡？她在鼓捣什么呢？不过他又感叹，赛车手就是赛车手，即使腿脚不利索，动作也这么快。

"衣服放浴室门口了！我先去厨房给你做点儿吃的，你洗好了就叫我，在那之前，我不会过来的，你可以放心！"程一恒敲了敲门，说道。

"哦！"路嘉在浴室里大声应了一声。

洗完了澡，路嘉穿好睡袍，用全新的毛巾包着头发，拉开浴室的门，找到了放在门口的贴身衣物。她还看见了一件宽大的卫衣，大概是程一恒的，她穿上后，衣服的下摆刚好到大腿根部。

这种感觉很奇怪，有人为她细心打点好了一切，可这个人既不是她的亲人，也不是她的爱人。

路嘉换好衣服，找到厨房，看见程一恒正在煮面。

"其实我不太会做饭，一个人生活，图简单方便，就经常煮面。不过，我煮面的技术还算可以。"

程一恒煮的是意大利面。

面煮好之后，他将肉酱跟之前做好的酱汁淋上去，香气四溢。

路嘉的肚子已经开始"咕噜咕噜"地唱起了空城计。

"你去餐桌那里等我，我马上过来。"

路嘉听话地走到餐桌前坐下，就跟幼儿园时期坐得端正、等待老师发糖的小朋友一样。等程一恒把意面端上桌，将餐具递给她，她便狼吞虎咽地吃了起来。她实在是太饿了，精神压力大，吃到一半才想起要注意形象，可嘴角已经沾满了酱汁。

她抬起头，崩溃了，看着程一恒，刚想扯纸巾，却发现纸巾离她有点儿远，徒劳无功之下，干脆捂住自己的嘴巴。程一恒一副见惯了的表情看着她，说："没事。"然后，他站起来，探过身子，轻轻松松地扯过一张纸巾，仔细地帮她把嘴角的酱汁擦掉。

路嘉这一刻的感觉就是：自己好像程一恒的一只宠物。

不知道为什么，路嘉原本是冷艳、高贵、酷炫的女赛车手，可是随着跟程一恒的深入接触，竟然变得越来越软萌，眼看就要成为一只任凭蹂躏的蠢猫。

这天晚上，程一恒的温柔对待让路嘉产生了这个世界可以对她温柔相待的错觉。她吃饱之后，睡了个好觉。一大早，程一恒来敲她的房门："我去上班了，今天你不要刷微博，也不要上网，知道吗？"

"为什么？"路嘉揉着惺忪的睡眼，说。

"过了这几天你再刷，乖，等我带好吃的回来。"

"哦。"路嘉很困，便没有去想程一恒这话的深意，继续倒头就睡。

她醒过来后，忘记了程一恒出门前的叮嘱，习惯性地看了一眼微博。她的微博快爆了，起码涌入了一万多条信息，全是骂她嚣张跋扈、不知悔改的。

甚至还有人在她的微博评论区刷"杀人偿命"。

路嘉突然觉得心悸，立刻扔了手机。还好，她出事之后就换了手机卡，不然，这个时候，她的手机早被打爆了，信息肯定塞不下了。

路嘉捏着手机的手在发抖，她想给程一恒打个电话，又想起早上他已经提醒过她不要看微博了，就没打出去。

路嘉在家里焦急地枯坐到中午，肚子饿得"咕咕"直叫。程一恒在桌上给她留了两百块钱跟一张字条：你中午饿了就点外卖，桌上有外卖电话，出去吃也行。

程一恒还是这样，什么都考虑得很周到。

路嘉在程一恒的家里待了一上午，阳光渐渐散去，一个人待着实在心慌，便拿上那两百块钱出了门。

她打算去找程一恒，一起吃顿午饭。

路嘉不算心大，出门前简单地乔装打扮了一下，一路上还算顺利，没被人认出来。她快走到医院门口时，没想到突然有人叫住了她。这群人不是记者，也不是警察，貌似只是一群"热心网友"，其中，有个女人跟她擦肩而过，不小心撞了她一下，撞掉了她的帽子。路嘉的腿脚不方便，没办法去捡，只好出声拜托这名女子帮她捡一下帽子。女子照做了，却在捡起帽子递给她时，盯着她看了半天，然后问："你是路嘉吗？"

路嘉一时半会儿没反应过来，就点了点头。

然后，女子立刻变了脸，拉住路嘉，朝路过的人大声喊："她就是路嘉，害死'妖精女王'华庭那个！她还去华庭父母家撒泼！今天总算逮着你了！你必须给华庭和华庭的父母道歉！"

路嘉想走，却被女子扯住衣服，挣扎了几下，本来已经挣脱了，可是因为女子的喊声，越来越多的人聚集过来，大家似乎同仇敌忾，对路嘉的所作所为愤怒至极。

"路嘉，你今天必须给死去的华庭一个说法！"

路嘉出门带着的拐杖已经不知道被挤到哪里去了。

她的腿伤尚未痊愈，她站得不太稳，被挤过来挤过去，腿早就钻心般疼痛了。

"我……我没有……"路嘉这才发觉，自己的辩解在群情激奋的人面前多么软弱无力。

她如同一只丧家犬一般被所有人唾弃、嘲弄，瘫坐在地上，周遭的叫骂声如同潮水一样涌入她的耳朵里。

她似乎快要溺水了。

她在晕过去前，仿佛听到了程一恒叫她的声音。

路嘉将被牛奶打湿的卫生纸扔进垃圾篓里，想起自己就是这样被程一恒捡回家的。

被捡回来之后，路嘉在程一恒家闷了很久，几乎没出过门，一日三餐都由程一恒负责，要么点外卖，要么亲自下厨。

路嘉被群殴后，脸上挂了彩，程一恒要带她去医院处理，她不肯，倔强地跟他耗着。

"你看看自己脸上的伤，都这么严重了还不处理，不怕留下疤痕吗？"

路嘉睁大眼睛看着程一恒，眼神里面有很多复杂的东西，比如委屈、愤怒、迷茫、不甘……她坐在程一恒的车里，疲倦地说："小伤，不碍事。"

她很疲倦，靠在椅背上就睡着了，还是程一恒替她系好安全带的。醒过来时，她发现自己躺在程一恒家的客房里，脸上的伤口处理过了。

"你先别想其他的，这段时间先在我家好好养伤，至于以后的事情，等你状态好了再说。"

就这样，原本只是偶然在程一恒家住几天的路嘉开始了没皮没脸在程一恒家蹭吃蹭喝的生活。

《我的医生好像喜欢我》这个帖子被顶得很高，热度居高不下，路嘉窝在房间里刷了一上午帖子。

程一恒来敲门："你好了吗？该出门赴宴了。"

路嘉一看电脑屏幕右下角的时间，已经快晚上六点了，立刻换衣服、化妆，准备出门。之前一段时间，路嘉都没怎么出门，一是因为上次被群殴的心理阴影，二是因为腿还没好全。

之所以今天她愿意出门，是因为她答应了陪程一恒去参加他之前一个病人的生日晚宴。

程一恒说那个病人是个富商，曾经在本地叱咤风云，年轻时被称为

"点石成金"，走到哪儿就赚到哪儿，积累了不少家产，创建了自己的商业帝国。

路嘉笑他："程医生，我以为你很清高的，不会参加这些应酬，没想到你也……"

"这不是应酬，是我病人的答谢宴，我不去的话，会显得我很不近人情。"其实，除了医患关系这一层，最重要的是，程一恒家里与那名董事长的交情不浅。当然，他现在没有必要跟路嘉提他的家庭。

近不近人情这点对路嘉来说，倒不是很重要，因为她本就不是一个近人情的人。一直以来，俱乐部既像一把无所不能的大伞，又像一个温暖的港湾，为她挡去了一切风霜雨雪，把她保护得很好。这么多年，她只用认真地练车、比赛就够了，其余人情世故，都有人替她应对。正因为这样，她从未考虑过与人相处时，在什么时候该做什么事、说什么话，以至于给外界留下了放飞自我，飞扬跋扈的印象。

不过，跟程一恒生活了一段时间以后，路嘉整个人变得柔软了许多，倒是凸显了她反差萌的一面。

"我知道了！我马上就化妆！"路嘉喊了一声，一瘸一拐地跳到梳妆台前，一样一样地拿出自己的化妆品，然后整齐地摆好——粉底液、眼影、睫毛膏、修容棒、定妆粉……

她已经有一段时间没有化妆了。

看着这么多东西，她觉得有点儿无从下手，就像是突然之间丧失了自信。

管他呢，路嘉给自己加了把劲儿，拿起一瓶粉底液摇了摇，在自己的手背上挤出豆大的颗粒，拿出彩妆蛋，上好了粉底，准备画眉毛时，发现眉毛长了不少杂毛出来，眉形有点儿不好看了，需要修一下。当她拿起修眉刀时，程一恒突然冲进来："你看这条裙子怎么样？我让几个女同事推荐的，让你跟我一起出去挑，你不愿意……"

"你眉毛怎么了？"话说到一半，程一恒把裙子拿开，看着路嘉右边缺了一块的眉毛，张大了嘴巴，惊讶道。

"我……"路嘉气愤得几乎站了起来，"我正在修眉呢！你突然冲进来，我手一抖就……"

程一恒立刻心虚地退了几步，绕了个圈儿，走到路嘉身边，把手放在她的肩膀上，轻轻拍了几下，然后放下裙子："您老人家慢慢修，我先行一步……"

"站住！"

程一恒后背一僵，深知自己在劫难逃，麻溜地从身上掏出一张银行卡递给路嘉："算作赔罪！随便刷！"

路嘉的注意力却不在银行卡上，而在裙子上："这裙子……"

"怎么了？"

"还挺好看的。"这条裙子成功地吸引住了路嘉。

她欣赏这条裙子时，眼底如夜晚里碧波荡漾的湖面，闪着点点星光。程一恒看着她的样子，内心某处柔软的地方被触动了。

路嘉很少穿裙子。

一来，她平时都在练车、赛车，没什么机会穿裙子；二来，她确实不怎么喜欢穿裙子。穿裙子的女生走起路来轻飘飘的，腰肢柔软，浑身上下散发着风情，就像闵璐跟华庭一样。

路嘉觉得，穿裙子跟自己的风格不搭，她需要保持酷酷的风格，所以没怎么穿过裙子。

她拎起这条裙子，这是一条水蓝色、带有亮片的小礼服裙子，看上去很挑试穿者的身材。

路嘉之前一直定期健身，身材维持得还不错，但车祸之后就堕落了，胡吃海喝，小肚子冒出来了，不知道还能不能穿得上这条裙子。

她略带忐忑地把自己的担心告诉了程一恒，程一恒咧开嘴，笑得很阳光："没事，我考虑到了这一点，特意挑了一条大码的。"

"你可以出去了，程医生。"路嘉给他一个白眼。

程一恒笑着走了出去，这次温柔地带上了门。

路嘉摸了摸自己被修缺的眉毛，觉得有些刺痛。她感觉得到了什么，又失去了什么。她补好眉毛，化完剩下的妆容，涂上口红，抿了抿嘴，然后用卷发棒卷了卷刘海。

最后，面对这条蓝色的裙子，她深呼吸了一口气，换上。

裙子意外地合身，她最近长出来的小肚子借由裙子的亮片遮住了。

路嘉看着镜子里的自己，惊艳得差点说不出话。裙子贴身但不紧绷，将她的好身材毫无保留地凸显了出来。

"好了吗？"程一恒在门外敲门，轻声地问。

"好了。"

"那我进来了。"

程一恒推开门，走进来，看到路嘉的一瞬间愣住了。

路嘉比以前做赛车手时胖了一点儿，但胖得恰到好处，让她看上去有一种健康的、让人觉得安心的美。

程一恒甚至觉得，这样的路嘉抱上去一定软软的、香香的。

"你看什么呢？不好看吗？"路嘉有些不适应地摸了摸脖子，没自信地问。

"不是，我是佩服自己的眼光。裙子真不错，跟你的妆容很配。"程一恒说。

路嘉低头看了一眼裙子。程一恒不是在夸她，而是在夸裙子，她有些失落，撇撇嘴："那走吧？"

裙子虽然好看，路嘉的妆容也很得体，但是她腿上还戴着护具，行走并不是很方便，需要依靠拐杖。

再让人惊艳的美女，多了一副拐杖，也会让人意兴阑珊。

不过，路嘉本来就是去凑数的，压根没想过要出彩。再说了，她现在的身份敏感，如果被认出来，反而不太好。关于这一点顾虑，她跟程一恒说过。程一恒再三保证，那个是私人聚会，根本不会允许带手机进入现场，她才稍稍放了心。

还有一点就是，穿上小礼裙的路嘉的气质跟平时的完全不同，加上妆容的变化，其他人不太容易认出她。

两人驱车前往现场，有门童为他们开车门、泊车、引路，在进入现场前，如同程一恒说的一样，服务人员将手机收走了，细心地登记了手机的型号和颜色后，给每名宾客发了一张卡片，宴会结束后，凭卡片取回手机。

然后，大门开启，程一恒将手腕提起，示意路嘉可以挽上来。

路嘉看了一眼，有点儿紧张地挽上他的手臂。

两个人手挽手，颇为亲密地走进了宴会现场。一个满头银发却精神矍铄的老头走了过来，身边簇拥着不少人，随着他的移动，现场的中心移动到了程一恒跟路嘉这边。

"程医生，你来了，欢迎欢迎。"老头笑得很灿烂，待程一恒亲切又客气。

程一恒主动伸出手，与老头问好："陈董，腰最近没事了吧？"

"灵活着呢。多亏了程医生啊，不然，我现在怎么可能生龙活虎地站在这里。令尊令堂身体还好吧？"陈董事长左右扭了扭腰，惹得哄堂大笑。

程一恒点点头："都挺好的。"

"各位，这就是治好我腰的程医生！"陈董事长向来宾介绍着程一恒，似乎把他奉为上宾。

"今天是我七十岁的生日，俗话说得好，'人活七十古来稀'，很多事情我已经看开了，人活这一辈子，什么最重要？当然是健康。有了这份健康，才是你去奋斗、去打拼、去获得成功的前提。所以，我要重重地感谢程医生！"

宴会会场响起热烈的掌声，路嘉扭了扭身子，在这种场合，很不适应，尤其是她还拄着拐杖。

只有在比赛的时候，她才会非常享受被注视的感觉。

但是，只要离开了赛道，她就极其憎恶视线跟镜头。好在俱乐部够宠她，但凡遇到这种场合，都替她回绝了。

陈董事长说完欢迎词，终于注意到了程一恒身边的路嘉。

"这位是？"

路嘉的手攥紧了拐杖的扶手，她仿佛在期待什么，期待一个结果从程一恒的口中说出来，但又害怕从程一恒口中说出来的并不是她想听的。

"我的女伴。"程一恒说。

路嘉松了一口气。

在场的许多人松了一口气，包括陈董事长。

"那这位小姐怎么称呼？"

"路……路小姐。"程一恒介绍道。

"哦哦哦，路小姐。路小姐腿的状况看上去不太好啊……"

"受了点儿伤。"程一恒又替她回答了。

"程医生，你过来一下。"陈董事长拉着程一恒的手臂，"知花，你来一下。"随着陈董事长喊这一声，一个穿着白色礼服的长发女人转过身，施施然朝这边走来。一头柔顺的大波浪头发让她看上去十分优雅，举手投足之间都散发着高贵的气质，有一种由内而外的自信，笑起来甜甜的。

路嘉站在程一恒身边，有些无所适从。

程一恒捏了捏她的手，小声说："没事。"

路嘉心想：我倒是没事，有事的是你吧？

叫知花的漂亮女人走了过来，撩了撩头发，风情万种，难得的集可爱与性感于一身。陈董事长一只手握着知花的手，另一只手拉过程一恒的手，将知花跟程一恒的手搭在一起，十分欣慰地说："知花啊，这就是我跟你提过很多次的程医生，是不是一表人才、仪表堂堂？程医生医术好，为人靠谱，你们郎才女貌，认识一下啊。"

知花羞涩地笑了笑，但是又不是真的羞涩，只是到了这个场合就该表现出来的那种羞涩，反正路嘉形容不出来，在帖子里写的时候就说："大概是一种得体的羞涩吧。"

陈董事长介绍了程一恒，当然没忘记介绍知花："程医生，知花是我的小侄孙女，刚从英国大学毕业回来，帮着公司打理医疗器材引进和销售这一块，你们肯定会有共同语言的。"

原来如此，路嘉想。

无商不奸是正确的，知花跟程一恒的结合，简直就是强强联合，一个是做医疗器材的大小姐，一个是拥有雄厚背景、本地最知名医院里的未来之星，双赢啊。

"你好，知花小姐。"程一恒礼貌地伸出手。

知花露出标准的笑容："你好，程医生。"

"不如你们加个微信吧？留个联系方式，之后约出来喝个咖啡吃个饭，都可以啊。"陈董事长这个红娘当得简直是司马昭之心——路人皆知。

"好啊，只要程医生愿意的话，我倒是觉得没什么。"知花叫来服务生，暂时把自己跟程一恒的手机拿回来。她打开自己手机上微信的二维码，然后将手机递给程一恒。程一恒犹豫了一下，在陈董事长灼热的注视下，拿着自己的手机扫了扫知花的微信二维码。

知花和程一恒添加完好友之后，服务生又收走了手机。陈董事长心满意足地走到舞台上，宣布宴会开始，大家可以自由地聊天吃东西。

然后，陈董事长被簇拥着去了其他地方。

知花在这边逗留了一会儿，饶有兴趣地打量了一下程一恒身旁的路嘉："这位小姐是？"

"我朋友。"

"你好，我是知花。"知花主动伸出手。

"你好，我是路嘉。"路嘉也伸出手。

"路小姐的腿怎么了？"

"受……受了点儿伤。"路嘉重复了一遍先前程一恒的说法，掩盖掉受伤的真正原因，避免说出车祸，让他们联想到"路嘉跟华庭的车祸事件"。

"哦。"知花若有所思地点点头，"那希望路小姐早日康复。"

路嘉点点头。知花没有过多留恋，轻飘飘地离开了。路嘉看着她的背影，若有所思。

"想什么呢？"程一恒看路嘉走神了，问道。

"没什么。"其实，路嘉心里在琢磨着帖子更新的内容。

经过陈董事长的介绍，前来找程一恒搭讪的人一拨接一拨，路嘉见状，就佯装自己站累了，想找个地方坐着休息一会儿。程一恒替她找了个四周都有食物的地方，叮嘱服务生照看好她。

路嘉吃了一会儿水果，觉得很无聊，便溜去了洗手间，途中遇到保管手机的服务生，问对方可不可以暂时拿回手机。服务生说，回到宴会现场时，手机必须再次交由他们保管。路嘉同意了，拿着手机拄着拐杖准备去洗手间，服务生上前要扶她，被她拒绝了。她愣是一步一步地挪到了洗手间里。到了洗手间，她把拐杖放在一旁，坐在马桶上，手指飞快地更新着帖子内容。

她把今天宴会上的事情润色，更改场所后便更新在了主帖上。一石激起千层浪，吃瓜群众瞬间激动不已。

　　"情敌出现了吗？看样子，对方是大小姐啊，想必不好对付吧。"

　　"楼主雄起！我们都支持你！"

　　"小狼狗医生这么抢手吗？"

　　"根据楼主描述，我觉得Z小姐家世好、漂亮、处事得体，老实说，如果我是男的，肯定会选Z小姐的。"

　　"楼上说话能不抬杠吗？这个楼的帖名就叫'我的医生好像喜欢我'，而不是'我的医生好像喜欢一个家世好、漂亮、处事得体的Z小姐'好吗？"

　　"我不想跟刚刚回复我的那位吵，我说的都是事实。楼主现在没钱，无家可归，腿伤还没好，拿什么去跟一个大小姐比？说实话，我最鄙视那种没确定关系就住进别人家的女人了，别说没确定关系了，就算确定了关系，堂而皇之地住进别人家，不知道安了什么心。"

　　"楼上是活化石吗？没确定关系就不能住别人家了？楼主干什么了？只要没违法犯罪，都是她的自由好吗？再说了，是C主动邀请楼主去他家的啊。"

　　看到帖子里吵得不可开交，路嘉觉得有点儿烦，删掉了几条过激的回复后，按下了马桶的冲水键，想起身，却觉得腿部一麻——她站不起来了。

　　天哪，这是马桶，不是蹲坑啊，她怎么会起不来？

　　路嘉要崩溃了。

　　又尝试了几下，她才发现，出问题的不是另一条正常的腿，而是还没拆护具的伤腿。之前只是使不上力，现在是一阵一阵地麻，连带着另一条正常的腿受了影响，她根本起不来。

　　她的第一反应是给程一恒打电话，但电话都拨出去了，才想起所有人的手机被服务生收起保管了，她无法联系上程一恒。

　　她尝试着拍了几下门，想要叫来服务生，敲了半天没有任何回应，这才想起来，刚才她拒绝了服务生扶她进来的要求，恐怕别人认为她自己一定可以的，没事不会在卫生间这边徘徊。

情况好像有点儿糟糕。

该怎么办？路嘉急得后背出了一层薄汗。

路嘉原本抱着不舒服的感觉过一会儿就会渐渐消散的想法，可二十分钟过去，她觉得自己全身开始发软。

距离她离开会场已经超过半个小时了，程一恒应该发现她不在了吧？他应该会出来找她吧？

可是……

如果她被程一恒看到又困在了女厕所，那得多尴尬啊……

路嘉还是决定自己努力一把，从洗手间里挪出去，但一站起来就被腿部的麻意击败，一屁股坐了回去。

路嘉抬头仰望着天花板，在想着吼上一嗓子求救时，发现有人说话的声音离自己越来越近。

有人来女洗手间了！她有救了！

路嘉仿佛看到了生命的曙光，等人走进来后，她刚想出声，却听见对方提到了自己。

"你觉得那个程医生怎么样？你姑爷爷那么热情地介绍他，好像很看好他？"这个声音很陌生，路嘉没有听过，应该不认识说话的人，可话中提起的"程医生"应该是程一恒吧？这句话的结尾是问句，应该是对另一个人说的。

果然，过了一会儿，随着水流声响起，应该是有谁打开了水龙头洗手，另一个人的声音响起："程医生吗？他只是一个小医生而已，再有前途也只是个医生。我觉得姑爷爷毕竟老了，竟然想把我介绍给一个小医生。"

这个声音听起来就耳熟多了，正是刚刚表现完美的知花。

听到程一恒被贬低，路嘉顿时气不打一处来，刚想站起来，又听到最开始问知花的那个人说："这么说起来，你肯定没看上那个程医生。不过，看起来他挺傲的，别的男人见了你都恨不得点头哈腰，而他表现得不情不愿，尤其是他还带了个瘸子来参加这么重要的宴会，真不知道他是怎么想的。"

知花"扑哧"笑了一声："瘸子？"

"你不知道他旁边站的那个'瘸子'的来头并不小吗？"知花反问道。

听到这里，路嘉变得紧张起来，心道：难道知花已经认出了我？说不定，她接下来还会说我的坏话，这样我可没办法求助她们，让她们把我扶出去了……

人生真是处处有坑，路嘉都不知道往哪儿跳才能保命了。

不过路嘉倒是好奇，知花会怎么说她。

"……什么来头？"那人用极其八卦的语气问。

"就是那个……"

知花开了个头，就被外面的声音打断了："请问知花小姐在里面吗？"

"对！有什么事吗？"知花应了一声。

一个服务生走到门口，大声说："知花小姐，是这样的。我们这边的女服务生都被抽调走了，现在这位程先生的朋友好像不见了，想请您帮忙看一下，有没有一名拄着拐杖的女士在洗手间里。"

"哦。"知花回头扫视了一圈儿，"好的，我这就看看。"然后，她跟自己的朋友说，"一间一间敲门，然后再推开看看。"

路嘉心想：完了完了，我马上就要被发现了！她干脆一咬牙，用拐杖撑开了卫生间隔间的门，然后心虚地嘿嘿干笑了几声。

笑完了，她就想扇自己一个巴掌。她为什么要心虚，应该是在背后说别人闲话的人心虚才对吧？

但是，在背后说别人闲话的知花丝毫没有表现出心虚，而是继续摆出她标准化的美好笑容，眼睛弯弯，笑着对路嘉说："路小姐，有什么需要我帮忙的地方吗？"

"我……我起不来了，麻烦你扶我一下，扶到门口就好。"

"程医生在外面等你呢。"知花走过来，身上的香水味很明显。恰好路嘉近期闲得无聊，对几款热门香水颇有研究，一下子就闻出来是LOEWE的"事后清晨"。

知花伸出一只胳膊扶起了路嘉，路嘉借力站起来，可腿还是很麻，然后很快坐下去了："不行，我脚麻，站不起来。"

知花看上去并不相信路嘉，叫来自己的朋友，两人一起又扶了路嘉几下，路嘉还是没站起来。知花有点儿生气，看着路嘉说："路小姐是非要程医生进来抱你才肯起来吗？如果是这样的话，我立刻去叫程医生进来，正好洗手间没有人在使用。"

"不是……"路嘉不知道怎么解释自己腿麻到站不起来的事情，额头上渗出了汗。她虽然很不想被知花认为她在矫情，但她还是说："知花小姐，麻烦你叫程医生进来吧，我的腿……可能真的出问题了。"

知花有些生气，看了路嘉一眼，似乎翻了个白眼。路嘉算是看出来了，知花先前的好性格都是装出来的。

踩着嗒嗒作响的高跟鞋走到门口，知花跟程一恒说了什么，由于隔了一定的距离，路嘉没有听太清楚。

没过一会儿，知花和她的朋友走了，程一恒在门口试探性地喊了几声："请问女洗手间里还有人吗？"

没有人回答。

程一恒走了进来，看到路嘉满头大汗地靠在隔间的隔板上，立刻察觉到不对劲，上去查看了一下她伤腿的情况："怎么样？"

"发麻。一开始是一条腿……"路嘉说这话的时候，嘴唇已经变得苍白，额头上的汗水打湿了头发，"后来是另一条腿，紧接着是上半身……"

路嘉说话的时候，嘴都在微微哆嗦。

"可能是术后出现不良反应了，我现在马上送你去医院。"程一恒一把横抱起路嘉，从洗手间出来后，他简单地跟服务生交代了一下，拿回手机就准备离开，进电梯的时候，恰好碰到知花从电梯里面走出来。

知花有点儿诧异，没想到程一恒真的把路嘉抱了出来，说："程医生可真是担心路小姐呢。"

"请你让一下。"程一恒没管知花的调侃，直接说。

"嗯？"知花更加诧异。

"路嘉出现术后不良反应了，我现在必须马上带她去医院，请你别挡在电梯门口。"程一恒非常严肃地说。

他很少叫路嘉的全名，在着急的时候，不知不觉就叫了。

知花明显被程一恒的态度吓到了，立刻让他们进电梯，然后眼睁睁看着程一恒抱着路嘉站在电梯里，电梯门合上，程一恒的眼中连她的一根头发都没有。

跟知花一起出电梯的朋友不禁感叹道："哇，这个医生也太酷了吧，就像在演偶像剧一样！"

"别犯花痴了。"知花用教训的语气跟朋友说话，"你没听见刚才他叫路小姐什么吗？路嘉。这个名字最近可是很火的。真遗憾不能随身带手机，不然我就拍照了。路嘉可真厉害啊！"

"路嘉？"知花的朋友想了一下，突然倒吸了一口凉气，"就是最近飙车一死一伤事件中的知名女摩托车赛车手？"

"对啊。我还买过票去现场看她比赛呢。不过，我是去喝倒彩的。"知花说。

"为什么？"

"我跟华庭以前是同学，一直都很喜欢她。真正的妖精女王应该是她那个样子，不是路嘉这样。"知花说。

第三♥章
CHAPTER 3

　　程一恒一路狂奔，抱着路嘉上了车，把她小心地安置在车座后排。程一恒平时开车很稳，从没有轻易超速过，这一次连路嘉都着实感受到了他内心的焦急，车速比平常快了许多。在到达医院前，他打电话提前联系好医生。一到医院，路嘉就被送进了急救室，经过治疗，她暂时脱离了紧急状况，在病床上睡着了。

　　由于床位紧张，程一恒只好把路嘉挪到他办公室的休息床上，隔了一张帘子，他就在外面就诊。本来他今天休息，但是反正回医院了，就多给几个病人看诊。

　　路嘉这一觉睡得很踏实，醒过来时，天已经黑了。

　　程一恒的病人都接待完了。

　　其实，中间她迷迷糊糊醒过来好几次，听到外面程一恒看诊的声音，心里莫名地觉得踏实，有安全感，便又沉沉睡去，彻底清醒过来时，天已经黑了。

　　她揉了揉睡得有些发晕的脑袋，下床拉开帘子，看见程一恒戴着一副金丝边框的眼镜正在写着什么东西，一旁的台灯亮着，散发出温暖的光。

听到动静，程一恒抬起头来。这一瞬间，路嘉看得有些痴了。昏黄的灯光打在程一恒的脸上，让他的皮肤看上去完美无瑕，他的五官在灯光的映照下变得柔和了许多。

"路嘉？"程一恒喊了好几声，路嘉才听见。

"啊？怎么了？"

"我说，你现在感觉怎么样，还全身发麻吗？"

路嘉摇摇头，说："好多了。"

"那我们回家吧。"说这话之前，程一恒已经走到路嘉面前，伸出手摸了摸她的额头，自言自语，"没有发烧了。"

路嘉经常跟程一恒一起并排走，一直都知道他高，如今两人靠得这样近，一对比，才更加真切地觉得他实在是太高了。

路嘉的额头抵着程一恒的下巴，眼睛平视的前方便是他的喉结，他身上淡淡的消毒水味道混杂着一点儿香水的余韵，飘到了她的鼻子里。

路嘉咽了一下口水。

"饿了吗？"她咽口水的声音恰巧被程一恒听到，他便问她。

"是的，我早就饿了。"路嘉揉着肚子来掩饰自己的尴尬，然后扭过头去，悄悄地自言自语，"我刚刚咽口水不是因为饿了，而是因为你秀色可餐呀。"

"你在那儿嘀咕什么呢？"程一恒问。

"没没没。"路嘉回过头来，把头摇成拨浪鼓，晚风吹起她的头发，让她看上去既傻气又可爱。

"想吃什么？"

"清淡点儿的吧。"路嘉低头看着自己的小肚子，感叹道，"人真是稍微不克制就会遭到身体的报复啊。"

"好。"

鉴于前几次的经验和教训，程一恒带她去了一家环境清幽、注重客人隐私的小店，找了个包间。

出来时，程一恒把自己的外套搭在路嘉的身上，路嘉整个人被笼罩在外套里，把头埋着，很难被认出来。

吃完饭后，两人开车回家。路嘉坐在副驾驶座上，头靠在车窗上，看看程一恒开车时的侧脸，又看看整个城市的霓虹灯。霓虹灯安静地在夜色中往后退，路嘉的内心从未这么平静和安宁过，她有些沉醉在这个夜晚里了。

路上，两人没怎么说话，气氛却很好。路嘉想起以前每逢比赛就会睡不着的日子，漫长又痛苦，黑夜像被无限地拉长，黎明迟迟不来，深陷黑夜的人深感绝望，后来她想了个办法，抱着摩托车头盔就能睡着了。

心脏那里有个东西抵着，她就觉得不会那么空洞，不会有风吹进来。

不会那么孤独，那么空虚。

如今，在这个美好的夜晚，她觉得心脏不用什么东西抵住，也能睡着了。

是因为，她获得了久违的安全感吧。

路嘉把在宴会上发生的后续事情更新到帖子里，又掀起一阵轩然大波。

"哇，楼主可要注意身体啊，太危险了吧？"

"C在电梯那里简直是霸道总裁附身啊！那个什么大小姐还嫌弃我们C只是个小医生，不要的话，请把C给我好吗？"

"怎么……跟着帖子追了挺长一段时间了，从时间线和发生的事情来看，我觉得楼主好像最近的某个新闻人物，不要打我，我就说几个模糊的关键词，你们自己去猜……车祸、赛车手、断腿。"

"楼上说的，我好像猜到了，LJ是吗？"

"路嘉打什么缩写啊，又不是明星。我也觉得挺像她的，我是说，事情挺像发生在路嘉身上的，可是她绝对不是这种行事风格。要么就是有写手看到了路嘉的事情，把自己代入路嘉，自己编造的。"

"认同楼上，我算半个摩托车赛车粉吧，跟着去看过不少比赛，也参加过很多场摩托车女赛车手的粉丝见面会，接机送机什么的就不说了，她们平时训练，我去看过很多次。从我个人角度来说，华庭'妖精女王'的名号绝对不假，人长得漂亮，专业技术过硬，问题是，她说起话来风情万种，就像有人在心里挠痒痒似的。而路嘉就跟一条死鱼一样，愣愣的，冷冷的，不会说话，也不愿意说话，特别高冷。当时，我们粉圈都觉得当路嘉的粉丝特别惨，因为她从来不会说什么安慰粉丝或者感谢粉丝的话。"

"同意楼上观点，本人男，一开始是冲着妹子们的颜值去的，华庭跟路嘉都长得挺好看的，但我个人认为，路嘉偏清秀，但打扮老是走暗黑风格，你知道吧？而华庭就准确地找到了自己的定位，就是风情万种。每当她摘下头盔的时候，一甩那一头大波浪鬈发，看得人心神荡漾，就是在那个瞬间，我决定要粉她一辈子！"

"喂喂喂！这楼不是讨论路嘉跟华庭谁好看好吗？再说了，你们就这么肯定楼主一定是路嘉？"

路嘉看到这一系列评论时，已经是两天后了，因为这两天她一直忙着接待一个小祖宗。

闵璐从欧洲回来了。

那天早上，程一恒在家休息，路嘉还在蒙头大睡，手机"嗡嗡嗡"地振动了起来。路嘉刚接起电话，闵璐的声音像安了几倍的扩音器，几乎快要在电话那头炸开："路——嘉！你出车祸断腿了都不知会我一声，还当我是你的姐妹吗？"

路嘉揉了揉眼睛，发了一会儿呆后才想起吼她的人是谁，于是把手机拿开半米，对着手机吼："闵大姐，你不是要飞欧洲三个月吗？"

"那你不知道找魏映？"

提到魏映，路嘉脸上的笑容渐渐凝固。

"他去欧洲比赛了啊，你们没在欧洲见面吗？"路嘉问。

"没有。"闵璐没听出路嘉声音里的低落，"我这刚下飞机，你在哪个医院？我马上过来。"

"我没在医院。"

"那你在哪儿？"

"别人家。"

"哪个别人？"

"我的医生。"

"你的房子呢？"

"到期了，没钱续租。俱乐部跟我解约了。"

路嘉甚至可以听到闵璐牙齿咬得咯咯响的声音："大姐，我叫你平时对钱还是留个心眼，不至于在要花钱的时候手头拿不出钱，你……"

"好了，璐璐，别说了，我腿都断了。"

"你也知道自己腿都断了啊？给我个地址，我马上过来。"

如果说，路嘉是一头小豹子，那在真正的山林之王——老虎闵璐面前，她就是一只温顺的小猫咪。

路嘉只能乖乖地把程一恒家的地址发给闵璐。

半个小时后，穿着空姐职业装、拖着行李箱的闵璐出现在程一恒的家门口。

"你就是那个医生？"闵璐懒得多看程一恒一眼，推开他，往屋里走，四下张望，"路嘉呢？"

程一恒完全拦不住闵璐，被逼退了好几步。

闵璐狐疑地凑到程一恒面前："你没有对路嘉做什么吧？"

程一恒举起双手往后退，以示清白："她只是在我这里暂住一段时间而已。"

闵璐威胁他："如果你敢对路嘉做什么，我就卸了你一条胳膊！"

"璐璐！"听到外面的动静，原本还在浴室里洗澡的路嘉，裹了条浴巾就冲出来阻止闵璐，怕事态往不可控制的方向发展，"你别冲动啊！人家是出于好心才收留我的。"

闵璐的关注点不在"好心收留"这四个字上，而在路嘉就这么裹着条浴巾丝毫不顾忌地出来了。闵璐一把将路嘉拉进房间，然后把门关上。

"你们……你们两个到什么程度了？"

"什么什么程度了？"路嘉不解地问。

闵璐开启名侦探柯南模式："你都能直接裹着浴巾走出来，说明你们之间已经很熟悉了，不存在男女大防。老实说，你们是不是已经……那个了？"

"闵大姐，你别胡说啊！"路嘉义正词严地说，"只是……我觉得他有点儿喜欢我而已，仅此而已！"

闵璐不屑地看了路嘉一眼："路嘉，我警告你，别犯花痴。你这样莫名其妙地跟一个陌生男人住在一起，被别人知道了，始终不好。再怎么说，你是一个公众人物。"

听到闵璐说的话，路嘉的情绪一下子变得低落起来："可是，我当时确实走投无路了。你在国外，我又因为车祸声名狼藉，被俱乐部开除，房租又到期……"

闵璐做了个"Stop"的手势，在路嘉的房间里绕了一圈儿后，找到两个行李箱，拖出来，扔到路嘉面前："收拾东西，走人。"

"去哪儿？"路嘉小心翼翼地问。

"当然是我那儿啊！你这样一直住在一个陌生男人家里算怎么回事？"

"可是我……闵璐，你听我说，程医生不是什么陌生男人，他不会对我做什么。而且，因为他是我的主治医生，在我的腿完全好起来之前，我待在他这里有利于我腿伤的恢复。腿伤好了之后，我还要进行一系列的复健活动，没他不行的。"

"啧啧啧！"闵璐鄙视地看着路嘉，"这才多长时间，你就说出'没他不行的'这种话了？路嘉，我看你是犯花痴了吧？"闵璐戳了戳路嘉的额头，然后把程一恒喊过来，问他："这件事情你打算怎么办？"

"路嘉说的话我刚刚都听到了，我觉得她说得有道理。她住我这里的确比住你那里方便。"

"为什么？"

"其一，我之前听路嘉提过，你的职业是空姐，即使不飞欧洲航线了，也得飞国内航线吧？你要考虑到，路嘉现在是一个行动不便的伤患。根据你职业的特殊性，你无法保证每天都能抽出一定的时间照顾她，说不定，你一走就是好几天，如果她在你家出了什么事，磕着碰着之类的，都不太好处理，而我再忙，每天还是有时间回家的。其二，她的伤还没有痊愈，经常会发生突发问题，前几天才进医院抢救过，如果再遇到这种情况，我认为，你可能比我的反应能力差一点儿，毕竟我是她的医生。"

程一恒说得有理有据，闵璐没办法反驳。

闵璐只好重新拖起自己的行李箱，指着程一恒，威胁地说："那好，反正现在我飞国内了，隔三岔五就会过来查岗，一旦发现你对我们家路嘉图谋不轨，或者是有哪里亏待了她，我可要你好看。"

路嘉深吸一口气来平复自己的心情，心道：闵大姐啊闵大姐，你是站在什么立场上才敢这么威胁程一恒啊？

"您放心，我保证达到您的要求。"程一恒说话时已经用上了尊称，足见闵璐的震慑力有多强。

闵璐当天并没有直接回家，而是在程一恒家住了一天，观察他是怎么照顾路嘉的，确认他把路嘉照顾得还不错后，才肯放心离去。

走的时候，闵璐拿出一张卡给程一恒："程医生，路嘉在这里打扰你，肯定会要不少费用，卡里有点儿钱，你看着用，就当给她多买点儿营养品补身体了。"

程一恒心想，路嘉的朋友都跟她一样，动不动就喜欢给人塞卡吗？不过，他想起自己之前给路嘉塞过卡，难道他被她影响了？他没接卡，笑得很无害："闵小姐，你误会了。我留路小姐在这里住，不是为了钱。"

"那是为了什么？"闵璐问，"你们之前不认识，你的病人没有一千个也有五百个，没见你个个都接到家里住的。"

"当然是因为路小姐很特别。"程一恒说。

听了这话，闵璐便一直阴笑着看着路嘉。路嘉不适应，推推闵璐："你别这么赤裸裸地看着我，看得我毛骨悚然。"

三人一起在外面吃了午饭之后，闵璐准备回家。程一恒提出送她，被她拒绝了。

她把路嘉偷偷拉到一边："这医生感觉人品还行，你把握住啊。"

路嘉的嘴角都是藏不住的笑，丝毫不意外闵璐对程一恒的态度前后来了个一百八十度大改变："我早就说了，程医生人很不错的。"

"嘉嘉，你能走出来当然最好了。其实，我很愧疚，在你最需要帮助的时候，我不在你身边。"闵璐像是忽然想起了什么，感叹道。

路嘉知道闵璐指的是什么。其实，闵璐说不知道路嘉出车祸的原因有两个，一是她远在欧洲。但是，现在通信网络这么发达，就算隔了几大洋，信息也能实时传达，不知道不过是因为忽略了和不想知道罢了。还有一个原因，那就是她不知道路嘉伤得这么严重。

闵璐去欧洲前，她们两个闹过矛盾。矛盾的缘由，不是因为魏映，而是一个叫周恺的男人。以往，她们之间百分之八十的矛盾是因为魏映。自从一年前，路嘉彻底放下魏映后，两人的主要矛盾转移到了周恺身上。过去都是闵璐劝路嘉不要在魏映这棵树上吊死，自那以后，就转变成路嘉劝闵璐不要再执着于周恺。

闵璐在感情这方面比路嘉还要轴，她打算在飞欧洲航线时，偷偷去一趟美国找周恺，被路嘉知道了，痛斥了她一顿，她不服气，回道："你以前在魏映身上做过不少傻事，凭什么现在就不允许我做傻事了？"

"你这哪里是做傻事，是做蠢事！你忘记大学毕业那次去美国有多惨了吗？现在还不吸取教训？"

被戳到痛处的闵璐当场扔下路嘉走了，之后她就飞欧洲了，两人一直赌气，没联系过。

恰好因为这一场迟来的探望，两人心照不宣地将那段矛盾略过，就当没有发生过一样，继续做感情深厚的好姐妹。

闵璐走后，路嘉终于得空，在家里休息了一会儿。她刚打开电脑，登录豆瓣的首页，就发现自己帖子的评论爆了，有上千条。

路嘉吓了一跳，虽然之前帖子一直维持在一个比较高的热度，但是没有出现过有这么多评论的情况。

她点开帖子一看，原来是楼里的人已经开始对她进行扒皮，而且扒的事情很多接近现实了。

路嘉顿觉全身上下血液倒涌，手脚开始变得冰凉。

她一条一条地看完评论，评论人的观点分成了两派，一派是认为这个帖子就是路嘉本人开的，另一派则认为是写手开的帖子。

但两派的观点在某一点上达成了一致，他们都认为这应该是发生在路嘉身上的真实事情。

扒皮帖遍地开花，甚至有人扒起了路嘉动手术的那家医院，想从那里弄清楚C的真实身份。

路嘉刷新了一下小组，首页飘着的好几个帖子都在说这件事情。

为了防止事态继续扩大，见势不对的路嘉立刻在主帖更新了置顶说明："我写这个帖子只是出于好玩，但是现在有的人已经开始触及我的底线。我可以告诉大家，现在你们扒出来的事情都是错的。但我不想影响其他人，帖子会暂时停止更新，并且申请管理员禁止回复，祝好。"

这样做完后，路嘉稍稍松了一口气，希望大家会被新的八卦和热点吸引注意力，渐渐淡忘她的帖子。

其实，大家扒出来她的身份还好，她就怕扒出程一恒后，给他的生活带去很大的困扰，到时候，他们可能连朋友都做不成。

路嘉懊恼地拍了拍自己的脑门，自责道："我到底为什么要在网上发这种帖子啊？脑子发热？"

正好程一恒端着牛奶敲门进来："什么帖子？"其实，他已经看到了那个帖子，然后联系了自己的律师，让人去处理这件事情，但他没有告诉路嘉。

路嘉一紧张，差点被椅子绊倒，还好稳住了身体，有点儿紧张地说："就是我在网上看到一个特搞笑的帖子。"

"什么搞笑的帖子，可以给我看一下吗？"程一恒说着就把脸凑了过来。

"还是不了吧！"路嘉紧张得快速关掉了网页，"比较黄的那种帖子。"

"哦。"程一恒把牛奶递给她，"喝吧，补钙的。"

此刻，路嘉的心"咚咚咚"跳得厉害，耳朵跟着发烫。刚刚帖子的事情余震尚在，她一口气"咕噜咕噜"喝完牛奶，才觉得心里舒服了一点儿。

程一恒有些惊讶："你……你不用喝这么快的，我不着急去上班。"

"如果有什么事情需要我帮助的，你一定要告诉我。"程一恒说。

路嘉点点头："我知道了。"她一口气喝完牛奶，把杯子递给程一恒，推着他出门，"你快去上班吧，我可不想耽误你治病救人，那么多病患在等着你。"

程一恒觉得自己应该给路嘉足够的空间："好，那我去上班了。"

一个下午过去，程一恒下班回来了，事件还是没有平息。

路嘉决定暂时停止更新，经过申请，帖子不允许再回复，不过，好多帖子已经被删除了，但野火烧不尽，春风吹又生，组里又开了几个新帖讨论这件事情。

在八卦这件事上，人类好像有天赋，碰到这种事情就跟打了鸡血似的，明明讨论半天都是那几个结果，可还是要乐此不疲地继续讨论。

帖子越多，路嘉越觉得慌。

每个跟《我的医生好像喜欢我》这个帖子相关的帖子她都点进去看了，大家倒没有什么新的爆料。她庆幸身边的人没有发现这个帖子，但凡医院的某个小护士或是俱乐部的某个工作人员，只要看一眼这个帖子，就一定会认出她的身份，到时候她就真的完了。

程一恒做好晚饭，叫她出去吃时，她心不在焉地坐上椅子，突然眼前一亮。程一恒像变戏法似的从身后拿出一束花送给她。

"节日快乐。"

"什么节日？"

"三八妇女节。"

路嘉"扑哧"一声笑了，接过花闻了一下，香味沁人心脾："离三八妇女节不是还远得很吗？"

"看你最近有些不在状态，书上说，当发生这种情况的时候，是因为生活中缺乏新鲜事物。"

"所以你送我花？"

程一恒点点头，又从背后拿出一瓶红酒："还有这个。"

"鲜花配红酒，又配美人，简直再完美不过了。"

听到"美人"二字，路嘉还来不及得意，就想起自己是素颜，赶紧捂住脸："你这是讽刺我呢！我妆都没化！"

程一恒走到她的面前，轻轻地把她的手拿开，直视着她的眼睛，真诚地说："你素颜的样子也很美。"

路嘉觉得自己的脸有些发烫："你说的是真的吗？"

"当然。"程一恒点点头。

"不管生活中发生什么不开心的事情，你还是要对明天充满希望。"程一恒说。

路嘉觉得有点儿感动，但又说不出为什么感动。

程一恒摸了摸她的头："吃东西吧，我先替你把红酒倒上。"

路嘉这才看清楚，桌上摆着程一恒做的、精致丰富的西餐，他甚至还细心地准备了蜡烛，她却穿着睡衣，头发乱得跟鸡窝似的，坐在他的对面，享受着烛光晚餐。

她觉得自己太幸运了。

不过，她的这份自我感觉的幸运很快就被打破了。晚餐吃到一半，她担心帖子的事情持续发酵，忍不住打开手机看了一眼豆瓣，不看还好，这一看，心都快爆炸了——她的帖子被转载到微博去了。

截止到她看的时候，已经有一千多的转发量、三千多条评论、一万多个点赞了。

路嘉抬起头，看了一眼正在认真切牛排的程一恒，突然觉得嘴里嚼到一半的牛排难以下咽。

她抿了一口红酒，起身跟程一恒说："我去一趟卫生间。"

进了卫生间后，她立刻联系转载帖子的博主，发私信说：我是《我的医生好像喜欢我》帖子的帖主，我在帖子里强调过很多次，不准转载，现在你已经涉及侵权，我要求你马上删掉相关微博。

对方回：你怎么证明自己是帖主？

路嘉截了编辑帖子的界面给博主看，博主就装死了。

转发量以肉眼可见的速度在快速增长，路嘉骂了句"营销号死全家"，气得捶墙。程一恒在门外听到动静，担心地问了句："路嘉，你没事吧？"

"我没事，马上就出来！"

路嘉联系了微博小秘书，说明了自己的情况，提供了证据，希望能通过官方把这条微博删掉。

做完这些事后，路嘉不得不从洗手间出来，毕竟她跟程一恒的烛光晚餐才吃到一半。这是他们的第一次烛光晚餐，本来应该浪漫幸福的，结果她被帖子的破事影响了心情。

路嘉觉得相当沮丧。

然而，更沮丧的事情还在后头。

路嘉刚从洗手间里出来坐下，端起红酒抿了一口，手机响了。

她看到手机屏幕上显示的名字，差点一口红酒喷出来。

魏映。

她盯着手机屏幕看了十秒，程一恒提醒她："不接吗？"

在这十秒钟的时间里，路嘉想了很多。接起来后，魏映的反应却不是她想象中的任何一种。电话那头的魏映情绪很饱满，听起来心情不错。

"喂，路嘉吗？我回来了。"

"嗯。"

"听说你出了车祸，很抱歉，我没来得及及时问候你。你知道的，在欧洲，国内的信息太落后了。"

路嘉翻了个白眼，心道：我们明明就是一个俱乐部的，发生了这么大的人事变动，你能不知道？

魏映不过是不想过问，或是明哲保身罢了。

"哦。"

发现路嘉的反应有点儿冷淡，魏映又说："路嘉，你知道，我跟华庭也是朋友。你们一起出了车祸，而外界的人都说是你……我真的不是不管你，而是人在欧洲，正值比赛周期，俱乐部让我别参与那件事情……那段时间，我还没想明白该怎么做。不过，我现在回来了，你有什么需要，尽管跟我提，不管是要钱还是要人。"

路嘉心道：我要你，你给吗？真是可笑。

"嗯。"

魏映见路嘉的反应这么冷漠，对话进行得很尴尬，只好提议："周末我约了闵璐，咱们三个人好久没聚了，一起吃个饭吧？"

"她答应了？"路嘉问。

"答应了啊。"魏映说。

"那行吧，到时候你把时间地点发我。"路嘉犹豫了，想着闵璐怎么这么不考虑她的感受，竟然要三个人一起吃饭，这不是修罗场吗？思忖再三，她还是答应了。

"行。"

"听闵璐说，你现在跟一个医生同居了？到时候把他叫上吧。"

"同居？"路嘉简直想敲爆魏映的头，"闵璐说了'同居'这个词？"

正在吃东西的程一恒停下来，看了路嘉一眼。路嘉摆摆手，示意他不用在意。她并不想自己跟程一恒的烛光晚餐受到打扰，打算快点结束电话，没想到**魏映**还在那头喋喋不休。

"那倒没有。"**魏映**有些尴尬地说，"她说你跟医生住在一起。路嘉，我一开始以为你只是发生了一场小车祸，没想到会那么严重，你会无家可归。你如果需要帮助，一定记得开口。我是看着你长大的，一直都把你当亲妹妹看待，你不要因为过去的事情与我产生隔阂，就认为我不管你了。不管你变成什么样，我都不会放弃你的。"

路嘉一开始接到**魏映**的电话，主要的情绪其实是愤怒，到中间，她觉得**魏映**有点假惺惺，最后听到"不管你变成什么样，我都不会放弃你的"这句话时，她的眼眶一下子就湿润了。

她对于**魏映**还是有感情的。

从小仰望的太阳，没那么容易割舍。

"我知道了，到时候约吧。"路嘉淡淡地回答，然后挂了电话。

"怎么了？"看她的情绪不太对劲，程一恒问。

这顿饭吃得并不太平。

"没有，一个老朋友邀请我们一起吃饭聚一聚，闵璐也去。"路嘉说。

"什么时候？"

"周末。"

"到时候可能要看我有没有时间。"

"嗯。"

晚餐结束后，路嘉主动收拾桌子，被程一恒拦下了："我来就可以，你坐着休息吧。"

休息无非上上网，看看电视。路嘉打开iPad，看起了国际汽联F3欧洲锦标赛，比赛途中下起了小雨，对赛车手来说算是很大的挑战，本应该是动人心魄的比赛，她却觉得索然无味。她想到帖子的事情尚未解决，又冒出**魏映**的事情。

她上网搜了一下新闻，**魏映**这次从欧洲比赛回来，虽然在国际赛上没有拿到一个好名次，但算是打响了名号。

这次回国，他的风头比以前更盛，俱乐部就差把他捧到天上去了。而对比她的状态，真是一个天一个地。

以前，她心中担忧的都是比赛的事情，现在她不参加比赛了，没想到生活里还有一大堆烂摊子要处理。

睡觉前，路嘉没忍住，用小号登了一次微博，微博小秘书并没有回复她。而那条转载她帖子的微博转发已过万，评论中有人在扒帖主的身份，点赞最多的评论是："这个是路嘉无疑吧，发帖的时间在她出车祸后不久。至于那家医院，其实，大家问一下去采访过的媒体就可以知道了。不过，我不建议大家去人肉那个医生，毕竟人家不是公众人物。帖子嘛，就是看来图个乐子，非要跟现实连接起来，其实没有那个必要。"

这条评论并没有让路嘉稍稍安心，虽然写这条评论的人倡议大家不要去人肉医生，但路嘉还是担心有好事者会真的去医院，扒出程一恒的身份，影响他生活。

下面有人评论："我真的觉得，评论里嚷嚷着要把C的真实身份扒出来的人特别搞笑，平时涉及自己爱豆被偷拍、被私生饭跟踪的事情时，就说'离他的生活远一点儿，离他的作品近一点儿'，C只是个普通人，什么事也没做，为什么要被你们扒？就算发帖人是路嘉，她算是公众人物吗？她不过是个赛车手，没必要被人评头论足。"

"哇，评论里路嘉的水军太不要脸了吧？什么叫她的生活不能扒了？华庭怎么死的，你们不记得了？路嘉还不算公众人物？之前她的粉丝跟华庭的粉丝撕得不要太难看哦……"

看了这些评论，路嘉觉得自己脑仁都在发痛，干脆将手机关机，一觉睡到大天亮。

隔壁房间的程一恒收到自己律师发来的邮件：事态太严重，不好控制，不过已经买了水军控制舆论，过一段时间应该就可以冷却热度。

程一恒回：好的，辛苦了。

周末很快就来了，早上闵璐从三亚飞回来，一下飞机就马不停蹄地去找路嘉，在电梯门口与刚值完夜班归来的程一恒相遇。闵璐大方地和程一恒打招呼："程医生，这么早，是回来还是出去啊？"

"上完夜班。"

"哦，我过来找路嘉，晚上咱们一起吃饭，魏映请客。你知道吧？"

"魏映？"程一恒对这个名字还算了解，缘于华庭时不时在他耳畔提起，他有幸跟华庭一起看过魏映的几场比赛。

"对，就是那个魏映。你应该对路嘉的身份很清楚吧？"闵璐说。

程一恒点点头："我看过她的比赛，魏映的我没怎么看过，但我知道他很出名。"

闵璐撇撇嘴："也就那么回事吧。"

两人一起进了电梯，有一瞬间的沉默，沉默中充满了尴尬。闵璐清了清嗓子："喀喀，程医生，问你个问题。"

"请讲。"

"你喜欢路嘉吗？"

"……"

程一恒又沉默了。此时，正好电梯门打开，路嘉挂着拐杖站在电梯门外。

闵璐慌张地问："你怎么在这儿？"

"我想下楼买瓶酸奶。"

"我去买吧。"程一恒转身又进了电梯，"你们聊，中午想吃什么？我顺便去买点儿菜。"

"都可以。"路嘉说。

闵璐扯了扯路嘉的衣袖："你干吗，我本来还想点菜呢！"

"你别为难他了，他刚上完夜班回来，我们随便吃点儿就行了。"

闵璐"啧"了一声，跟着路嘉进了门。路嘉看上去心事重重，闵璐问她怎么了，她硬着头皮把帖子打开给闵璐看了，还告诉闵璐关于她被扒以及微博转载帖子的事情。

路嘉本以为闵璐会批评她，没想到闵璐接过手机，看帖子看得津津有味，看完后，还意犹未尽地说："你什么时候更新？"

"还更新呢！"路嘉打了闵璐的手背一下，苦恼地坐在沙发上，抱着抱枕说，"我现在马上就要被扒得一层皮都不剩了，我是让你来给我想办法的。"

"你这帖子写得挺好的，跟小说似的，让人欲罢不能。"闵璐还沉浸在帖子当中，"但是，身为读者的我有一个疑问，程一恒为什么会对你这么好？"

"这就是帖名了呀。"路嘉有些小得意。

"路嘉,凡事要长点儿心,没有人会无缘无故对另一个人好的。"

"万一是荷尔蒙跟多巴胺分泌呢?"

"万一背后有不可告人的秘密呢?"闵璐之所以这么说,并不是想打击路嘉,而是闵璐想起自己刚才在电梯里问程一恒的话,他的沉默跟犹豫让闵璐隐隐约约有些不安。

闵璐不想打击自己闺密的积极性,发生车祸后,闵璐一度担心路嘉会一蹶不振,好不容易看着路嘉的状态渐渐好起来,暂且不管程一恒抱着什么目的,毕竟他现在做的,不像在害路嘉。

其他的都可以先放在一边。

程一恒买好菜跟酸奶回来后,闵璐主动挑起了做饭的大梁,让上完夜班的程一恒回房间去休息。

路嘉倚在厨房门框边看闵璐做饭,幸福感油然而生。

手机提示音响起,微博小秘书终于回她消息了。对方说:经过核实验证,转载帖子的博主的确存在侵权行为,已经由后台删除了相关微博。

程一恒的律师同时联系了他:"程先生,微博内容已经在我们的施压下删除了。"

程一恒回:"好的,谢谢。"

不过,其他的营销号全部跟风转了那条微博,就如"野火烧不尽、春风吹又生"的野草一样,根本清理不过来。

路嘉将处理的结果给闵璐看,最初的那条微博已经被转发了三万次。

闵璐调笑道:"路嘉,你拿十个冠军都没你一个帖子火,真是白练了这么多年的摩托车啊。"

"去你的。"路嘉抬起腿想要踢闵璐,却害怕对自己的腿造成二次损伤,又放了下去。

看着路嘉从气势汹汹地抬起腿转变为小心翼翼地放下腿,闵璐捧腹大笑。

闵璐做好了午饭,程一恒却没有出来吃。上完夜班的他实在太累了,一觉睡到下午六点,起床洗了个澡,然后收拾了一下,三人便一起出发,去魏映订的餐厅。

出发前，程一恒跟路嘉都回房间换了衣服。闵璐坐在客厅时，想起了她回国之前在欧洲听说路嘉出事后，联系魏映时，魏映跟她说的话。

由于有时差，身在欧洲的闵璐知道路嘉出车祸时，已经是第二天了，她尝试着联系过路嘉，但路嘉的手机早就被摔坏了，并且由警察捡走带回当作证据。

闵璐联系不上路嘉，急得像热锅上的蚂蚁，灵光一闪，想起同样身在欧洲比赛的魏映跟路嘉在同一个俱乐部，他一定知道怎么联系到路嘉。

魏映来欧洲前就约过闵璐很多次，但都被闵璐拒绝了。闵璐早就知道了魏映的心意，但一来她早就心有所属，二来因为路嘉，她从来没正眼瞧过魏映，所以只当他是普通朋友。

魏映接到闵璐电话时，刚参加完一场比赛，拿到一个不错的成绩。

闵璐在电话里说了路嘉出车祸的事，魏映原本接到闵璐的电话应该是非常开心的，可是这通电话让他怎么也开心不起来。

"闵璐，我知道你说的这件事，今天早上我一起来，周围的工作人员就告诉我了。"

"那你赶紧想办法联系到路嘉啊！我担心她出事。"

魏映迟疑了一下，说："闵璐，现在出了车祸，死了一个人，而死的这个人，我恰好认识，她叫华庭，如果你关注了新闻，应该知道了。据我对华庭的了解，她不是一个好战分子，并且她现在是路嘉在国内最大的威胁，所以……"

"所以……你也要怀疑路嘉？"闵璐忍不住要破口大骂。她和路嘉从小一起长大，路嘉要赢，从来都是堂堂正正地赢，绝对不会私下搞小动作，魏映这样猜测路嘉，着实让她生气。

"闵璐，你先别生气，我知道你跟路嘉情同姐妹，感情很好。但是，你要客观地看待这件事情。我联系了国内的伙伴，他们说，路嘉车祸后晕过去了，被送到了医院，现在正在接受治疗，没有生命危险。我建议，我们这段时间先按兵不动，一切等回国再说。"

魏映说动了闵璐，本来她在离开国内时就跟路嘉吵了一架，现在又发生了这么不好的事情，她本想第一时间联系到路嘉，可是想起路嘉临行前跟她说的那些话，怒气又上来了。

加上她工作忙，一忙就忙到了回国，这才有空想起这件事。

不过，回想起来，闵璐还是觉得非常惭愧跟后悔。同时，她惊讶于路嘉没有任何怪她的意思，有一丝后怕，也有一丝不满的情绪在发酵。

其实，闵璐觉得自己跟路嘉之间的感情并不是"好朋友"三个字就能描述清楚的，她们有时候是挚友，有时候是敌人，会吵架，会拥抱，会心疼对方，也会讨厌对方。

她们是活进了对方血肉的人。

谁的生命里少了对方，都会缺少浓墨重彩的一笔。

正因为是这样复杂的关系，闵璐有时候才会觉得跟路嘉相处起来格外困难，举步维艰。

三人抵达餐厅时，魏映已经在门口等候，西装革履，站在门口十分显眼。而程一恒只穿了一套休闲的服装，显得有点儿疲倦。

魏映先是热情地跟闵璐和路嘉打招呼，看到最后下车的程一恒时，就跟见了好兄弟似的，自然而然地走上前，想搂程一恒的肩膀，走近了才发现，程一恒非常高。魏映虽然不矮，但搂程一恒的肩膀还是有点儿吃力的。

如果分开看，肯定会觉得西装革履的魏映状态比程一恒好。但是两人并排走在一起，闵璐跟路嘉不约而同地感叹：个子高真的能碾压一切。

魏映预订了一家日料店，有单独的隔间用来用餐，隐私性非常好。不过，大厅也有客人。

四人进了餐厅，服务员领着他们去包间，程一恒半路提出要去一趟洗手间，让其余三人先进去。路过大厅时，路嘉感觉到了异样的目光。

服务员穿着传统和服跟夹脚木屐，走路的速度有点儿慢，紧随其后的三人不知不觉地放慢了脚步。

路嘉一路上跟闵璐开着玩笑，打打闹闹，就卸下了防备，忘了要伪装自己，走过大厅一半的位置，突然有个脖子上挂相机的男人站了起来，大声地说："那边那位留短发的女士，你是赛车手路嘉吧？"

听到有人喊自己的名字，路嘉的身体僵硬了一下。闵璐迅速压低路嘉的肩膀，回应脖子上挂相机的人："不是，你认错人了。"

"不可能。"相机男越过几桌客人，冲到路嘉面前，非常不礼貌地去看她的脸。她把脸都埋到衣服里去了，相机男还是不肯罢休，试图伸出手让她抬头。

闵璐一把将他推开："你干吗呢？信不信我报警？"

魏映挡在两名女士的前面："请你让开，我们要用餐了。"

相机男一看到魏映，马上咧嘴大笑："还说不是路嘉呢，真是撒谎成精。大家过来看看，眼前这位是魏映，路嘉的'青梅竹马'，同一家俱乐部的明星赛车手。魏映都在这里了，一个像路嘉的人会不是路嘉？"

相机男低头扫到路嘉的拐杖，又说："你的腿伤还没好啊？不过，看样子快好了。你知道吗？华庭可是连命都没了，你到现在为止，出来道过一次歉吗？"

"闭嘴！"闵璐吼，"你是谁？店里没人出来维持秩序吗？我们是来吃饭的，不是来吵架的！"

经理立刻跟几个服务员出来，把相机男拉走了。本以为这个小插曲就这么过去了，魏映三人继续往包间里走，没想到，相机男挣脱了店员的钳制，奋不顾身地冲过来，举起相机对着路嘉一顿狂拍。

自出车祸以来，路嘉已经受够了隔三岔五就出现的相机闪光灯跟快门声，对此深恶痛绝。看到自己又被拍了，埋着头、本想息事宁人的她脾气瞬间上来了，抬起拐杖就朝相机男砸去。

拐杖正好砸到相机男的眉骨，疼得他龇牙咧嘴，捂着眉毛在原本安静祥和的日料店里大吼大叫："杀人凶手路嘉打人啦！杀人凶手路嘉打人啦！"

本来还处于围观状态的食客们三三两两地站了起来，在场的人多多少少对路嘉跟华庭的新闻有所耳闻，不明真相的群众被挑起情绪，纷纷开始指责路嘉："你怎么还这么嚣张？对于华庭的死，你难道不该道歉吗？"

"你还打人呢？看来一直是社会姐啊！"

"报警！让警察来抓她！"

"……"

人渐渐围了过来，闵璐把路嘉护在身后，大声地解释："大家别激动，我朋友就是受不了快门的声音，不是故意要打人的。你们也看到了，是那个人先来惹我们的。"

"不管怎么样，打人就是不对！"

闵璐再怎么能言快语，也说不过几十张嘴。三十六计，走为上计。她想带着路嘉离开这个是非之地，却被激动的群众拦住了。

"打了人就想走吗？不可能！"

人越围越多，连包厢里的食客都出来围观了，眼看着场面越来越不可控。路嘉、闵璐和魏映三人被围在中间，呼吸都有点儿困难。

不知道谁推了闵璐一把，闵璐倒在地上，路嘉去拉她，也被推倒在地。越来越多的人围上来，魏映想努力保护两个女孩子，却孤掌难鸣，只好尽自己最大的力气推开那些人，将闵璐拉起来。闵璐被推得脑子昏昏沉沉的，清醒过来时，发现自己已经站在了大街上，呼吸着新鲜的空气，手被人紧紧地握着，眼前的魏映气喘吁吁。

"路嘉呢？"闵璐的脑子一下子就跟宕机了似的，她问。

魏映的脸一下子就白了："啊？我没看到她，当时情况太紧急了，我只想到救你。"

被冷风一吹，闵璐气得眼睛都红了："魏映，你有良心吗？路嘉的腿还是断的，被一群人围着，她能有好果子吃吗？"

说完，闵璐就要冲回去，却被魏映拉住："你不能回去！那里太危险了，我去吧！"

闵璐甩开他的手："你也知道危险？那你有没有考虑过路嘉有危险？"

第四♥章
CHAPTER 4

闵璐扔下魏映回到日料店大厅时，发现气氛有点儿不对劲，人群自动围成了圈儿，中间却被空了出来。

在人们包围圈里站着的，是嘴角瘀青、带血的程一恒，他的胸口剧烈地起伏着，眼镜掉在地上，不知被谁踩成了碎片。

他的额发被汗水浸湿，眼睛却露出凶狠的光芒。他的面前有三个人，都以不同的姿势被打趴下了，而他的一只手还紧紧地护着路嘉。

被打趴的都是几个小年轻，其中有个胖子，不服气，撸起袖子，又准备冲上去。闵璐看得怒火中烧，一咬牙，推开人群，冲上去就踢了带头的胖子一脚。胖子被踢得有些蒙，回头看到是一个瘦瘦的高个美女，觉得面子上挂不住，扬着巴掌就挥过来。

魏映紧随其后，回到日料店，看到这一场景，三步并作两步，冲到胖子面前，给了胖子两拳，打得胖子七荤八素，另外两个小年轻自然不敢再冲上来了。

不少人围着，在用手机录视频，店员出声阻止。

最后，日料店的老板报了警。警察来到现场，了解了情况，出警的警察对路嘉近期发生的事情有所耳闻，考虑到路嘉的身份特殊，怕再引起舆论纷争，强烈要求现场拍了视频的人删除视频后才能离开日料店，然后把寻衅滋事的人带回了派出所。

魏映表明了自己知名赛车手的身份，要求律师跟经纪人在场后才肯去派出所。警察没理会他，让他直接通知律师跟经纪人去派出所。

离开日料店，几人第一次坐上了警车。在门口准备上车时，魏映发现车上已经坐了两个警察，而后排只能塞下三个人。魏映眼巴巴地要跟着闵璐，却被闵璐推开，让他去跟挨打的几个小年轻挤在一起。

魏映坚持了一下，被闵璐用车门隔绝在外。

坐在后排的警察看着闵璐泼辣的样子，忍不住说了句："小姑娘挺厉害啊。"闵璐白了他一眼，推开车门，坐到了副驾驶座上。

闵璐让程一恒陪着路嘉坐在后排。

程一恒的手一直放在路嘉的肩膀上，没有拿起来过，而穿着皮衣、戴着鸭舌帽的路嘉一直把头埋着，一言不发。

闵璐通过后视镜看到他们两个，担心地问了一句："程医生，你脸上的伤没事吧，要不要先去处理一下？"

程一恒摇摇头："我没事，先配合警察去派出所做笔录吧。"

提起这件事情，闵璐就一肚子火："路嘉，我记得你的本命年已经过了吧？！你怎么这么倒霉呢？跟华庭的事到底还有完没完了？下次如果再让我遇到这些挑事儿的，我就打爆他们的狗头！"

"注意一下你说话的方式，你现在是在警车上！"坐在后排的刚刚被闵璐白了一眼的警察大声道。

闵璐双手抱于胸前，又翻了个白眼，没搭理警察，继续念叨："路嘉，你抬起头来好吗？你这样子真的很像丧家犬啊！"

一路上，闵璐都在愤愤不平地念叨，坐在后排的警察三番五次开口喝止，差点儿跟她吵起来，在真正吵起来之前，他们终于顺利抵达了派出所。

开车的警察在停车时如释重负地松了一口气："总算送佛送到西了，还好没在我开的车上打起来。"

进了派出所，两个女民警过来给闵璐还有路嘉单独录笔录，程一恒跟魏映还有惹事的小年轻被拉到另一边去了。

程一恒跟路嘉分开时，路嘉表现得有点儿奇怪，抓着程一恒的手不肯松开，但头还是一直埋着。

闵璐纳闷了，心想，路嘉这一路一言不发，又不肯松开程一恒的手，难道在她被魏映拉出去的那几分钟里，路嘉就被打成了自闭症患儿？还是说，路嘉被打出了印随行为（印随行为是指一些刚孵化出来不久的幼鸟和刚生下来的哺乳动物，将它们所见到的第一个移动的物体当作母亲的行为）？

女警察掰了几下路嘉抓着程一恒的手，好不容易掰开了，路嘉哭丧着抬起头来，惹得在场的人(包括闵璐在内)都忍不住捧腹大笑。

路嘉的眼睛不晓得挨了谁的拳头，肿得跟个桃子似的，整个眼眶都肿了起来，眼球就陷了进去，只剩一条缝。

"别笑了！"路嘉急得想打人。

闵璐拉开路嘉遮住眼睛的手："遮什么遮啊，让警察们都好好看看，那边三个大男人是怎么欺负一个女孩子的。你们跟路嘉有仇有怨吗？我们吃顿饭，都能遇见三个不认识的人组团上来打人，你们真是平时在网上当正义使者当习惯了，以为吆喝一声就能结伴上梁山啊？你们以为自己行侠仗义，牛得不行，实际上，背地里被人笑话是大傻子，还不知道呢！"

"上梁山"三个字成功逗笑了派出所里剩余的人，甚至在小年轻那边录笔录的警察也忍不住跟着笑了起来。

程一恒摸了摸路嘉的头，说："没关系，我就过去一会儿。"

路嘉没脸去看程一恒。

程一恒一走，路嘉就"呜呜呜"地扑进了闵璐的怀里："这下好了，我要丑死了。"

闵璐笑得肚子疼，还没缓过来："我看你不是要丑死了，而是要蠢死了。"

在做笔录时，本来大家都好好的，女警察一个劲地安慰路嘉、闵璐："现在这个社会，很多人就是太浮躁了，你们别太往心里去，这事儿过了就过了，最重要的还是过日子。"

突然，那边的小年轻开始拍桌子大吼："我们这是为了正义！华庭就这么不明不白地死了，必须要有人为她的死负责！华庭是我们捧在手心的小公主，怎么可以任人这么欺负！"

闹了半天，原来他们是华庭的粉丝，但路嘉无法肯定是不是华庭的真粉，毕竟华庭在世时，并没有这么高的人气，反倒是她去世之后，大街上随便碰到的一个路人，都可以声称自己是她的粉丝，要为她的死伸张正义。

路嘉往那边看了一眼，闵璐立刻把她的头掰正，说："别看。没什么好看的，也别去听。"

小年轻嚷嚷几声后，被警察的声音盖过去了，隐隐约约听到程一恒开始在那边说话，说了几句之后，那几个小年轻就没声了。

闵璐顶了顶路嘉的肩膀："没想到，你这小男友还挺靠谱。"

路嘉捂着眼睛，心情稍稍好了点儿，偷笑了一下，然后摆出很正经的表情："别这么说，他不是我的小男友。"

"现在不是，以后也会是的。"

路嘉跟闵璐在这边讨论程一恒讨论得热火朝天，率先做完笔录的魏映走了过来。

其实，是因为魏映的经纪人跟律师来得及时，警方不敢怠慢，就让他先做完笔录，他现在已经可以走了。

魏映自知理亏，有些不好意思，就站在离路嘉跟闵璐一米远的地方，用非常小心的语气说："路嘉，我……对于今天的事情，真的非常不好意思，当时的情况太混乱了，我脑子也跟着混乱了，真的……真抱歉，我不是故意要丢下你的。"

说话的时候，魏映的目光一直落在路嘉的拐杖上。

程一恒在上警车前打了个电话，不久后，他的律师也赶了过来。他的律师跟魏映的律师似乎很熟悉，两人聊了几句后，大概了解了情况，他继续做笔录，他的律师就在一旁守着。

魏映一过去，路嘉脸上的笑容就消失了，她坐在那里，埋着头，一言不发。

闵璐看到路嘉这副颓丧的样子气不打一处来，看到魏映委屈巴巴、假惺惺的样子，就更生气了。

闵璐站起身来，直接把拐杖推倒在魏映面前："看什么看？知道路嘉腿脚不方便，还把她一个人扔在那里？"

魏映脸上红一阵白一阵。他是个很爱耍帅的人，基本没被人这样拂过面子，但在闵璐面前，他就忍了，听着闵璐风暴式的批评。

"魏映，我真的不知道你怎么想的，大家都是朋友，你怎么能做出这种事情？你简直就是人品有问题。"

这句话说出来之后，魏映脸上的表情一下子就僵住了："人品？"他歪着头问了一句，然后蹲下身，将路嘉的拐杖捡起来，表情有了明显的变化，"闵璐，在那种危急时刻，更能凸显的不是人品而是本能吧？再说了，你口口声声那么重视路嘉，我拉你跑的时候，你不也跑了吗？又不止我一个人把路嘉扔在现场。"

魏映的穿着打扮很潮。本来他说话就有点儿不客气，好不容易刚才服软了一下，被"人品不好"几个字刺激以后，更是话中带了讽刺。

闵璐的脸一下子就红了，她着急解释："那是因为……"

解释了半天，闵璐想不出好的理由，被魏映打断："那是因为……在你心里，其实路嘉没有那么重要吧？闵璐，你知道我是在意你、担心你，才会在那么危急的时刻不忘拉着你的手。"

话题转得太快，魏映突然深情地表达起自己的心意来，搞得在场的人都有点儿无所适从。

这个时候，只有路嘉能给他们台阶下了。路嘉拉了拉闵璐的手，小声地说："璐璐，算了吧，魏映不是故意的。"

这句话成功地点燃了闵璐的斗志，她好像突然获得了跟魏映吵架并且制胜的法宝，借着路嘉的话往上爬："他怎么就不是故意的了？他做的哪件事不是故意的？是故意假装不知道你喜欢他还来追我，还是故意假装觉得你不会受伤啊？"

也许是闵璐的自我防御机制太强了，这话一出，小范围内的人都安静了，那边的程一恒也听到了闵璐的话。

路嘉本来就肿着眼睛，苦着一张脸，现在脸上的表情看上去更难看了。大家都把目光集中在她的身上，她垂下头，视线飘忽不定，落在闵璐身上，又落在魏映身上，然后单脚跳过去，拿回自己的拐杖，拄着拐杖一瘸一拐地走到程一恒面前，用很轻很轻的声音问："可以走了吗？"

程一恒握了握她的手，转过头去问警察："笔录做好了，我可以走了吗？"

警察看路嘉的状态不怎么好。他们看了带回来的现场视频后，找了几个证人跟日料店的服务员了解情况，弄清楚是小年轻先动的手，并且双方都有受伤，让小年轻给路嘉他们道个歉，这件事就算翻篇了。

但是，小年轻们迟迟不愿意道歉，并且还打算看闵璐、魏映跟路嘉三人之间争吵的笑话。

"算了，我们先走吧。"路嘉说。

第五♥章
CHAPTER 5

　　程一恒见路嘉情绪不好，没多问什么，将他的外套搭在她的背上，扶着她离开派出所。

　　离开派出所前，程一恒把后续的事情都交给律师处理，他的律师向警察要到了三个小年轻的个人信息。

　　出了派出所，程一恒拦了一辆出租车，正要上车时，闵璐追了出来。天气阴沉得像一张压下来的鬼脸，整个世界的气氛很压抑，不知道什么时候，空中开始飘起了雨丝，雾蒙蒙的，降低了能见度，看上去，他们就像身处一座迷雾之城。

　　闵璐叫住路嘉，路嘉停下来，雨丝飘在她们两人的脸上，闵璐的表情从来没有这么难看过："路嘉，刚刚那些话，你别往心里去。你知道，我只是想说点儿什么反驳魏映，并不是想拿你喜欢他这件事情来嘲笑你。"

　　路嘉咧开嘴，艰难地扯出一个笑容："璐璐，你做完笔录就快回去吧，时间不早了，又下起雨来，外面冷。"

　　说完，路嘉就低头钻进了出租车里，程一恒还站在外面，跟闵璐对视了一会儿，闵璐张了张嘴，却什么也没说出来。

程一恒安慰她："路嘉应该不会生你气的，你先回去吧，别淋感冒了。至于这件事，我会跟她做做思想工作的。"

闵璐在雨中点了点头。魏映不知道什么时候追了出来，脱下自己的外套替闵璐遮雨，闵璐回过头看他，眼睛红红的，却满含恨意。她一把打开他的手，推了他一把，一头跑进雨里。

魏映喊了一嗓子，闵璐头也不回，跟着出来的女警察急了："笔录还没做完呢！"

雨丝连成串，落在车窗上，模糊了窗外夜色中的霓虹灯。

身处迷雾之城，就像穿越一个个梦境，路嘉坐在车后座，手撑在下巴上，看着车窗外发呆。

程一恒看着她的侧脸，发丝从她耳后滑落，他盯着看了一会儿，忍不住伸出手，帮她把头发别在耳后。

路嘉转过头来，看程一恒，问他："怎么了？"

程一恒摇摇头，说："今天你辛苦了。"

路嘉摇摇头："没事。"

回到家之前，进电梯的时候，路嘉看到自己出门前精心化的妆已经掉得差不多了，唇色惨白。

她不忍再看，程一恒注意到她的反应，摸了摸她的头："没事，素颜也好看。"虽然路嘉知道程一恒只是在安慰她，故意说点儿好听的哄她开心，但她的心里还是暖暖的。

回到家后，程一恒做的第一件事就是帮路嘉在浴缸放热水，让她去洗澡。

趁程一恒去放热水的间隙，路嘉疲倦地躺在沙发上，脚抬得老高。她不由自主地打开豆瓣APP，又点开了自己的帖子，进行编辑。

"今日更新——

刚刚回到家，累。

今天出了点儿小插曲，楼主跟几个朋友一起吃饭，结果不小心和别人起了冲突，甚至都闹到派出所去了，C为了保护我，眼镜都被人踩坏了。

这点很令人感动，不过，还有特别让人心寒的地方。不是说C让我心寒，而是说我的朋友。

我看着C嘴角的瘀青，觉得有点儿难受跟心痛，待会儿洗了澡，我打算帮他涂点儿药，不知道他会不会让我帮他涂，不对，是不知道他的家里到底有没有可以擦的药，但是，毕竟这是一个医生的家，没有一点儿备用药膏，好像显得有点儿奇怪。"

更新的内容不算多，但也算是激起小小的浪花了，很快有人发现帖子更新了，在底下留言。

"我的天，楼主没有弃更！我感动得痛哭流涕！"

"怎么了，C挨打了？"

"这事情急转直下啊……C该不会生楼主的气了吧？"

"我觉得楼上有人是不是阅读理解能力不好，人家都说了，C是为了保护楼主才受的伤。"

"楼主啊！受伤的男人最需要关怀了！楼主赶紧上啊，趁机推倒！"

路嘉滑动着手机屏幕，看着留言，嘴角渐渐浮现出笑意。看了一会儿留言，她放下手机，叹了一口气。

"叹气做什么？"程一恒从厨房里走出来，拿着一个鸡蛋，"敷敷你的眼睛吧。不过，你先等一下。"

他把鸡蛋放到路嘉的手心里，鸡蛋有点儿烫，应该是刚刚煮熟的。

程一恒拿出手机："你身上哪里受了伤，我拍张照。"

"拍照做什么？"路嘉不解地问。

"留存证据啊。"程一恒找准拍照角度，慢条斯理地说，"不过，你不用担心，即使你受伤了，我也会把你拍得很好看。"

这句话成功地逗笑了路嘉。路嘉的嘴角含着笑，举着煮鸡蛋，配合程一恒摆了一个"虽然我受伤了，但我还是很酷"的姿势。除了眼睛不小心被人打了一拳外，路嘉另一条腿的膝盖也在推搡中擦伤了。程一恒找来药箱，拍照留存证据之后，用医用酒精替她先消毒，再涂了一点膏药，感觉十分清凉，不疼。

涂药的时候，程一恒几乎用半跪的姿势蹲在路嘉身前。路嘉看着他的头顶，费了很大的劲儿才忍住把自己的手放上去，然后揉几把的冲动。

这个……好像求婚的姿势啊，路嘉想。

"那个……"路嘉咽了下口水，"我马上要洗澡了，现在涂没问题吗？"

程一恒猛地抬起头，明亮的目光落进路嘉的眼里，她觉得自己有些透不过气来。

"我用医用胶布给你缠上，防水的。你这伤口不能碰水，待会儿洗澡的时候注意一下。"

"哦。"路嘉乖巧地点头，就像在幼儿园端坐着、等待老师发糖的小孩子。

她紧张地咽了下口水，在程一恒拍拍手站起来说"好了，你可以去洗澡了"的时候，试探性地问道："你的伤口不要紧吗？要不要我帮你处理一下？"

程一恒这才反应过来，摸了一下自己的嘴角，"嗞"了一声，说："没关系，我自己待会儿会处理的，你先去洗澡吧。"

"哦。"路嘉嘟嘟嘴，然后起身。程一恒过来，扶着她进了浴室。

程一恒家的浴缸挺大的，为了方便路嘉洗澡，他特意在浴缸旁边装了一个扶手跟一把凳子，算是很照顾短期残疾人士了。

在路嘉去洗澡后，程一恒进了书房，打开电脑，新建了一个Word文档，将自己在今天晚上受的伤以及财务损失明确地列在了文档里，最后落款一个数字，共计三万八千八百八十八元。

他那副眼镜就值这损失的一大半。

赶明儿，他再叫上路嘉，一起去医院做个检查，将他们两人的验伤报告附在Word文档里，盖上他的私章，加上律师函一起寄给闹事的那三个小年轻。

本来，他们在派出所里老老实实地给路嘉道歉就可以，但是他们死鸭子嘴硬，那么程一恒就用自己的手段给他们一点儿教训好了。

隔天一早，原本休息的程一恒来敲路嘉的房门，问她睡得如何。她揉揉发痛的脑袋，明明只是眼睛肿了，她却感觉全身痛，于是很早就睡了，没想到早上起来还是痛。

其实，她昨天晚上的确很早就上床了，但在床上翻来覆去许久，直到后半夜才睡着。

她只要一闭上眼睛，魏映的脸便浮现在脑海当中。

她心中郁结，想不通为什么魏映要那么对她。他们一起长大，一起训练，一起比赛。她把魏映当作生命当中的光，她曾经赤诚地、天真地、毫无保留地爱着魏映。

即使在知道他喜欢上她最好的朋友的情况下，她仍旧傻傻地、一如既往地单恋着他。

直到这场车祸之前……哦，不，直到昨天在日料店发生那件事之前，她对魏映，心里仍有着柔软的一部分。

比起身上的痛，更加痛的是心。

让她想起了林宥嘉《天真有邪》里的一句歌词——"有一颗，我从小仰望的星星，悄悄陨落"。但是，她陨落的，是太阳。

她喜欢了魏映这么多年，却没有任何一次这样心凉过、绝望过。为什么他在那个时刻，只选择了牵起闵璐的手呢？

还是说，在他的眼里，从来就没有过她的存在？闵璐呢？为什么她就那么跟着魏映跑了？

虽然她知道，在危急情况下，逃生是人类的本能，但每每想起来，她还是觉得如鲠在喉，像有根刺扎在心里。

在那个时候，一个相识没有多久的医生能够挺身而出，两个一起长大的好友却抛下了她。

她越想越觉得沮丧。

"我带你去医院检查一下吧？顺便出去散散心。"程一恒温柔的声音把她从沮丧中拉了回来。

路嘉同意出门，不过这次是全副武装，口罩、帽子，一个都没落下。

路嘉原以为程一恒带她出去只是为了去医院验伤，在医院的地下停车场停好车后，他们上了电梯。她挂着拐杖走到大厅时，碰到了闵璐跟魏映。

见到闵璐跟魏映，路嘉显得有些无所适从。昨天吵完架的尴尬劲儿还没彻底退去，他们就又出现在了她的面前，让她觉得有些透不过气来。

"路嘉。"闵璐首先走上前，魏映紧跟在她的身后。闵璐不耐烦地瞪了魏映一眼："你能别一直跟着我吗？"

魏映张了张嘴，没说话，乖乖地停下来，过了几秒钟，又跟了上来。

闵璐对魏映的存在视若无睹，径直走到路嘉面前，准备开口道歉时，却被身后的魏映打断了："路嘉，我们是来跟你道歉的。昨天的事情，千错万错都是我的错。我不该那么对闵璐说话，她是因为听到我说的话，受了刺激，才那么说你的，所以还请你原谅我跟闵璐。你不原谅我也可以，至少要原谅闵璐，你们是那么要好的朋友，不能因为一点儿小事情就分道扬镳。"

说实话，魏映的道歉听起来一点儿也不诚恳，他似乎根本就不在意路嘉会不会原谅他，而是来替闵璐当说客的。

路嘉脸上的笑容转瞬即逝，她挪了挪拐杖，更靠近程一恒一点儿。程一恒感应到她充满了不安，便揽住了她的肩膀。

"魏映，你能别在这儿火上浇油吗？"闵璐听了魏映的话，顿时气不打一处来。

闵璐一把推开魏映，然后紧紧地握住路嘉的手，说："嘉嘉，昨天我真不是故意哪壶不开提哪壶的，我当时是被魏映气蒙了，过后冷静下来，才意识到自己的错误，我向你道歉。你怎么罚我都行，要不，我请你去欧洲玩一趟？日本也行。我知道，你最喜欢动漫。咱们去小樽看雪，去奈良看鹿，只要你喜欢，全世界哪儿我都陪你去，就当是散心了。"

闵璐还在滔滔不绝地为路嘉描绘着关于未来的美好蓝图，路嘉忍不住打断她，眉头微皱："闵璐，你凭什么觉得你给了台阶，我就一定要下？"

这句话一出口，周围的空气仿佛凝结了。

没有人想到路嘉会说出这样的话，不对，是没有人想到路嘉对闵璐说出了这样的话。一直以来，路嘉跟闵璐两个人好得就跟连体婴似的。在外人看来，她们都不是怎么好相处的人，两个人难舍难分地黏在一起，在情理之中。大家都觉得，包括在闵璐的认知里，路嘉是绝对不会跟她生气的，如果要生气，也只是小打小闹，最多三天就和好。

可是，今天路嘉这话说得很重了。

所以，闵璐也愣住了，一时不知怎么作答。魏映替她站了出来，用上帝的语气批评路嘉："路嘉，你怎么能这么说话呢？！"

路嘉抬起头："我怎么说话了？二位，没看到我还拄着拐杖吗？在那个时候，是你们把我扔下，双宿双飞了吧？还有，请客吃饭不是你魏映的主意吗？把客人丢在危险的地方就是你的待客之道吗？"

　　路嘉一口气说完这些话，留下目瞪口呆的魏映跟难以置信的闵璐，挽住程一恒的手臂，温柔地说了句："我们该去做检查了吧？"

　　程一恒有些犹豫地问了一句："你确定这样可以吗？"

　　路嘉点点头，尽管她感觉到一阵鼻酸。

　　"路嘉！"

　　路嘉走出几步后，闵璐突然带着鼻音喊道："你真的有必要做到这种程度吗？为了魏映？"

　　路嘉回过头："不是为了魏映。闵璐，我们之间或许需要冷静一下。一直以来，你高高在上习惯了，我只能仰望你。或许，在不知不觉间，你就会透露出自己的优越感，证明你比我强，魏映就是一个很好的例子。我知道我们是彼此最要好的朋友，但是我一直仰着头，脖子也会酸的，就让我稍稍放下来一会儿吧。我们都需要冷静一下。过一段时间，等我想通了，我自己就会去找你的。"

　　"那你要是想不通呢？"闵璐问。

　　路嘉没再回答，挽着程一恒的手臂，一瘸一拐地往检查科走去。

　　闵璐失落地转身离去。魏映追上去，试图再替闵璐说点什么。他跑到路嘉身边，试图伸出手去拉路嘉时，被程一恒在半空中截住了。

　　程一恒抓住魏映的手臂，警觉地问："你要干吗？"

　　魏映不耐烦地看了程一恒一眼："我找路嘉，你少管闲事。"

　　"不好意思，魏先生，路嘉的事对我来说就没有闲事。"

　　魏映被堵了回去，一时找不到好的措辞，只好匆忙地说："路嘉，我知道你现在在气头上，但你千万别气太久，你知道闵璐的性子，她说不定过几天又飞欧洲了，你们别有隔夜仇。"

　　路嘉终于受不了了，从一开始，魏映就一口一个闵璐，似乎根本没有认识到这件事情的始作俑者就是他自己。

　　"魏映，你知道自己现在的嘴脸有多么丑陋吗？我知道你喜欢闵璐，但这么跪舔的样子，真的不像你的风格，如果你的粉丝知道了，会不会还冒着星星眼喊你偶像呢？"

魏映的脸上闪过一丝赧色。

路嘉拉着程一恒上楼去做检查了。

他们仔细地做了检查，身上的每一处小伤都出了伤情报告。程一恒将自己前一天晚上整理出来的东西跟今天的验伤报告装在同一个文件袋里，然后联系了他的律师。

等律师过来时，程一恒跟路嘉两人都没什么事。考虑到路嘉的腿不太方便，程一恒便带她去复健中心参观。

复健中心修建得很温馨，更像一个大人的幼儿园。

复健中心里有一个看上去十九岁的男生，他的旁边摆着一副拐杖，双手撑在旁边的扶杆上，在护士的耐心引导下，艰难地迈开了一条腿。

他像一个蹒跚学步的幼儿，但又比幼儿学步艰难许多倍，对他来说，似乎把腿张开已经足够困难，脖子上青筋暴起，额头上也渗出了汗珠，撑在扶杆上的双手不停地在打战。

护士不停地鼓励他，给他打气。

眼看第一步就要成功地迈出去了，在一旁观看的路嘉跟着紧张起来，不知不觉地咬紧了后槽牙。

"啊——"男生低吼一声，整个人摔倒在身下柔软的垫子上，他的第一步还是没有迈出去。

他趴在垫子上，整个人沮丧极了，懊恼地捶了几下垫子。护士去扶他，被他推开了，他捂住脸，不肯从垫子上起来，看上去，情绪濒临崩溃。

路嘉看得有些动容，心中感慨万千。

她想说点什么，却又觉得如鲠在喉。

原来，人不管是得了病，还是受了伤，都不可能恢复到从前的模样。身体就像一台机器，不论是刮痕，还是修理的痕迹，都会留在上面。路嘉认识到这点之后，变得更加沮丧。

她转过头，不想再看。

"我们回去吧。"

程一恒却摁住了她的肩膀："你再看看吧。"

路嘉拄着拐杖，转过身子时，看到刚刚趴在垫子上、沮丧无比的男生竟然又爬了起来，重复先前的动作，虽然依旧吃力，脸上还挂着泪痕，但他比上一次更加努力地向前迈进。

　　看到这里，路嘉又提起了兴趣，但程一恒不让她再看了，扶着她离开了复健中心。

　　"为什么不让我看了？我想知道他迈出那一步了没。"

　　"结果不是最重要的，你只要看到，就算是一个小男孩，也有摔倒了就哭着鼻子爬起来的决心跟毅力，你也可以的。"

　　说这话的时候，有一阵穿堂风吹过，当天的程一恒穿着白衬衫、休闲裤，戴着眼镜，袖子卷到手腕处，不经意间处处透露着温柔。

　　"程医生。"路嘉看着他的侧脸，有些着急。

　　"什么事？"程一恒转过头来看着她。

　　"每当我看着你，就有一种奇怪的感觉。"

　　"怎么个奇怪法？"

　　"心就好像海绵蘸了水，一点点被挤满。"

　　程一恒笑了一下，揉揉她的头发："我们走吧，我的律师过来了。"

　　他们在医院的地下停车场跟程一恒的律师碰了面，程一恒将自己准备好的材料跟证据交付给律师后，律师粗略地看了一遍，颇有信心地说："程先生放心，这种案子我处理过很多次了，一定会给您一个满意的答复。"

　　"辛苦了。"

　　交代完律师，到饭点了，程一恒问路嘉想吃点什么，路嘉已经对外面的餐厅有了心理阴影，便提出去菜市场买菜，然后回家做。

　　"你会做吗？"程一恒问。

　　路嘉摇摇头。

　　"那只能我上了。"程一恒把袖子卷得更高一点儿，搜索了离家最近的一家大型超市，"说吧，你喜欢吃什么？西餐还是中餐？"

　　坐在副驾驶座上的路嘉乖乖系好安全带："你这么全能吗？"

　　程一恒看上去心情很轻松，尽管脸上还带着昨天晚上打架留下的瘀青跟伤痕，但丝毫不影响他的帅气。

路嘉把一只手伸出车窗，感受着风的速度和温度，觉得没有比当下更美好的时刻了。

到了超市，程一恒挑了辆大号的推车推到路嘉面前，对她努了努嘴，示意："上来呀。"

挂着拐杖、悬空着一条腿的路嘉有些不好意思地扫了一下四周，犹豫道："这样不太好吧？"

"没事，如果你坐坏了，我就赔他们一辆。毕竟你挂着拐杖跟我一起逛超市会非常不方便。"

"那……好吧。"

提前跟超市的工作人员进行了沟通并且得到许可后，路嘉就这样半推半就地上了程一恒推的推车。

这句话怎么有点儿奇怪？

是她上了程一恒推的推车。

后来，路嘉在帖子里更新这段的时候，提出了这样的疑问。

楼下一溜嘲笑她的：

"楼主，说真的，我现在看到'车'这个字，就得考虑一下，到底是哪种车，该不该上？哈哈哈。"

"C的车好上吗？"

"对啊，楼主急死我了，这么久了，你们还没上车呢！我们这群热心群众都等着你开车带我们呢！"

"楼主这进度堪比隔壁岛国的著名纯情校园恋爱青春动漫《好想急死你》（又名《好想告诉你》）。"

其实，路嘉上推车时有点儿困难。

毕竟她只有一条腿能使上力，上推车又不比上床，难度颇大。她从放开拐杖的那一刻起就盯着推车发起愁来。

"干什么？这推车上有花吗？"程一恒问。

路嘉摇摇头，手指摩挲着下巴："我是在思考，怎样才能爬进去。"

"这还不简单，我抱你进去就行了啊……"程一恒说得毫不在意，路嘉却吓了一大跳。

说抱就抱，哪有这么简单的事情啊。

虽然说大家都是成年人了，但毕竟都是单身男女，在没有确定恋爱关系的情况下，在公共场合搂搂抱抱，这不太好吧？

尽管她跟程一恒早已搂搂抱抱不知道多少次了。

可是，她突然开始介意这件事情来。

她带有一点儿赌气的意味，心道：我们又不是男女朋友，没有亲密到你可以随便抱我的地步吧？

但程一恒没有看出她的小心思，在她还处于介怀中时，已经拦腰把她抱起，她的尖叫还没结束，人已经稳稳当当地坐在了推车里。

"有这么害怕吗？"程一恒问她。

她白了程一恒一眼："不是害怕。"

不只是害怕，而且还担心。

她担心自己的感情得不到回应，害怕自己的感情会重复在魏映身上的悲剧，落花有意，流水无情，终是一场错付。

"那我们出发咯！"程一恒没有察觉到她心情的微妙变化，推着推车朝生鲜区走去。他很尊重路嘉的意见，每拿起一样东西就会问她能不能吃，喜不喜欢吃，确定她满意了，他才会放进另一个购物篮里。

他越是这样小心翼翼、照顾周到，路嘉越是不开心。因为他做得越周全，证明他们之间的距离越远，似乎他只是在保持一种礼貌，或者说，在负责。

不知道为什么，路嘉开始有了这样一种感觉。

回去之后，趁着程一恒在厨房里忙碌，路嘉在帖子里更新了自己的感受和疑问。

有网友安慰她："楼主别怀疑自己啊！如果C不喜欢你，单纯把你当作他的病人的话，他完全没有必要把你拉进他的生活，还有融入你的生活呀。"

但也有网友唱衰歌："我有一个可怕而大胆的设想，会不会楼主是C第一个动这个手术的病人，他想观察整个手术包括病人后期的恢复过程，增加自己的经验，所以才把楼主接到自己家住的，有没有这种可能性？"

"我觉得有。"

"不要啊，C跟楼主明明有很多粉红泡泡嘛！"

路嘉看到这几条评论，觉得喉咙里像卡了一根鱼刺，想吐吐不出来，硌得难受，觉得随时都有可能被鱼刺划破喉咙，危及生命。

她的心情低落到了极点，干脆躺在沙发上睡觉。

等她再次醒来时，闻到了饭菜的香味，肚子"咕咕"地叫了起来。

墙上的时钟已经指向下午一点了，程一恒忙得满头大汗，终于端上了最后一道菜，招呼她："你醒了啊？快来洗手吃饭吧！看你睡着了，我就没着急了，一不小心就花了这么多时间。"

路嘉低头看到自己身上的毛毯。她清楚地记得，在沙发上昏昏欲睡时，身上什么都没盖，这一定是程一恒怕她着凉给她盖上的，她心里觉得一阵温暖，但也觉得一阵揪心。

"程医生，"她依旧客气地称呼着他，"你为什么要对我这么好？"

她实在太想知道一个答案了。如果说，一开始开《我的医生好像喜欢我》的帖子时，她觉得程一恒喜欢她的可能性有百分之七十的话，到现在已经降到了百分之三十。

她更倾向评论里那个唱衰歌的人的答案。

他也许就是想当一个好医生，从头到尾观察他第一个动这种手术的病人而已。

"你怎么突然想起来问这个？你都在我家蹭吃蹭喝这么久了，突然良心发现吗？"程一恒心情不错，一边开着玩笑，一边摆着碗。

他替路嘉盛好饭后，把拐杖递到她面前："快起来，去洗手了。你不饿吗？我都快饿死了。"

"我不饿。"路嘉伸直受伤的腿，另一只腿盘坐在屁股下，抬起头，非常认真而执着地看向程一恒，"我刚刚提的问题，你还没有回答。"

程一恒站的位置高出路嘉许多，他俯身看下来时显得有些居高临下，于是他干脆蹲了下来，跟她平视。他伸出一只手，轻轻握住路嘉的手："你怎么了？"

路嘉被他这么柔声一问，觉得全身一阵酥麻，有一股电流经过，却带来了想哭的感觉。

程一恒这么温柔、这么美好的人，到底最终会属于谁呢？

反正不会是她。

不过，她能够陪他走一段路，能够让他参与到她的人生当中，已经足够幸运了。她这样想着。

她的心里已经打好了腹稿，如果程一恒说出了她最不愿意听到的答案，那么她一定要露出最灿烂、最不在意的笑容，打趣着跟他说："我开玩笑的。"

然后，响起的是只有她自己能听到的心碎的声音。

她已经准备好心碎了。

大概人受了伤，身体机能受到重创，就变得格外软弱，随时随地只想逃避，不想迎战吧。

"因为你值得我对你好。"

程一恒冷不防地回了一句。他的答案如同夏天突然而至的雷阵雨，还带着空气里闷热的温度，让人猝不及防，虽能在一定程度上解凉，但降不了温。

也就是说，他实际上是在打太极。

路嘉不相信这是真正的答案，但松了一口气，后背都冒出了细汗。

她突然不想深究这件事情了。

路嘉摆出早就准备好的虚假笑容和台词，拍了一下程一恒的肩膀，说："我开玩笑的！这么快就嫌我蹭吃蹭喝啦？我就知道！好了，我要去洗手了，你让开！"

程一恒站起身，有些丈二和尚摸不着头脑，让开位置，让路嘉拄着拐杖去厨房洗手。

路嘉打开水龙头，看着水流出来的一瞬间，似乎听到有个声音在宣布：这场无声的战役，你彻底败下阵来。

优秀的人做什么都很优秀，程一恒的厨艺明显高出普通人的水平，路嘉一口气吃了两碗饭，还想添饭时，被他夺走了碗。

"我觉得你不尊重我的厨艺。"

"什么？"嘴里还包着饭的路嘉一脸不解。

"你以前吃我做的饭菜时，都会用一种品尝的姿态，而今天，我觉得你似乎只是想填满你的胃。"

程一恒还是看出端倪来了。

但路嘉见招拆招。她用筷子指了指墙上的挂钟："拜托，大哥，你也不看看现在什么时候了，我早就饿得胃痛了！"

"那你不早说，还在沙发上睡觉？"

"这就跟卖火柴的小女孩一样，用睡觉来麻痹自己，营造眼前都是美食的幻觉，这样我就不会饿了……"路嘉开始满嘴跑火车。

程一恒用筷子的另一头戳了一下她的脸，把盛好的第三碗饭递给她："你是伤号，你最大！但是，你不能吃第四碗了，我可不想你在我家被养成足各嘉。"

"什么足各嘉？"

程一恒把"足各嘉"几个字写出来，路嘉瞬间就明白了——原来他说她胖！她恨不得立刻扔了筷子，拾起拐杖给他一闷棍。

"我宁愿当个快乐的胖子！"

"瘦子也能快乐，为什么非得当胖子呢？"程一恒纳闷地问。

"你别管！"路嘉仰起头，哼了一声。

这顿饭吃得还算愉快，饭后，路嘉主动帮忙收拾桌子，然后提出要洗碗。

程一恒思考了一下，同意了。

"我不能白养你，对不对？至少你能帮我做点儿家务活，分分忧也是好的。"

等路嘉收拾好碗筷、准备洗碗时，才发现程一恒家装了洗碗机，也就是说，这讨厌的机器剥夺了她唯一一个表现自己贤惠的机会。

路嘉气得差点抬起脚踹洗碗机。

可是，她悲伤地发现自己根本抬不起脚。

这令她更悲伤。

"程一恒——"路嘉在厨房里大喊。

程一恒快步跑来："咋了？"

"你有洗碗机，干吗还叫我洗碗？这不是要我吗？"

"路嘉同志。"程一恒倚在厨房的门框上，用手指戳了戳自己的太阳穴，"我记得，你受伤的是腿，不是脑子，对吧？"

"对啊。怎么了？"路嘉不以为意。

"是谁说的买了洗碗机就不能用手洗碗了？"程一恒说。

"可……可这不是浪费吗？"

"我就喜欢看你浪费的样子。"程一恒回答得很快，还颇有些小得意。他这副有些小得意的样子在路嘉眼里是闪闪发光的，特别是他提到"喜欢"两个字时，她听得心惊肉跳，耳朵跟着发烫。

"你……你别误会……"程一恒看到路嘉脸红了，立即解释道。

路嘉觉得自己被扫了面子，大吼："谁误会了！我只是有点儿热！你赶紧走吧！你喜欢浪费，我可不喜欢浪费！"

她挨个儿把碗塞进洗碗机里，然后一一排好，按下按钮："这算是我亲自动手洗碗了！"

程一恒摇摇头，伸出大拇指点了个赞："那行吧，下次我点外卖，也说是我动手做的了？"

"为什么？"

"毕竟是我亲自点的呀！"

"你去死吧！"路嘉终于抬起了脚，将拖鞋甩了过去。

程一恒灵活地躲开，帮她捡回拖鞋，再走到她面前蹲下，帮她把拖鞋套在脚上。她低头看着他的后脑勺，觉得他不管哪里都这么可爱，连后脑勺看了都让人喜欢。

"我想看一场比赛。"

"那我陪你，我正好有时间。"

他们点开了一场F1澳大利亚大奖赛，排在前面的几名赛车手节奏一直掌握得很好，正常比赛看上去很流畅，赛车手驾驶得非常出色，这是一场让人赏心悦目的比赛。

看到一半，程一恒出去接了个电话，回来后对路嘉说："晚上如果你有力气，就自己热一下饭菜；如果不想热饭菜，点外卖或者出去吃都可以。我刚接到医院通知，有急诊，我得赶紧回医院了。"

路嘉拿着遥控器，乖巧地点点头："去吧去吧。我知道了，我这么大个人了，你不用担心。"

"你也知道自己这么大个人了，还成天让人担心。"说这话的时候，程一恒盯着路嘉肿肿的眼睛，目不转睛。

其实，路嘉的眼睛已经比昨天好很多了，看起来更像熊猫眼，但她还是被盯得有些不好意思："你别看了。"

程一恒捏着她的肩膀，说："以后要是再遇到昨天那种事情，如果我不在你身边，你一定要认怂，毕竟小命比什么都重要，知道吗？"

路嘉点点头："知道了。"

程一恒回屋去换了一件衣服，然后匆匆出了门，随着关门的声音响起，路嘉的心跟着沉了下来。

她拍了拍自己的脑子，觉得自己就是这段时间太闲了，以至于有空胡思乱想。

路嘉惊觉，离车祸发生已经有一段时间了，她本打算查清楚华庭的死到底是怎么回事，不料一天到晚忙这忙那，都把那件事情抛到脑后了。她本想着，有冷警官信誓旦旦做保证，还以为案子很快就能调查得水落石出，可过去这么久了，冷警官跟人间蒸发了似的，留下联系方式后就消失了，再也没有联系过她。

既然冷警官不来找她，她就亲自登门去拜访一下冷警官好了。

路嘉在网上预约了一辆专车，然后去冷警官所在的交警队。下了车后，她挂着拐杖准备爬楼梯。门口有个挂着"党员示范岗"牌子的流动站点，几个戴着红袖标的工作人员一看到她，便立刻上前扶她："这名女士，你是来办业务还是来报案的？看您这么不方便，我们扶您上去吧。您找哪位警官？"

"冷警官。"

"太巧了，我们这里只有一名冷警官，我们这就带您去找他。"

路嘉觉得受宠若惊，跟上次来派出所完全不是一种体验。

在"党员示范岗"中的两名工作人员的帮助下，路嘉成功地找到了冷警官。

冷警官一眼就认出了路嘉，依旧有些不好意思："路小姐，您的案子我们正在全力以赴地查，只是手头上的案子有点儿多，一时没分过心来。"

"冷警官，你可要把这件事情放在心上啊，这么拖下去，猴年马月我才能洗得清骂名？有什么进展吗？"路嘉问。

冷警官犹豫了一下，说："有是有，但现在不方便告诉你。"

"为什么？我可是当事人！"

"因为当事人不止你一个，这件事还涉及其他人的隐私，目前无权透露。"

"那什么时候才有权？"

"等我们把这个案子彻底查清楚了，或者中途有需要你配合的，我会主动联系你的。"

"冷警官的意思是，在此之前，我什么都不能做了，只能白白背负骂名？"路嘉气愤道。

冷警官不说话了，看上去很为难。其实他比路嘉大不了几岁，路嘉一向咄咄逼人，跟她接触不多的人，难免有点儿怕她。

"路小姐……"冷警官试图再次解释。

路嘉打了个响指，打断冷警官的话，拄着拐杖起身出门。

路嘉准备下楼梯时，"党员示范岗"中的那几名工作人员又迎了上来，争着扶她下楼。走到一半，她突然想起一件事情，问旁边的人："哎，同志，你们这儿能举报人吗？"

"您要举报谁？"

"就那个冷警官，办事不力，可以吗？"

"当然可以。"

路嘉觉得捣蛋一次，戏弄一下冷警官很好玩，离开时的背影没那么沉重了。

三天后，路嘉在外面的餐厅跟程一恒一起吃饭时，接到一个陌生电话，对方的声音听上去有点儿着急。

"路小姐，你怎么能……"一听声音，路嘉就知道是前几天被她捣蛋害惨了的冷警官。

"冷警官啊，事情查得怎么样了？"

冷警官相当无奈："好吧，我可以告诉你的是，监控视频修复了一部分，华庭在看到你撞上路障后，的确减缓了车速。"

"然后呢？"路嘉把手机听筒凑近了耳朵一点儿，按大音量，生怕听漏一句话。

"没有了。"冷警官说，"目前只修复到这里。"

路嘉真想一脚踢在桌子上，但她忍住了。她怕这一踢，脚跟桌子都不能承受。

挂了电话，程一恒问她怎么了，她毫无保留地将冷警官告诉她的情况转告了程一恒："真不知道他们警察干什么吃的，查了一个多月，查到的都是我知道的事情，不过也好，至少证实了我没有撒谎。"

"华庭她……"程一恒犹豫了一下，"真的减缓了车速？"

"监控视频总不会骗人吧。我当时失去意识前确实看到她减速了，还以为是我撞晕了，出现了幻觉，现在看来，我没记错。真不知道她怎么想的，不过现在也不好下结论。唉，弄得我吃饭的胃口都没了。"路嘉胡乱地扒了几口饭，瞬间没了食欲。

程一恒吃完这餐饭赶着回医院上班，路嘉自己打车回了程一恒的家。

回到程一恒的家后，路嘉觉得烦躁不安，躺在沙发上听了半个小时的《大悲咒》都没能让自己的心静下来。

她决定给自己找点儿事情做，有事情做就不会烦躁了。

路嘉在网上搜了一圈儿，输入"闲来无事可以做的事情"，搜了小半天，聪慧的网友给她的建议是：

一、读书。书中自有黄金屋，书中自有颜如玉，提升自己。

二、整理房间。一屋不扫，何以扫天下，房间打扫得干干净净、整整齐齐，自己心情也会舒爽许多。

三、打游戏。人生总要有一样沉迷的东西。

四、锻炼或者减肥。自律的人，日子不会糟糕到哪儿去。

路嘉筛选了一番，以自己现有的身体状况和条件来说，好像只有第一点和第三点的实践性高一点儿。

但是路嘉从来都是不走寻常路的人，乐于挑战自己的她选择了第二项内容：整理房间。

于是，她拄着拐杖，拖着一条刚接上不久的腿，撸起袖子，准备给程一恒家来个大扫除。

清洁工具都备齐之后，她戴上橡胶手套、清洁帽，穿上罩衣，摩拳擦掌，准备大干一场。

她先是准备了一桶清水，挤了小半瓶清洁剂进去，准备将程一恒家的酒柜啊、书柜啊、电视柜啊……总之，她把沾了灰的东西都擦一遍。

可是，她忘记了自己行动并不怎么方便。她提着充满泡沫的水桶，走到半路时，水突然流出来了一点儿，她一个没注意，踩上去，打了个趔趄，身体不稳，抓住水桶提手的手松了，嫩黄色的塑料桶就跟下跪似的倒在地上，带着泡泡的水顺着桶流出来，流了一地。

路嘉看着一地的白色泡泡，心中一阵哀鸣，但她立刻想到了解决办法。既然都已经这样了，那她就先拖地吧。

她一瘸一拐地去阳台上找来了拖把，好不容易借助拐杖的力量站稳了，将地板上的泡沫拖了个七七八八就泄了气。她开始庆幸，程一恒家的地板不是木制的，不然被这带着泡沫的水这么一泡，不发胀才怪。

清理完了地板上带着泡沫的水，路嘉已经累得腰酸背痛，但是柜子还没开始擦呢，她只好回到浴室里，重新接了一桶水，继续往里面挤同等剂量的清洁剂。

当她重新提了一桶水回到客厅里时，已经过去二十分钟了。

俗话说，一鼓作气，再而衰，三而竭。路嘉趁着自己的精力尚未枯竭，一口气弯下腰，然后打湿抹布，却听见"咔嚓"一声响。

腰扭了……

她动弹不得。

扶着酒柜歇了好一会儿，路嘉才有力气直起腰来。她瘫坐在沙发上，休息了好久，还是不停地喘着粗气，不得不承认，这身体大不如前了。

她休息够了，看到自己计划的事情一件都还没做，赶紧起身，去提一桶水，准备打起精神来重新打扫。

她把抹布打湿，这次，她终于顺利地迈出了第一步，成功将程一恒家酒柜的第一层擦干净。她一脸兴奋地踮起脚，跃跃欲试，准备擦更高层的地方。因为站的位置不太合适，她挪了挪身子，拐杖也跟着挪了挪，没想到太过用力，拐杖再次带倒了水桶，而她由于站立不稳，一个趔趄，坐在了一摊水渍当中。

她想爬起来，却双腿乏力，怎么都爬不起来了。

程一恒下班回家后，看到的就是一地的狼藉和比地上还要狼狈的路嘉。

程一恒先是检查了路嘉有没有扭伤，确定她没什么大碍，只是爬不起来后，他哭笑不得地去拉她起来，拉了几下，发现她根本起不来，只好弯下腰，手从她的后背探过去，环住她的腰，再发力，一把把她横抱起来。

路嘉的后背都被带着泡沫的水浸湿了，她担心自己把程一恒身上弄湿，便挣扎了几下："别，我自己起来就行了，不然待会儿把你的衣服弄脏了。"

"没事，我反正也要换衣服洗澡。"

程一恒一点儿也不磨蹭，直接把路嘉抱到了浴室里，放进浴缸："你洗个澡吧，我去给你拿换洗的衣服。"

"那个……"路嘉喊住要走的程一恒。

程一恒回过头，问："怎么了？身上哪里疼吗？"

"没……没。"路嘉把头摇成拨浪鼓，话都到嘴边了，又咽了回去。

"有什么事就说，我不会笑话你的。"程一恒说。

"我……是不是很蠢？"路嘉试探性地问了一句，愧疚地埋下头，"真对不起，把你家弄得一团糟。本来我是想好好打扫一下的……"

"真的没事。"程一恒笑得一抽一抽的，"你有这份心就很好了，不过，每个人活在这个世界上，都有自己擅长的事情，就好比你擅长赛车，而我是医生，擅长给病人治疗。每周不是都会有保洁公司的工作人员上门打扫吗？所以，这些事不用你操心。"

程一恒解释时，语气非常温和，但路嘉的心里还是没有好受多少，赛车只是她以前擅长的事情，现在的她擅长什么？

擅长搞破坏。

搞砸一切事情。

程一恒越是这么说，路嘉越觉得自己没用。

而一个毫无用处、接近废物的她，何德何能，能得到程一恒的青睐？她十分不解。

程一恒见她在发呆，便提醒她："你赶紧脱衣服洗澡吧，不然湿衣服在身上穿久了会感冒的。"

随着程一恒关门离开浴室的声音响起，路嘉带着沉重的心情脱掉了身上的湿衣服，放好热水，看着浴缸的水位渐渐升起来，沉下去，溢出了一部分水，然后将整个人泡进了水里。

浮力又将她推出了水面。

程一恒家的浴缸有点儿大，路嘉伸长腿也没能蹬到缸壁，整个人就像漂浮在海面上的一个油漆桶，随波漂流。

"漂流"了一会儿，路嘉瞥见自己的小肚子，撑着缸底一下子坐了起来，心道：我都这么胖了，还有什么资格垂头丧气？

她迅速地洗完澡，护具已经拆了，只是腿还无法正常行走。她扶着程一恒之前为她安装在浴缸旁的扶手，从浴缸里出来。

浴缸外面安了一个帘子，拉开帘子后，她看到自己的衣服被放在凳子上，叠得整整齐齐。她的内心一暖，换好衣服后，将湿衣服扔进一旁的洗衣机里。听到洗衣机转动的声音，程一恒过来敲了敲门，问她："你在洗衣服吗？"

路嘉打开门，头发还湿漉漉的，毛巾搭在肩膀上，双手撑在洗衣机上，正看着洗衣机的滚筒。

"在这儿看风景啊？"程一恒靠在门框上问。

路嘉抬起头，擦了擦在滴水的发尾："对啊，不能帮你做事情，自己的事情总该自己做吧。"

"可……可这是全自动洗衣机，你把衣服扔进去就不用管了呀。"程一恒不解地说。

"可……可……"路嘉模仿他的语气，"不守着它，我又觉得自己无事可做。"

"你的头发还没吹呢，过来，我帮你吹头发吧？"程一恒主动提议。

"啊？"路嘉有点儿难以置信。一个男人给一个女人吹头发，除了理发师跟客人外，这应该是处于一段相当暧昧的关系里的两个人才能做的事情吧？

"你不是不方便吗？"程一恒说。

"可我不方便的是腿。"

"那我就是想帮你吹头发，你能满足一下我的愿望吗？"

这句话成功地逗笑了路嘉，她把毛巾从头发上扯下来，搭在手上："那就恭敬不如从命了。"

程一恒找来吹风机，路嘉已经乖乖坐在沙发上，一副跃跃欲试、等待被摸的小猫咪的模样。

程一恒插好吹风机的插头，拿过搭在沙发扶手上的毛巾，先替路嘉擦了擦头发。他问："你这头发怎么还在滴水？"

"啊……我忘了擦。"

"你还真是什么都能忘。"

其实，她不是忘了擦，而是懒得擦。

擦干水后，程一恒拿起吹风机，温柔地替路嘉吹起了头发。他似乎很专业，从发尾开始吹，热风的温度刚刚好，他手上的动作很轻，就好像有人在轻轻地按摩她的头皮，她舒服得快要睡着了。

整个人卸下防备后，路嘉觉得眼前好像开了一扇门，里面有很亮的光，而程一恒就站在光的尽头等她。

所以，她没有过多思考就问出了一句话："程医生，你对我这么好、这么温柔，是不是喜欢我呀？"

程一恒手上的动作立刻就停了。

路嘉很快清醒过来。

吹风机的"嗡嗡"声虽然还没有暂停，但路嘉意识到自己好像触碰了不该触碰的地方。

她立刻翻身坐起来，紧张得近乎结巴："我……我开玩笑的！你别当真！"

她开始害怕知道那个答案，像逃跑一样离开了客厅。回到自己的房间后，她缩在角落里，半干半湿的头发浸湿了她的肩膀，她觉得后背一片冰凉。

其实不是后背冰凉，是她的整颗心冰凉了。

她很清楚，在这种情况下，但凡有所犹豫，答案就一定是否定的。

程一恒并不喜欢她。

那个晚上，路嘉没有再出过房门，程一恒也没来找过她，甚至没有给她发过微信。

越是这样，路嘉越难受。

路嘉彻夜无眠。

翻来覆去，好不容易熬到天亮，路嘉早早出了房门，简单地做了一份早餐，没想到，程一恒也起得很早。他打着呵欠路过厨房时，看到正在忙活的路嘉，有些惊讶："你怎么起来这么早？"

"我有点儿饿了，想吃点儿东西。你要吃吗？"

"哦，不用了，我去医院的路上随便吃点儿就行。"

路嘉的心几乎沉到了谷底，她其实并不饿，就是想为程一恒做点儿什么，但看起来，程一恒并不领她的情。

她觉得自己也许逾越了。

路嘉有点儿讨厌有这么多小心思的自己，她不应该是这种要为这些小情绪纠缠、苦恼的人，于是她拦住要去厕所的程一恒，说："我有话跟你说。"

程一恒还没彻底地醒过来，脸上带着惺忪的睡意，但还是揉了揉眼睛，拉开餐桌旁的椅子坐了下来。

路嘉把拐杖靠在餐桌旁，深吸了一口气，做了一些心理准备，然后开口："昨天晚上，我开玩笑的，你别当真。"

"我知道。"程一恒给自己倒了杯纯净水，喝了一口，又给路嘉倒了一杯，推过去，问她，"要喝吗？"

路嘉摇摇头："不喝。我跟你讲正经事，我不希望你因为这种事情对我心生芥蒂，如果你心生芥蒂了，我只能搬离这里了，我不想我的存在让你觉得不痛快。"

听路嘉说要搬走，程一恒急了。他放下水杯，身子不由自主地往前倾，努力跟路嘉解释："我真没有那个意思。我……我只是……"

"只是什么？"

"我没睡醒。"

其实，程一恒还是在逃避这个话题，路嘉心里很清楚。上一次，她从别人那里感受到这种感觉时，是在魏映身边。

魏映不喜欢她。

程一恒也是。

从程一恒的表现来看，他对她的态度已经很明显了。她的心沉到了谷底，她努力扯出一个微笑，起身说："那不打扰你了，我要去吃早饭了。"

程一恒坐在椅子上，久久没有挪动过位置。

路嘉端着早餐从厨房里走出来，说："如果你觉得我让你不痛快了，一定要及时告诉我，本来我住在你这里就对你有诸多打扰，如果还给你带来额外的烦恼，那就很不好意思了。你告知我的话，我可以早一些做搬出去的打算。"

路嘉恢复到了那个酷酷的、说话带针带刺的她，有点儿冷漠，防御心很强。

"我真的不是那个意思。"程一恒起身，走到路嘉身边，觉得自己跳进黄河也洗不清了。

"昨天晚上……我……今天早上……我……"

"别说了。"看着程一恒这么支支吾吾的样子，路嘉的火都冒到嗓子眼儿了，好不容易把一肚子火压下去，开始大口大口吃自己煎的蛋。

程一恒还想解释几句，但看到路嘉已经无心再听，只好起身去洗漱。路嘉听到卫生间里传出水流声，心情更沮丧了，囫囵吞下煎蛋，然后收拾好桌子，进了厨房。

厨房里的水流声盖过了外面的声音，等路嘉洗好碗出来，屋里已经没有其他人了。

她不知道程一恒用了多快的速度洗漱完毕，然后换衣服出门。

想必他是为了躲她吧。

她越想越失望，回到房间里躺下就睡了。

第六♥章
CHAPTER 6

　　路嘉一觉睡到了下午两点，连午饭都忘了吃。

　　起床后，她在临街的阳台上站了一会儿，然后去程一恒的书房里拿了一本《春雨物语》出来看。这是一本日本的志怪小说，类似中国的《聊斋志异》，她翻了三分之一，看不太懂，就放下了。

　　她将程一恒的书架理了一遍，除了一些医学上的书之外，他看的书很杂，有哲学，有杂谈，还有不少国外的小说。

　　路嘉看书的时间很少，以前她喜欢看所谓的心灵鸡汤，被魏映嘲笑过一次之后，就干脆不看了。

　　现在的人都喜欢表现得嘻嘻哈哈，没人再展露自己的真实情绪，悲伤的、难过的事情都被隐藏起来，似乎只有好笑的事情能够被分享出来。

　　这几年，到处刮起了一股"反鸡汤"风，热爱鸡汤、在鸡汤里寻找心灵慰藉的人就会遭到大家的嘲笑。

　　像阿Q一样。

　　其实，路嘉觉得，每个人都有自己的生活方式和价值观、取舍观，不必去嘲笑别人看什么书，走什么路，做什么事情。

做不到理解，就做到尊重。

她在阳台上看书，看到天色暗淡，脑子里冒出这个想法时，突然想起程一恒。对，如果她无法理解他不喜欢她这件事情，就尊重他不喜欢她这件事情。

她想到这里，一阵凉风吹过，坐在阳台沙发上的她心情平静了很多。

天色渐渐暗下来了，已经过了程一恒下班的时间，按理说，平时这个时候，如果他没事，早已回家了。

也许他是在躲她吧。

她想。

她把今天一天独处的心得体会都写进了帖子的更新里，过了半个小时，去看网友的回复。

"我感觉楼主今天的画风不一样了，楼主特别沮丧啊。"

"我想看到元气满满的楼主啊。"

"别这样，楼主，C可能是那种比较害羞、不敢面对自己感情的人呢。"

"别听他们瞎说，反正，在我看来，再害羞、再内向的男生，在自己喜欢的人面前，都会变得主动。而且，从帖子里看来，C并不内向、并不害羞啊，而且挺主动的。至于楼主直接问他喜不喜欢自己，这个可能操之过急了，有些人也许就是喜欢暧昧的感觉，不喜欢挑明呢？再说了，不都说友情以上、恋人未满的阶段最美好了吗？楼主多享受这个时期吧，不用操之过急……"

"C的态度有点儿让人猜不透啊……"

"心疼楼主，画风都跟刚开帖的时候不一样了。"

"C都不回家了？没这么严重吧？楼主只是半开玩笑问了一句啊。"

远在医院的程一恒听到手机提示音响起，他对路嘉的帖子设置了特别提醒，一有更新就会响起提示音。

点开帖子，看到路嘉更新的内容，程一恒觉得有些难受，拿起手机想给她打个电话，最终还是放下了。

路嘉从评论中感受到了一点儿安慰，但只有一丁点儿安慰罢了。随便点了个外卖解决了晚饭之后，她打开电视，看起了电视剧，结果看了十分钟，她在沙发上坐立难安。

已经晚上十点了。

程一恒除了值班，基本不会这么晚回家。

路嘉越发笃定程一恒是在躲她。

她决定等到十一点，如果程一恒还不回来，那她就去睡了，然后明天早上起来联系闵璐，准备搬出去。

等等——

她好像跟闵璐处于冷战当中？

她差点把这茬忘了。她暴躁地揉了揉头发，不明白自己的人生是怎么搞到这种地步的，真是惨。

闵璐那边，她是不能联系了。她没钱，想了想，又没什么其他朋友。

她搬出去住的可能性……还真的有点儿小。

人在屋檐下，不得不低头。路嘉决定先装瞎一段时间，当作什么都没发生，去向别人借一点钱，然后尽快搬出去。

一分一秒都很难熬，好不容易熬到了十一点，路嘉生气地扔掉抱枕，关掉客厅的灯，回房间睡觉。

在床上翻来覆去很久，路嘉都没睡着，她睁着眼，瞪着天花板，感觉脑袋要炸了。她好不容易数了一千只小绵羊，迷迷糊糊地睡着了，由于心里挂着事，半夜又醒了过来。醒过来时，她觉得脑子昏昏沉沉的，从枕头下摸出手机，竟然有八个未接电话。

五个来自程一恒，三个来自闵璐。

她想，程一恒跟闵璐为什么会一起在半夜给她打电话？

她先给闵璐回了电话，闵璐没接。她只好给程一恒打电话，打了三个后，程一恒才接起来："喂，路嘉，你醒了吗？"

"出什么事了？你给我打电话，是不是闵璐怎么了？"

"不是闵璐，是魏映。"

"他怎么了？"路嘉虽然已经下定决心不再关心魏映的事情，但提起他时，心里难免还是会有一些在意。

"他私下里跟人比赛，就是玩的那种性质，车速太快，地面太滑，连人带车飞了出去。"

"严重吗？"路嘉知道，魏映这情况跟她上次出车祸差不多，可能受伤情况好不到哪里去。

"他还挺幸运的。他连人带车飞出去，旁边围观的人不少，车毁了，他就撞在人群里。"

魏映真是走了大运，这样竟然还能撞进人群里，捡下一条小命，只是锁骨骨折。

路嘉感叹着同人不同命，在黑暗当中坐了起来，手机屏幕在耳旁发着亮光。

两人讲完事情后，有一瞬间的沉默，静得能从电话里听到对方的呼吸声。

"那个，路嘉，你睡着了吗？"良久后，程一恒问。其实可能没过多久，只是两人一直都没说话，时间好像被拉长了一样。

路嘉听到程一恒在电话那头叫她，如梦初醒般应了一声，用轻柔得像羽毛扫过喉咙的声音说："没呢。"

"闵璐给你打电话，是想问你要不要过来。毕竟，你跟魏映算是朋友。她见你没接，就来找我了。今天我准备下班时，刚好碰到魏映被送来我们医院急诊，就接收了他。没想到会这么巧，耽搁到了现在，今天晚上我可能回不来了。"

不知道是不是时间太晚，而程一恒又没怎么休息好，说起话来都不怎么连贯，也不怎么有逻辑。

"我想着，这么晚了，你还是不要过来了。但如果你想过来，我就回家来接你，顺便换一身衣服，洗个澡。"

"还是不了，你可以白天再来，魏映现在应该已经睡着了。"

程一恒一个人絮絮叨叨说了好多话。

路嘉听着听着，觉得不太对劲："等等……你这到底是想我来，还是不想我来？"

"我……我不知道。"程一恒的声音听上去瓮声瓮气的，路嘉听不太清楚他在说什么。

"你说什么？大声点儿！"

"对于昨天以及今天早上的事情，我……很抱歉。"

他真是哪壶不开提哪壶。

路嘉气不打一处来，本来她已经说服自己不要再去计较这个事情，偏偏程一恒又主动提起来了。

"没事。这件事都过去了，就别再提了，咱俩都别再提了。魏映那边，我明天过去看看吧，现在太晚了。你别急着回来了，在医院好好休息一下。"

"嗯。"

简单地结束了通话，路嘉把手机扔到一旁，心里突然安稳了许多。

不知道为什么，她看着天花板，一阵倦意来袭，竟然一觉睡到了大天亮，甚至连程一恒回家开门的声音都没听到。

直到刺眼又发烫的阳光晒到眼皮上，她才伸了个懒腰，睡眼惺忪地撩起睡衣，挠着肚皮上的痒痒，一边打着呵欠，一边去洗手间。

路过餐厅时，她隐隐约约感觉到旁边多了一抹白色的身影。起先她没怎么在意，脑子里一道光一闪而过后，突然定住了身体。

"程……程医生？"路嘉赶紧把撩起睡衣、挠肚子痒痒的手从睡衣里伸出来，不确定程一恒有没有看到她这么猥琐的模样。

"你回来多久了？"她有些心虚地问。

程一恒正在吃东西，看样子是午餐。

"有好一会儿了，我回来的时候，看你还在睡觉，就没叫你。我给你也做了一份午餐，你要吃吗？"

路嘉的瞌睡虫瞬间四散开去。

她有点儿不太明白程一恒目前的所作所为，但是，既然他都叫她吃饭了，应该就是当那件事情已经过去了吧。

既然他都已经不在意了，她不必扭扭捏捏、惺惺作态了。俗话说，买卖不成仁义在嘛。

于是，路嘉整理了一下心情，洗漱后拉开椅子坐下，跟程一恒一同吃起了午饭。

刚吃了一口，她想起魏映的事，便问了一句："我们是吃完饭去医院，还是说，你要休息，我自己去？"

"我跟你一起去。"程一恒说，"我得过去看看他。我们主任外出学习了，所以现在差不多是我在盯着**魏映**。"

意思是，以后魏映跟她就由同一个医生负责？不应该啊……魏映一直有专门的私人医生，怎么会找上程一恒这个骨科实习医生？就算魏映自己愿意，俱乐部不一定同意吧？她想起之前那个老总对程一恒赞赏有加，不过，程一恒现在明明只是个实习医生，哪儿来那么大的能力？不过，从他敢给她动手术来看，他应该就不是那种保守的等闲之辈，被人赞赏有加在情理之中。

程一恒仿佛看穿了她的疑问，主动解释："魏映的私人医生只能做一些日常的处理，这种涉及要动手术的事情，一来，他的私人医生是外国人，在国内没有行医资格，更别说动手术了；二来，他的私人医生没场地跟工具给他动手术。"

最后只好折中，将魏映送到了程一恒他们医院，而他们医院的骨科在全国都能排得上号，碰巧骨科主任医生外出学习，剩下一群实习医生，矮子里拔高个，程一恒自然就成了最佳人选。

"那我还是歪打正着了？"听完程一恒解释后，路嘉说道。出了车祸的她不省人事，醒来就在程一恒所在的医院了，医生是早就安排好了，她根本没得选。

原来没得选时，反而能遇到最好的选择。

和谐地吃完午饭，两人心照不宣地不再提起那件事。程一恒洗了个澡，换了一身衣服后，两人一起出门去医院。

在程一恒洗澡的时间里，路嘉再次登上豆瓣的账号，编辑了帖子的新内容。

"我想，我可能真的是误会了。

经过将近两天时间的冷静思考，我想清楚了很多，也许C就是一个很敬业的医生，把我当成实验对象。他心地善良，可能见我实在落魄可怜，便收留我一段时间。还有一种可能，那就是他的目光非常长远，他赌我以后能东山再起，且人品不错，会报答他。

不管是哪个答案，都跟我最初的想法'我的医生好像喜欢我'南辕北辙。以后，估计我不会更新这个帖子了，主要是没什么心情了。

这个帖子本来就是记录一些我跟C之间的日常，我妄图从这些日常当中找出他真的喜欢我的证据，现在连他喜欢我这种想法都否定了，我再去记录这些东西的话，便显得有些自作多情且不合时宜了吧。

谢谢大家一直以来的支持，这个帖子真的支撑我走过了很多灰暗的时光，现在我差不多走出来了，再过几天，我准备开始做腿部的复健了，希望一切都能好起来吧。有缘再见。"

路嘉把帖名改成《（已完结，没有在一起）我的医生好像喜欢我》，然后退出了豆瓣的APP。

路嘉刚把手机放下，程一恒就穿着浴袍、擦着头发走了出来，浴袍只是穿在他的身上，并没有系起来，因此，他从脖子到小腹，从小腹到小腿，几乎整个正面都在路嘉面前暴露无遗。

这个人，明明只是个医生，为什么肌肉的线条会这么好，她还能隐隐约约看到他腹部的肌肉。虽然不是那种明显的八块腹肌，但初具雏形，没有长时间锻炼是不可能出现的。他每天这么忙，是什么时候锻炼的？

自律的人真可怕。

路嘉摸着自己的小肚子想。

可是，她越想越觉得悲伤，眼前这小子肉体再美好，再秀色可餐，也和她无关了。可是，她的目光还是忍不住落在他的身上，这紧实笔直的大长腿、微翘的臀部……打住！

路嘉掐了一把自己的大腿，制止了自己不切实际的想法。

"我去吹个头发，马上就出来。"

程一恒刚说出"吹头发"几个字，不好的回忆瞬间涌来，他跟路嘉同时显得有些尴尬。吹风机还放在沙发旁边的茶几上，上次尴尬事件发生之后，谁也没有动过那台吹风机。它更像一台尴尬机，它的存在就是提醒路嘉跟程一恒，不要忘记那天晚上心血来潮吹头发的惨烈后果。

程一恒站在客厅中间发了一会儿呆，然后才支支吾吾地说："我没找到吹风机。"

"在沙发旁边呢，你上次用过后就没人动了。"路嘉喝了一口水，然后站起身来，拿过拐杖，端着收拾好的碗筷往厨房里走。

程一恒道："你放下吧，我来收拾。"

路嘉没应声，程一恒还想再说话，她已经进了厨房。她仿佛听到程一恒拿了吹风机，然后轻轻叹了一口气，回浴室里吹头发去了。

其实，程一恒打开吹风机，吹风机"嗡嗡"作响后，他并没有立刻开始吹头发。他看到路嘉更新的帖子，心里一阵绞痛。他叹了一口气，开始吹头发。不知道为什么，这个帖子结束了，他竟然有种怅然若失的感觉，像真真切切地失去了什么。

路嘉把碗筷放进洗碗机，然后稍微整理了一下料理台，从厨房出来后，路过程一恒的房间，忍不住多看了一眼。里面的装修风格是欧美风，贴着一些足球明星的海报。她来过他的房间好几次，都是找东西，找完便走了，毕竟这是他的私人空间，她逗留时间过长不太好。这次，她定睛多看了一眼，发现他的卧室里竟然还镶着一扇门。

她本以为是装饰，鬼使神差地走进卧室，尝试着扭了一下门把手，门竟然开了。

里面的场景差点把路嘉吓呆了——这几乎是一个小型的健身房，里面摆了好多健身器材：瑜伽垫、握力器、哑铃、沙袋，甚至还有跑步机。

怪不得他那一身隐隐约约的肌肉……

路嘉本来纳闷他没有时间锻炼，哪来的好身材。

原来，他都是在这里练出来的。

在健身房的窗台上，路嘉发现了一个盖着的相框。她走进去，拿起来一看，是一张两人的合影，由于室内光线太暗，她没太看清楚。

"再过一段时间，你就可以来这边锻炼了。"程一恒不知道什么时候回到了房间，幽幽的声音从路嘉背后传来，吓了她一跳。她赶紧把相框放下，脑海中残留着合照的影子。

她怎么想，都觉得合照上的人熟悉。

她回过身，看到程一恒已经麻溜地整理好了头发。平时他去医院上班，都是乖乖地把头发梳下来，看上去温文尔雅。而今天，他用发胶把头发梳起来之后，整个人看上去青春阳光，比实际年龄小了好几岁。

说他是青春洋溢、浑身散发着荷尔蒙的大学生也不为过。

路嘉看得走了神，程一恒伸出手，在她眼前晃了晃："你发什么呆呢？"

路嘉这才回过神来，发现程一恒已经换了一套衣服，粉红色的连帽卫衣配牛仔裤和小白鞋，完全就是一个收拾一下就可以出道的小哥哥嘛！

路嘉这个人，身上存在着巨大的反差。她展露给公众的形象是高冷、不善言辞、拒人于千里之外。实际上，私下的她热爱逛各种各样的八卦论坛，对明星八卦了如指掌，并且对当下的热门电视剧多多少少有所了解，甚至还会成为剧粉，用小号为自己的爱豆跟别家粉丝大战一番。

她算是豆瓣里"八卦来了"小组的资深粉丝了。这些年，她发过不少帖子，看的帖子更是不计其数，她把"八卦来了"小组当作一个大家庭，在上面分享自己的心情，跟大家一起成长。

实际上，每个人都是一个丰富的多面体，不存在单一的形象，试图用某一种形象去定义别人的行为是不正确的。

路嘉看到程一恒打扮得如此清爽，心情好了很多。

"你不用上班吗？"见程一恒穿得如此休闲，路嘉忍不住问。

"对，我今天休息，陪你去医院看魏映。还有一件事，就是上次在日料店不小心打伤你的那几个小伙子，今天想见见我们。"

"见我们？为什么？"那件事情已经过去了好几天，路嘉被其他烦心事占据了时间，差点快忘了那一茬了。

程一恒告诉她，他寄了律师函过去，现在要求他们赔偿，不然就起诉他们。他们想要和解，但拿不出这么多钱来。

"你要了多少赔偿款？"出门时，路嘉问。

程一恒伸出一只手掌："杂七杂八地加起来，就这么多吧。"

"五千吗？"路嘉问。她想，五千的话，不算多，但是为什么那几个人都说赔不起呢？

"是五万。"

听到这个数字，对钱不怎么有概念的路嘉都差点咋舌，因为她只是被打肿了眼睛，过了几天就差不多好了，连药都没用过。

"这五万，其中三万多是赔我的眼镜加医药费，另外一万多是赔给你的医药费跟精神损失费，我的律师已将费用明细列了出来。身体受伤加上精神损失费，五万不算多。"

要是以前，路嘉也觉得五万不算多，但现在的她可是个连五千块钱都拿不出来的人。她只是惊叹程一恒的厉害，他能因为一件小事让别人赔得痛彻心扉。

"其实，如果他们当时给你道歉了，那件事在我这儿就算过了。但他们偏偏不，要逞威风，那就给他们逞威风的机会，但也要让他们为逞威风付出一定的代价。"程一恒说得很轻松，路嘉却听得心情有些沉重。

看来，程一恒并不像他表面看上去那么温柔、平易近人，也就是说，他不是好惹的。

其实，路嘉一早就看出来程一恒不是好惹的人，大概是因为他在她面前总表现出一副很好欺负的样子，大多数时候，她都忽略了这一点，以为他一直都是温柔的、平易近人的。

两人一起乘电梯到地下停车场，路嘉站在原地，等程一恒去取车，然后两人再驱车前往医院。

从程一恒家到医院这条路，路嘉已经经过很多次了，好像每次都有不同的心情。她跟魏映还有闵璐上次闹的矛盾似乎还没有得到解决，现在因为车祸，他们不得不见面了。

其实路嘉是有一点儿抵触跟他们见面的，但总有意外来打破这些矛盾跟抵触。

"你说，我去的话，闵璐跟魏映会开心吗？"路嘉有些担心地说，毕竟他们上次闹得并不愉快。

"当然。闵璐很希望你去。"

听到这话，路嘉轻轻地把两只手叠放在大腿上。程一恒说的是闵璐很想让她去，实际上并不代表魏映的意见。

她觉得自己离魏映越来越远。

"我觉得……我去了似乎起不了很大的作用，还是算了吧。有闵璐在就可以了，闵璐才是魏映的精神支柱。"

对于一个她爱过却并不爱她的人，她表现出过多关心，反倒显得居心叵测和尴尬。

想到这一点，她突然回头看了一眼程一恒。

爱？

一下子想到这个，她有些蒙了。以前，她喜欢魏映，魏映并不喜欢她；现在，她喜欢程一恒，程一恒也不喜欢她。

路嘉觉得很挫败，越发不想去了，现在只想打道回府。

"来都来了，你就去医院看一眼嘛。"程一恒说，"闵璐在那里守了一晚上了，我想她很累了，我们可以过去和她换换。"

路嘉听后，有些不太高兴。闵璐不是大言不惭地说过很多次，她这辈子都不会喜欢魏映吗？为什么在魏映受伤后，她表现得这么紧张，守在身边一晚上不睡觉都可以？还有程一恒，他什么时候跟魏映还有闵璐的关系这么好了？

但是，路嘉并没有把这样的想法表露出来。她思考了一下，然后说："好吧，我就去看看，但我也是病人，我没办法照顾另一个病人，看完之后我就要回家，如果你要在那里守着，你就守吧。"

程一恒听出她语气里的不开心，便解释说："魏映出事的时间比较晚，又是非正式比赛，他最近不是休息吗？他就给经纪人和助理都放了假，经纪人跟助理不在身边，他受伤之后，立刻有人报警，然后打了120，急救人员赶到现场，找到的最近联系人就是闵璐，就通知了闵璐过去。"

程一恒把事情的经过说得八九不离十，但这件事情并没有他描述的这么简单，背后还有原因。

上次在医院，闵璐低声下气地跟路嘉道歉求和，却失败了。闵璐因此非常难过伤心，把一切归咎于魏映，跟魏映大吵了一架。当然，只是她单方面发脾气，魏映在一旁好脾气地听着。

但是，人都是有脾气的，魏映在闵璐那里当了受气包，心中郁结难解，就去跟人飙车了。

魏映本来就是冲动的性子，在赛场上就更加嚣张了，气焰太过嚣张非常惹人厌，参赛者就算自己不赢，也不能让对方赢，中途对方故意给他使了几个小绊子，类似工作中开的小玩笑，没想到就出了事。

闵璐自己发完脾气后觉得舒畅了许多，然后飞了一趟北京，回A市时，刚下飞机就接到电话，说魏映连人带车摔了出去。

在路上时，她给魏映打了个电话。魏映哭哭啼啼，说不出个所以然，只一个劲地喊疼。闵璐气得头都大了："谁叫你去跟人飙车的？你都这么大的人了，做事不考虑后果？"

魏映委屈地捂着自己断掉的锁骨，说："我……我就是没地方撒气……"

闵璐一听这话，就心软了。

其实，日料店的事，魏映没多大的错，只是他一直把闵璐放在第一位，所以才会忽略了路嘉。

而闵璐就跟魏映说的一样，在最紧张、最危险的时刻，她不也只顾着自己逃跑吗？她觉得甚是愧疚，于是赶到医院，主动负起了照顾魏映的任务。

听了程一恒的解释后，路嘉没再说话，靠在椅背上，似乎陷入了沉思。到了医院后，她乖乖地跟着程一恒上了住院部的大楼，在骨科找到魏映的病房，敲门进去。

站在门边时，路嘉看到闵璐正坐在一张塑料凳子上，靠在魏映床边给他削水果。程一恒主动跟他们打了招呼，路嘉跟在身后，因为觉得有些尴尬，一时半会儿没开口。

倒是闵璐主动过来拉路嘉的手："路嘉，你来了。"

路嘉勉强笑了笑，其实，她心里早就把对闵璐的芥蒂抛到了九霄云外，只是没有合适的台阶让她下。

从小到大，闵璐都是这样，不论她在外人面前多么逞威风，但总会在惹路嘉生气后，主动低下头来哄路嘉。

闵璐就像一个高傲的公主，只有为了路嘉才会低下头。

路嘉心里很明白。

路嘉捏了捏闵璐的手，以示友好，小声地说了句："嗯。"

魏映也看到了路嘉，从半躺到坐直身体，紧张又热情地招呼着路嘉坐。闵璐立马找了一张凳子让路嘉坐。

路嘉摆摆手，说不用了。

"我就这样站着，挺好的，不累，坐了还要起来，更费劲。"路嘉只是随口一说，却从闵璐的脸上看到了落寞。

一直站在旁边的程一恒为了打破这份尴尬，主动嘱咐魏映一些术后注意事项。几人在一起寒暄了几句之后，程一恒接了个电话，律师联系他，让他去见之前在日料店动手打人的几个小年轻。

程一恒向魏映和闵璐说明了情况，路嘉跟着要走，都走到门口了，闵璐突然喊住她："路嘉，你真的要这样吗？"

路嘉停下来，转过身，没有说话。

闵璐的情绪起伏有些大，眼眶红了。其实，如果是认识她的其他人，想要见到她红眼眶，是比见到月全食还要困难的事情。

"路嘉，我们是认识多年的朋友，难道你真的要因为我一句无心的话而跟我生分吗？"闵璐看上去真的有些伤心，魏映干脆掀开被子，从病床上下来，站在闵璐身后，轻拍她的后背，安抚她的情绪。

看到这个场面，路嘉觉得有些心塞，同时更觉得心累。

闵璐跟魏映的关系究竟什么时候变得这么好的？

虽然以前闵璐说过无数次，她无论如何也不会接受魏映，现在看起来，好像这句话要作废了。不过，这也不关路嘉的事了。

路嘉这样想。

"我没有。"路嘉说，"璐璐，我对你没有任何怨恨，包括魏映，你们都是我的好朋友。不管你们两个在一起还是不在一起，我都没有任何意见。我最近的状态不太好，可能需要暂时休息一下。"路嘉回答时，语气很温和，但有心人都听得出语气里的不甘心。

闵璐第一时间反驳："我没有跟他在一起，他受伤了，在医院里打电话给我，我不可能不来……"

"我知道，璐璐，我真的没觉得有什么。有你照顾魏映，我很放心。我改天再来看你们吧，今天我有些累了，想先回家了。我这边有程医生，你们不必担心。"

说完，路嘉拄着拐杖出了病房，朝电梯的方向走去。

其实，路嘉真的甚少与人起冲突，虽然她表面上看起来跩得二五八万的，实际上最害怕与人吵架。

撕破脸，面红耳赤，把自己大脑里瞬间能收集到的所有恶毒的词语都熬成汤药，然后泼在对方身上，试图让对方心神俱焚。

这样"杀敌一千，自损三百"的敌对方式，路嘉最憎恶。

相比吵架，她更喜欢打架。

抡起胳膊，二话不说，将所有愤怒注入紧捏的拳头里，打进对方最柔软或者最坚硬的地方，不计较后果。

进了电梯，程一恒晚一步追上来，路嘉知道他肯定跟闵璐他们说了什么。

"你又给他们灌什么鸡汤啦？"路嘉问。

程一恒按了楼层键，说："我说，过段时间，等你想通了，我再带你去找他们。"

"你怎么知道我没想通？"

"你提起魏映的时候，还是一脸的不甘心。"

路嘉有些惊讶，因为程一恒的用词是不甘心，而不是不舍。如果一个人喜欢另一个人后，只剩下不甘心，那么这个人就会变得面目可憎。

如果是不舍，倒还有几分柔情在里面。

"我没有不甘心。"路嘉否认。

"闵璐都告诉我了，关于你喜欢魏映很多年的事情。"

闵璐这个大嘴巴！路嘉咬牙切齿，捏起了拳头。她想，闵璐告诉程一恒，她喜欢魏映喜欢了很多年，而她又问了程一恒是不是喜欢她……

怪不得程一恒支支吾吾了那么久，他应该是觉得她吃着碗里的，看着锅里的吧。

这下误会大了。

程一恒会怎么想她？

路嘉换位思考后，对自己做出了"渣"的评价。

"不过，你别误会。"程一恒解释道，"闵璐跟我说，你一年前就跟魏映说清楚了……"

路嘉看着程一恒，目光带着探究。他刚刚的行为是在替她解释吗？既然他不喜欢她，为什么他要在意她跟魏映的过往？

难道是因为他对她还是有那么一点儿在意的？

路嘉觉得自己脑容量不够了，这件事情想不清楚了，怕自己重蹈覆辙，又被证明是自作多情，真是头疼。

出电梯前，她扶住了额头。

"怎么了？"程一恒扶住她的胳膊问，以为她是头晕不舒服。

"没……没什么。"路嘉抬起头来，看向程一恒，勉强挤出一个笑容，"我们现在是要去见那天在日料店动手的人吗？你确定我可以出现在他们面前吗？"

路嘉担心，跟他们见面的话，又激起他们的愤怒，到时候不好收场。

"这个你放心，我就是要求他们给你道歉。不仅要道歉，该赔偿的部分，一分都不能少。"

程一恒在这些事情上，真的果决得可怕。

路嘉不便再说什么，只好跟着他一起去了和对方约好的地方。

对方约在一家饮品店见面，程一恒的律师已经先去跟他们谈了。程一恒跟路嘉到时，发现对方只派了一个代表来。

路嘉对这个人的脸不甚熟悉。她本来就不太能记得住别人的脸，除非别人长得好看。那天晚上，在那么混乱的情况下，她的眼睛被打肿了，她根本不知道谁是谁。

"路小姐，程先生。"对方自称小陈，态度非常诚恳，说他们一行三人已经深刻地认识到了自己的错误，也接受了警察的教育，希望路嘉跟程一恒能够网开一面，原谅他们的不成熟行为。

谈话间，路嘉才知道，那三个人中，年龄最大的就二十岁，现在跟他们谈判的，就是作为代表出来的二十岁的小陈。

另外两个小伙子，一个十八，一个十九，都还在上高中，小陈则已经上大二。

程一恒跟律师商量过，最终要求赔偿的金额在五万人民币左右，对于三个没有经济来源的学生来说，五万人民币就是天价。如果私下和解不了，他们被起诉的话，不仅家里人，他们学校的人、周围的朋友都会知道那件事情，将对他们的生活造成极大的影响。

"我们真的知道错了。"小陈声泪俱下地认错，丝毫没有那天晚上出手打人的嚣张乖戾。

路嘉都看得有些于心不忍了，但程一恒还是无动于衷。

"你们三个人都已经过了十八岁，是有民事行为能力的成年人，不能以年纪小为自己犯下的错误找借口。那件事情，你们必须要负责。验伤报告和财物损失鉴定报告明明白白地摆在这里。对不起，我不是你的家人，我不会为你的冲动和幼稚买单。"

程一恒说这话的时候，就好像TVB电视剧里谈判的精英律师，反倒让他旁边的真律师显得黯然失色。

"可是五万块真的太多了，能不能少点儿？你不能看着我们年纪小，就狮子大开口啊！"

"狮子大开口？不存在的。首先，被你们踩碎的那副眼镜多少钱，你们应该知道了，票据什么的都在，如果你们不信那副眼镜是正品的话，我可以请相关公司出示一份估价证明。"

"我咨询过了！走司法程序的话，我们肯定不用赔这么多。"小陈似乎抛出了底牌。

"小陈，我需要提醒你的是，我的主要目的不是钱，所以，是私下和解还是走司法程序，我都接受。就算法院最后判我只得一分钱的赔偿，那我也得到我想要的结果了，一点儿不后悔。倒是你们……你说了，你年纪轻轻，人生会因此受到影响，至于受到什么样的影响，那就不得而知了。"

"你……"小陈似乎被激怒了，攥着拳头站了起来，"你不要欺人太甚！"

程一恒喝了一口茶，抬了抬眼皮，微微摇着头，说："其实，今天我来，主要是看你的态度，想看看你是不是真的意识到了自己的错误。不过，我算是太高估人性了，那天晚上在日料店也好，在派出所也好，你们的表现就应该足以让我明白，你们绝对不会真心诚意地觉得自己错了。"

"对！"成功被激怒的小陈破罐子破摔，"我们哪里错了？是路嘉害死华庭在先的！你别因为抓住我们的小把柄就在这里扬扬得意，你跟我们比，又好到哪里去呢？你在帮助一个杀人凶手，你不过是助纣为虐而已！"

……

一杯冷掉的咖啡泼在了小陈身上，湿透了他胸前的衣襟。

"我再警告你一次，我们所有的谈话是有录音的，如果你再这样说路嘉，我就会起诉你诽谤。"

小陈发疯似的扑过来，揪住程一恒的衣领，程一恒眼睛都没眨一下。

很快，周边的人一拥而上，拉开了小陈。

律师在第一时间报了警，小陈由于忌惮，骂骂咧咧地离开了饮品店。

"你没事吧？"一直在旁边默不吭声的路嘉伸出手，帮程一恒理了理衣领。他今天穿得可真好看，比起二十岁的小陈青春阳光多了，可是他散发出来的气场，能把小陈吓得屁滚尿流。

程一恒，他究竟是个怎样的人呢？

在以前的路嘉看来，他温柔体贴，说话风趣，负责任，讲道理，是个不可多得的好男人。

现在她接触到了程一恒全新的一面。

他果决，狠心，遇事绝不手软，在讲原则的同时丝毫不留情面，该怎样就怎样，让人不禁心生畏惧。

"我没事。咖啡不是泼在他身上了吗？"程一恒笑了笑。

他这一笑，路嘉整个人跟着放松了，他似乎变成了那个温柔体贴的程一恒。

跟律师讨论了一会儿后，程一恒决定将这件事情全权交给律师处理，反正路嘉已经听到他们的道歉了，不管他们的道歉是真心还是假意，程一恒要的就是这个结果。

目的达到了，最后到底是私下协调还是起诉上法庭，程一恒都无所谓。

圆满地解决了一件事情，程一恒显得心情很好，他问路嘉要不要去逛一下街。他知道，女孩子天生都是爱逛街的。

路嘉也是女孩子，当然也爱逛街。只是，她不仅囊中羞涩，而且腿脚不方便。她坦承了自己的顾虑。

程一恒坐在车里，安全带都没来得及解开，已经笑得前仰后合。

"你……你笑什么？"路嘉气急败坏地说，"没钱就不逛呗，有钱有有钱的过法，没钱有没钱的过法。少逛几次街，又不会缺胳膊少腿。"

"问题是，你差点儿就缺胳膊少腿了，还不抓紧机会多逛几次街？"程一恒教育她。

路嘉并不吃这一套，摊手："我没钱。"

"我有。"程一恒掏出自己的钱包，里面有一排卡，"随便挑。"

"哇！"路嘉的眼中仿佛冒出了星星，她捧着自己的脸，说，"你这么有钱吗？"

"不是的。在这么多张卡中，有钱的卡并不多，我是让你随便挑一张，看运气，卡里有多少你就能花多少，运气好，可能有五位数，运气不好的话，一位数也是有可能的。"

路嘉撇撇嘴，把钱包推给程一恒："我不要。"

"为什么？"

"我用了还不起。我在你家蹭吃蹭喝这么久，已经很愧疚，不知道怎么报答你了，要是再花光你银行卡里的钱，那……那我觉得这辈子可能都得赔在你这儿了。"

"那就赔呀。"程一恒接茬接得很快，路嘉听得有些心惊肉跳。她不知道程一恒说这话是什么意思，是否包含那么一点点暧昧的意思，不过很快她就清醒过来，给自己泼了一盆冷水，对自己道：你忘了吹头发事件吗？你怎么这么不长记性？你真该挨几巴掌！

"你自言自语什么呢？"程一恒又问。

"没……没什么。总之……"路嘉把安全带系好，"我不能刷你的卡。要不，你帮我办张信用卡吧？"

"办信用卡可以，但是你拿什么还钱？我可不想到时候催债公司到我家来泼红油漆。"

"那……"路嘉挠了挠头，"那咱们还是回家吧。"

"你拿去用呗。"程一恒随便抽了一张金卡，递到路嘉手里，"今天我心情好，刷多少都算我的。"

路嘉愣愣地接过卡，盯着卡思考了半天。

"那个……我能问你一个问题吗？"她抬起头来，说道。

"什么问题？你说。"

"我觉得……你好像很有钱。一开始我还不觉得，直到我查了你住的小区的房价……还有你的眼镜！你房间里的那些健身器材得花不少钱吧？你的衣服和鞋子似乎都很贵……"

程一恒感叹，路嘉平日里看起来大大咧咧的，没想到她的观察力还挺强的。

"所以呢？"程一恒嘴角含笑地问。

"所以……我就在偷偷地想，你是不是收了病人很多的红包？"

如果程一恒此刻在喝咖啡的话，说不定就把咖啡喷到路嘉脸上去了。他戳了一下她的脑门："你瞎想什么呢？我怎么可能去收病人的红包，我还没到那个级别好吧。再说了，病人的红包也没几个钱呀。"

"我只是单纯地有钱而已。"程一恒轻描淡写地说。

路嘉却开始剧烈咳嗽起来。

"是多有钱？"

"这个……不太方便透露。不过，只要你想用，我应该都能付得起。"

"假如我想买房子呢？"路嘉开始在危险的边缘试探。

"可以。"

路嘉放心了，打了个响指，吓了程一恒一跳。路嘉打开车门，自己挂着拐杖下了车，站在车窗外喊："你停好车就快下来哦！我们已经到商场的地下停车场了，对吧？"

她真是迫不及待。程一恒想。

停好车，两人从地下停车场乘电梯去商场。

一楼是各大品牌的护肤品跟化妆品柜台，程一恒问路嘉："你要买点儿吗？"

路嘉想了一下，自己的护肤品暂时还够用，不过每个女人都缺一支口红，她眨巴了一下眼睛，说："我想买一支口红。"

"这个系列全部买下来都行。"

听到程一恒说要把整个系列买下来，路嘉眼睛都亮了："你怎么这么了解？"她以为直男都不懂这些的。

程一恒脸上的笑容慢慢变淡："我以前陪女朋友来买过。"

路嘉脸上的期盼一点点转为失落，但她还是努力微笑，用轻松的语气说："这样啊，你一定是个很好的男朋友吧。"

"算不上。在她最需要我的时候，我没能陪在她身边。"

听上去好像是个悲剧，路嘉想。她开始做思想斗争，她到底要不要问程一恒关于他前任的事情？

不论是微博的情感博主还是公众号的鸡汤博主，都认为追问前任并不是一件会让人觉得愉快的事。

　　但人类总会被好奇心驱使，即使会觉得痛苦。

　　"你能跟我说说她的事情吗？"想起程一恒健身房相框里的那张合照，站在M开头的口红专柜前，路嘉停下来问程一恒。穿着粉红色连帽衫的程一恒，头发梳了起来，让不少专柜小姐眼前一亮，眼睛不断地往这边瞟。

　　"其实……没什么好说的。就是她特别喜欢买口红，都是整个系列一起买，她家里的口红都是用层来计算的。我每次惹她生气了，只要买口红哄她，准能奏效。"

　　"那你们为什么分开了呢？"路嘉问。

　　"哎呀，是程医生吗？我没看错吧？你带路小姐来买口红啊？这么贴心。"一道好听的女声响起，打断了路嘉跟程一恒的对话。路嘉回过头一看，来了一位不速之客——程一恒曾经的VIP病人陈董事长的侄孙女，从国外留学回来的知花。

　　"知花小姐，你好。"程一恒主动打招呼。

　　犹记得他们上次的最后见面并不愉快，程一恒大声吼了知花，让她避开。而现在笑容友好的她看起来并未对上次的事情记挂在心。

　　"你好啊，程医生，有段时间没见了，路小姐的腿好些了吗？"

　　"谢谢你惦记，我好多了。"路嘉抢答道。

　　知花看了路嘉一眼，眼睛扫到专柜里的口红，用惊叹的语气说："这次出的新款都不错唉！我打算把这个系列都买下来。"

　　专柜小姐不合时宜地出来打断他们的对话："不好意思，这个系列只剩这一盒了。"

　　意思是，路嘉跟知花，只有一个人能买下这整个系列的口红。

　　"路小姐也想买下整个系列吗？我以为你只是来买一支的。毕竟，我听说你在车祸之后，差点连医药费都付不起，就离开医院了呢。是吧，路嘉？"

　　听到这句话，路嘉的脸色顿时变得惨白。

　　在这个世界上，那场车祸就像一道甩不掉的影子，无时无刻都会有人在路嘉面前提起它，这道影子随时提着一把刀，每次有人提起，就在路嘉的心窝上扎一刀，直到她的血流干，影子还是不肯罢休。

见路嘉没有反应，知花变本加厉地说："真是不巧，路嘉，你那天刚出现在宴会上，我就认出你来了。你可真是潇洒啊，华庭尸骨未寒呢，你就穿着小礼服，扭着屁股去参加宴会了。你想过地底下的华庭吗？你想过她会冷、会害怕吗？你的良心呢？哦，不，你根本就没有良心。"

"哐啷——"

路嘉的拐杖被扔在地上，她蹲在地上，捂住了耳朵："别说了……别说了……"

这边吵闹得厉害，渐渐有人围了过来。

知花还在喋喋不休："你可能以为我是华庭的粉丝，但你错了，华庭是我高中最好的朋友，我出国读大学之后，虽然我们联系减少，但感情还在。我刚回国，准备找她聚一聚，却听见我们天人永隔的消息。路嘉，你真是心狠手辣，不要脸。该去死的人，是你。"

在知花眼里，华庭是个什么样的人呢？大概就是集温柔与暴烈于一身的天才吧，只要她戴上头盔跟护具，那她就不再是生活中温柔又风情万种的她了，她更像一个保护地球不被外星人摧毁的女战士，浑身散发着光芒。

知花喜欢她，也崇拜她。

就算知花去了国外，也跟华庭保持着联系。知花听华庭说起，她交了个男朋友，他们很相爱，却分手了，她为此似乎很伤心。

再后来，她们的联系就很少了，但是知花从华庭发的朋友圈来看，知道华庭的状态可能不太好。她想到那么美好的华庭竟然因为最爱的赛车殒命，更是气不打一处来。如今，那场车祸的始作俑者就站在她面前，她当然要痛斥路嘉一番。

"够了！"程一恒吼了一声，挡在路嘉面前，狠狠地捏住知花的肩膀，"我警告你，你要是再敢说一句刺激路嘉的话，就别怪我动手打女人。"

知花的肩膀被捏得很疼，她挣扎着说："程一恒，你算什么东西！你不过是一个实习医生而已，你以为你真的能拿我怎样吗？别以为傍上一个过气的女赛车手就可以鸡犬升天了。我告诉你，我会让路嘉永世不能翻身！"

知花说完，霸气地甩出一张黑卡，对口红专柜的小姐说："我要了。买不起的人就滚到一边玩儿去吧。"

程一恒冷笑了一声："是吗？知花小姐还是给自己留一点儿余地，说话不要太难听，到最后，如果知花小姐变得太难看就不好了。"

他低头发了一条微信，然后把自己那张比黑卡低了好几个档次的金卡递给专柜小姐："全要了。"

专柜小姐拿着两张卡，脸色白得跟一张纸似的，不知如何是好。

不过，在专柜小姐的认知里，用黑卡的人肯定比用金卡的人厉害。她正准备请示主管，就把这盒口红卖给有黑卡的知花，再向拿着金卡的程一恒道歉，并为他推荐其他产品时，主管拿着手机匆忙跑过来，在她旁边耳语了几句。

主管把知花拉到一旁。

知花相当得意："你们可以送货上门吧，我待会儿把家里的地址发给你们，下午之前，你们送到我家就可以。"

"不是的。"主管十分为难，"知花小姐，您看，我们家其他系列的口红也很好看，你或许可以挑挑别的。"

"什么意思？"知花的眉头一下子就皱起来。

主管唯唯诺诺地说："那个系列的口红……"

不用主管说完，知花已经看见专柜小姐把那个系列的口红包装好，然后递到了程一恒手里，程一恒正在签单。

他一只手签单一只手扶着路嘉，手轻轻地拍着路嘉的肩膀，安抚她。

知花被这一幕刺激到声嘶力竭地喊，她的高跟鞋在商场的大理石地板上摩擦出刺耳的声音："这到底是怎么回事？"

"知花小姐，真的很抱歉，我们这就去为您调货。"主管灰溜溜地逃走，留下知花在原地气得吹胡子瞪眼。

不过，等她平静下来后，开始认真地回忆整个场景，记起本来专柜小姐都打算把口红卖给她了，后来主管拿着手机狂奔过来，一切都变了。

好像从程一恒低头发了一条微信开始，事态就起了变化。

究竟是谁能够控制商场的人，将口红卖给一个从来不会买口红的男人，却不卖给她这个SVIP？

买完口红，程一恒扶着路嘉去了三楼的女装区。知花站在楼下，望着他们的背影，拨通了姑祖父的电话。

陈董事长的声音在电话那头响起："什么？你怎么这个时候才想起问程医生的背景？你们难道还没接触吗？我早就介绍你们认识了，我以为你懂我的用意呀。程医生家做房地产的啊，准确地说，他家的业务很广泛，你最爱逛的那家商场是他家开的。"

接下来陈董事长再说什么，知花已经听不进去了。她悔恨交加，跺了跺脚，然后离开了商场，打车回家。

她得回去好好思考一下，如何挽回自己跟程一恒之间的关系。

她先是在网上搜索了一下程一恒家的企业，果然，他家的企业涉及面很广，不仅有房地产开发，还有生活广场、商场，甚至电影院，可谓是百花齐放。

怪不得她那张黑卡还抵不过程一恒的一条微信。

知花追悔莫及，如果她在跟程一恒第一次见面时没有因为路嘉得罪他就好了。但回想起来，她好像每次得罪他，都是因为路嘉。

那个路嘉到底何德何能，能够得到程大公子的青睐？

那边知花正在冥思苦想，这边路嘉已经恢复了状态，开始逛逛逛，买买买。不过，她的脚不方便，所以试衣服的速度有些缓慢，不过程一恒一直耐心地在试衣间外面等着她。

路嘉试好衣服出来时，程一恒会给出自己中肯的意见：适合或者不适合，好看或者不好看，用得上还是用不上。

他把衣服就分为这几类，根据以上三个原则，许久没逛街添置衣物的路嘉买了六套衣服。

只有六套。

程一恒觉得太少了。

路嘉却不敢再买了，因为付款单上面的数字大得让她头疼。

要是以前，她自己挣的钱像大风刮来的时候，花钱自然像流水一样，从来没去研究过账单上的数字。直到这次买一件衣服，看了一下吊牌上的价格，她才醒悟过来，自己之前穿的衣服有多么贵。

商场流行割肉吗？

衣服卖这么贵，她还不如去淘宝上买几件几十块钱的，照样能穿好久。

这六套衣服都是程一恒再三逼迫她买，她才勉强买的。

买的过程中，路嘉一直盯着账单，心疼地说："我在淘宝上见过一模一样的，价格要少一位数，咱们回去买吧！"

程一恒皱着眉头看她："路小姐，你不能因为现在没钱了就降低自己的生活品质，想想你以前买的那些衣服，哪件不是这件的好几倍？说实话，我都不太好意思送你这么便宜的衣服。不过，买衣服不在于价格，而在于适不适合。"

程一恒越是这么说，路嘉越为自己以前的奢侈感到羞愧。她想起非洲还有那么多小朋友连饭都吃不饱，山区里还有那么多小朋友每天走十几里的山路才能去上学，而她不过是会赛车而已，竟然获得了大量的财富，并且挥霍一空。虽然她坚持做公益，捐款给经济困难的小朋友，但现在回想起来，在她有能力的时候，她还是做得太少了。

她把自己的想法告诉程一恒，程一恒在她的脑门上弹了一下："同学，买几件衣服而已，你已经忧国忧民了。那我们如果去吃顿火锅，你是不是该担心世界上的动物都被我们人类吃光了？以前我怎么没见你这么善良呢？"

"你什么意思，暗示我以前是个恶毒的老巫婆吗？"路嘉吼。

程一恒结完账，将六个购物袋挂在自己的手腕上，空出另一只手臂："挽上来吧！我们去忧心动物世界了！"

买买买之后当然要吃吃吃，程一恒干脆带路嘉去当地的海底捞吃火锅。

原本热衷鸳鸯锅的路嘉这次直接喊了红锅，一口气吃得肚子直接撑起来，嘴巴辣得红肿如香肠。席间，她一直跟程一恒聊天，笑得前仰后合。

她知道，吃这顿火锅时是她最没有形象的时刻，但同时是她出车祸以来最开心的时刻，就好像她爬了很久的山，终于到了山顶。

回去的路上，路嘉轻松愉悦地哼起了歌，看着窗外闪烁的霓虹灯，听着车载电台里主持人动人的声音，不一会儿，就靠在椅背上睡着了。

程一恒调高了车内空调的温度，觉得不够，又在路边把车停靠下来，从后座里找出毛毯，替路嘉盖上。

虽然她睡着了，但是还在咧嘴笑呢。

程一恒没有着急把车开走，就这么停在路边。旁边是熟睡的路嘉，程一恒借着车外的灯光，甚至能看清楚她长长的睫毛。说实话，她睡着之后真是可爱多了。

不过，她醒着的时候也可爱。

看看旁边可爱的路嘉，再抬头望望天上的明月，程一恒觉得，这一晚上，他过得很满足。

第七♥章
CHAPTER 7

　　路嘉醒过来时，程一恒已经把车停在了小区的车库里，熄了灯，靠在椅背上看手机。路嘉打了个呵欠，迷迷糊糊地醒过来，摸了摸脖子："我们到了吗？"

　　"没事儿，你要是困的话就继续睡。"

　　路嘉本来想说"我回家睡吧，在这里睡着多不舒服啊"，可是觉得这样会显得自己特别不解风情，于是改口说："其实我已经不困了，我们可以在车里聊聊天，难得气氛这么安静。"

　　她其实是想说，难得气氛这么好。

　　狭小的空间里，暧昧的气息最容易流动。路嘉这个人，就是好了伤疤忘了痛，就好比喜欢魏映的那么多年里，她有无数个死心的瞬间，却还是会因为魏映的一点点示好而死灰复燃，死心——重来——受伤——死心……这样循环着，到最后，她还是没能彻底放下魏映。

　　目前看来，她好像要重蹈覆辙了。

　　发出聊天的邀请后，路嘉显得有些犹豫。程一恒把座椅往后调了调，然后双手抱在脑后："我们聊什么呢？"

路嘉想了一会儿，旧事重提肯定没有必要，他们之间能聊的，无非日常生活还有闵璐、魏映了。想起躺在阴暗的健身房里的那张合照，路嘉欲言又止，还是换了别的话题。

　　"你昨天晚上没回来，是在帮魏映做手术吗？"路嘉问。

　　程一恒看着车顶，说："对，昨天本来不该我值夜班，但有个同事临时家里有事，跟我换了一下，恰好就碰到魏映被送到我们医院来。他锁骨骨折，其实不是特别严重，手术时间不到一个小时。"

　　"那会影响他比赛吗？"

　　"对他比赛当然还是有一定影响的，不过比起你的腿伤，就不算什么了。"

　　其实路嘉一点儿都不关心魏映现在能不能好好比赛，她今夜只关心眼前的这个人。她觉得有些控制不住自己，想要找程一恒问个清楚，问出那个他逃避的答案。

　　人总爱在危险的边缘试探。

　　她明知程一恒对那件事情有所忌讳，即使提醒了自己千次万次，还是忍不住想问。

　　她心猿意马地跟程一恒聊着天，程一恒很认真地回答了她的每个问题，然后他们无可避免地提起了闵璐。

　　程一恒发表了自己的看法："其实……我能理解你，被自己最亲密的好朋友那么说，自然感觉很受伤，但是你是了解闵璐的，就连我这个只跟她接触过几次的人都知道，她的性格就是那样，着急了就会口不择言，实际上并没有恶意。"

　　"我知道。"路嘉心道：其实，这都不重要，重要的是，我们之间不清不楚的，到底算什么关系？

　　路嘉一度劝自己，有人愿意让自己当米虫，养着自己，还不求任何回报，有什么不好呢？至于感情上的事，睁只眼，闭只眼就行了，没有人是缺了爱情就活不下去的。

　　大道理在耳边循环了一百八十遍，最后路嘉还是深吸一口气，把身子一转面向程一恒。

　　"程医生。"路嘉深吸了一口气，郑重其事地叫了他一声。

程一恒察觉到这可能不是一场简单的谈话，把手从脑袋后面拿出来，刚想假装岔开话题，就被路嘉拉住了手。

"前天晚上……你帮我吹头发时，我问你的那个问题，你可以回答我吗？"

程一恒一愣，他的一只手被路嘉抓住，一边的身体好像跟着僵住了，另一只手则像抓救命稻草一样摸到了手机。

他把头埋了下去。

也许只有十秒钟的时间，也许是三十秒，总之，没有超过一分钟，但路嘉觉得这几十秒格外漫长，漫长得就好像她在荒无人烟的戈壁上等了一个世纪。

然后，程一恒好像被龙卷风裹挟着风沙卷过来，由于灯光昏暗，她无法看清楚他的表情，她只记得程一恒说："我现在还不能回答你，对不起。"

路嘉只觉得胸口一阵疼痛，由于刚睡醒，头昏昏沉沉的。她不知道自己是怎么回到程一恒的家里，再回到房间的，总之，那天晚上，她呈"大"字形躺在床上后，直到第二天早上，才改变了姿势。

保持同一个姿势睡了一晚上的后果就是，她落枕了。

翌日早上，路嘉起来，脖子侧着，完全不能摆正。她捂着脖子去卫生间时，跟早起的程一恒打了个照面。程一恒穿着运动服，满头大汗，看样子是刚跑完步回来。

两人对视了一眼，路嘉一只手扶腰，一只手捂着脖子，还得用胳肢窝夹着拐杖，整个人像一只百岁的乌龟，非常艰难地蹒跚前行。

"你……你怎么了？"

路嘉的脖子歪在另一边，根本没办法正眼看程一恒。她都担心自己一开口说话就会流口水，从而变成一个脑瘫儿。

天哪！路嘉在内心咆哮。她不敢讲话，干脆就不回答程一恒，仍旧做自己的百岁乌龟，缓慢地往卫生间挪去。

"路嘉……哦，不，路小姐，不至于吧，咱俩同在一个屋檐下，抬头不见低头见，你可别这么对我。"程一恒故意用开玩笑的语气说。

路嘉没理他，还是用后脑勺对着他，缓慢地往前挪。

程一恒这才觉得不对劲，几步走上前，越过路嘉，然后把她拦下，看着她扶着脖子又扶着腰，问："你脖子跟腰怎么了？"

"落枕了……"路嘉哑着嗓子说。

完了！开口后她才想起昨天晚上就那么躺下，被子都忘了盖，早上起来喉咙发干发痛，原来是感冒了。

真是雪上加霜。

路嘉无奈地捂住自己的脸。

"是不是很难受？家里有药，我先给你找点儿感冒药。落枕这个事情可大可小，你先去洗漱，我正好要去上班了，我带你去医院看看。"

意外的是，程一恒并没有责怪她为什么才过去一个晚上就把自己整得这么狼狈，不仅落枕了，而且感冒了，用脚指头想就知道是没盖被子加睡姿不正确造成的。

路嘉拿出漱口杯跟牙刷，准备洗漱。她挤好牙膏，准备把牙刷塞进嘴里时，发现自己嘴都快张不开了，可能是扁桃体发炎了，真是屋漏偏逢连夜雨啊。

路嘉勉强把牙刷塞进嘴里，不敢像平时刷牙那么用力，频率那么快，只能轻轻地刷，像伺候老佛爷似的，艰难地刷完了牙。到了洗脸时，她才发现，这是一个根本不可能完成的任务。

她洗脸用的束发带挂在镜子旁边的小钩子上。平时，她会把束发带取下来，然后戴在脑袋上，这些动作一气呵成，而今天，她把束发带取下来后，站在镜子面前端详了许久，觉得自己就像一棵歪脖子树。她试图往这棵歪脖子树上戴上束发带，尝试了几次，都失败了。

她垂头丧气地站在镜子前，决定用湿纸巾擦擦脸得了。

程一恒拿着几盒感冒药过来，敲了敲洗手间的门，问她："洗漱好了没？"

路嘉拿着束发带，委屈地转过身子，嘟起嘴巴，摇了摇头："不行，真的不行。"

程一恒瞬间明白了她说什么不行，放下感冒药，拿过她手中的束发带，然后帮她戴上。

过程有点儿快，也有点儿痛，路嘉号了一嗓子，程一恒拍拍她的脸，说："如果你不想把眼屎带出门的话，就先忍一下。"

说真的，这一刻，路嘉是想踢程一恒一脚的。

大清早的，他提什么眼屎？！

她想起作家冯唐说过的一句话，"你再清秀也是一堆清秀的狗屎"。她本想把这句话说出来回击程一恒的，可在她思考的时候，程一恒已经拿出她平时洗脸用的海绵并沾湿，然后仔仔细细地把她的脸擦了一圈儿，又准确地找到她用的洗面奶，挤出豆大的一粒，认真地用手搓开，在她的脸上画着圆弧。

说实话，路嘉的心脏都快跳出来了，特别是在程一恒的脸离她这么近的情况下。他刚跑完步，出了一身汗，身上散发着浓烈的荷尔蒙气息，也许他起床后就洗过澡了，汗水的味道混杂着清新的沐浴露的味道，让她觉得不难闻。

她觉得自己可能是个变态……

不就是个汗味嘛，她能想得这么美好。

路嘉真想敲敲自己的脑袋，看里面会不会叮当作响。

路嘉就这么站着，头一回不用弯腰低头就洗完了脸。洗完脸后，脸上果然清爽了很多，路嘉回屋去涂护肤品。程一恒让她先吃早饭，告知她吃哪几种药后，开始洗澡。

听着"哗哗"的水流声响起，路嘉连脸都来不及擦，就迫不及待地登录了豆瓣，重新编辑了帖子，在主页添加了新的内容，把昨天跟今天早上发生的事情写了上去。

"噗！楼主这么快就回来了！"

"我就说嘛，她不可能就这么跟C断了的，毕竟生活在一起，无可避免地会发生很多事情。"

"这次也是好甜啊。别人帮忙洗脸的待遇，恐怕我现在只能去美容院才能享受了。而且，美容院每次都涂精油，好烦哦！"

"只有我一个人觉得C有点儿渣吗？如果他喜欢楼主的话，应该迫不及待地就表白了吧。即使不主动表白，在楼主问了两次的情况下，他都采取了回避的态度，我想，楼主多半是凉了。"

"我比较好奇楼主两人商场遇到Z小姐的那一部分，Z小姐不是都掏出黑卡了吗？为什么最后专柜小姐把口红卖给了C？难道是看他长得帅？"

"楼主他们先去的呗！这么简单的问题，有黑卡就能为所欲为了啊？凡事不得讲个先来后到啊？又不是坐私人飞机，除非商场是Z小姐家开的还差不多。就算是她家开的，也要注重顾客体验吧？"

楼里又开始活跃起来，为了知花的黑卡以及程一恒的迟迟不回复吵得不可开交，路嘉想看到的并不是这样的场面，便收起了手机。她突然脑中闪过一幅画面——程一恒的健身房。

她歪着脖子，猫着腰，一步步走进程一恒的房间，再跟猫似的踮起脚，然后推开健身房的门，看到窗台上原本放着的合照不见了。她找了一圈儿，终于在一个角落找到了那个相框。

相框被人故意用毛巾遮起来了。路嘉揭开毛巾，借着手机的光亮看清楚这张照片。

这是程一恒跟一个女赛车手的合照，女赛车手戴着头盔，路嘉只看得清楚女赛车手的眼睛。

路嘉虽然不太确定照片上的女人是谁，但身上出了一身冷汗。

这个女赛车手对他来说肯定很重要吧？不然的话，他为什么把照片藏得这么隐蔽？来不及思考更多，她听到程一恒开浴室门的声音，怕被发现，心跳得很快，立马就退出他的房间了。

餐桌上摆着程一恒从肯德基带回来的早餐，有豆浆跟油条。路嘉歪着脖子拿了一份豆浆和油条边吃边回自己房间涂护肤品。

涂完之后，她发现了一个严重的问题。

她昨天晚上回来时，虽然心情非常不好，但还是换了睡衣，所以，此时此刻，如果她要出门的话就得换衣服，而换衣服的话，以她现在落枕的严重程度来看，基本上自己是无法完成的，需要别人帮助。

说得直接一点儿，就是她需要程一恒帮助她换衣服。

虽然她心里还记挂着那张照片，但眼前最重要的是治好她的脖子。于是，她扭扭捏捏地走到门口，深吸了一口气，提出了自己的请求。程一恒是医生，没看过一千具人体，也看过八百具了，更不要说在纸上研究人体了，所以，他肯定对女性的身体见怪不怪了。她给自己做好了心理准备后，便坦然了许多。

不过，她又想起那次程一恒跟她去开房，还纯情得脸红了呢。

她叹了一口气。

程一恒把吃了一半的油条放下来，将路嘉从上到下扫了一遍。

她穿的是睡裙，只穿了睡裙。

程一恒撑着额头，显得有些头疼。

"内衣我可以自己穿的！"路嘉心虚地强调，"你只需要帮我把睡裙脱下来，内衣我自己穿好后，你再闭着眼睛帮我随便找件衣服套上就行了。"

"裤子呢？"程一恒问。

对于裤子的问题，路嘉还没有思考过。不过，她刚刚蹲马桶时都成功地脱掉了内裤再穿上，因此，她换裤子应该还是不成问题的。

"那好。我吃完就过来。"

约莫五分钟后，程一恒收拾好桌子。路嘉听到走过来的脚步声，不由自主地紧张起来。回想起不久前她跟程一恒去开房那次，她真是个酷酷的小姐姐，仿佛对什么都不在意，没什么能击败她。

这才多久，她就像一坨软掉的蚌壳肉，只能躲进壳里。

程一恒一靠近，路嘉就把脖子扭到一边，采取"非礼勿视，非礼勿听"的方式。

程一恒道："我先帮你把裙子撩起来，你配合一下，疼的话就喊啊。"

这句话怎么听怎么奇怪。

程一恒俯下身子，摸到路嘉睡裙的裙摆，然后从下往上撩起来，路嘉的身体渐渐暴露在空气当中。当下的气氛仿佛凝固了，连呼吸声都放大了十倍，路嘉感觉到了程一恒的紧张。

但她歪着脖子，什么都不好说。

"到脖子了啊，注意。"程一恒提醒她。

为了成功地把睡裙脱下来，到脖子的地方，程一恒挪了一下领口的位置，配合路嘉的歪脖子，费了好大的劲儿才将睡裙脱下来。

脱完睡裙，程一恒背过身去，把裙子叠好。

路嘉听到他粗重的喘气声，小声地说了句："能帮我把那件黑色的内衣拿过来吗？"

程一恒背对她，将内衣递了过去。

路嘉艰难地把内衣穿上了，后面的扣子却怎么都扣不上。

她只好又向程一恒求助："程医生，我……我内衣后面的扣子扣不上。"

程一恒的怒气一下子上来了，他瞪着眼睛冲到路嘉面前，吓得她一屁股坐在床上，内衣也松了。

"你……你是不是在故意整我？"程一恒大口地喘着气，面色有些潮红。

路嘉不懂他的意思。

"你不是医生吗，对这些应该见怪不怪了吧？我就让你帮我扣下内衣扣子而已。"

"……"程一恒简直想一巴掌拍死路嘉。

她是怎么能够傻得这么理直气壮、天真无邪的？

谁不知道一个年轻气盛的男人在早上会特别……特别有欲望？

他是医生没错，问题是，现在是非上班时间。他在想，路嘉是不是故意的，但根据他这段时间对路嘉的观察，如果她是故意撩拨他的话，反而做不出这种事情。她是单纯地认为，医生对人类的肉体都是麻木的。

程一恒只能深吸一口气，半蹲着身子，以超强的毅力找到路嘉内衣的两排扣子。靠近路嘉后背的时候，他闻到她身上淡淡的沐浴露和香水的味道，忍不住抬头看了一眼，她背上的皮肤毫不保留地展露在他的眼前。

这个女孩子的皮肤可真好。

白皙，细腻。

或许因为她是职业赛车手，她背部的线条很好，让人看了就忍不住想要抚摸。

程一恒觉得自己大清早脑袋就有些不清醒了，迅速地帮路嘉扣好内衣扣子，然后转身，随手抓起一件T恤扔给路嘉："快穿上！"

"我……"

"又怎么了？"

"我穿不上……"路嘉委屈地说。

程一恒回头，看见路嘉站在原地，他刚才扔过去的衣服正好挂在她的脑袋上，把她整个脑袋盖得严严实实的。视线再往下移动一点儿，他差点儿笑出声来。一开始，她让他给她拿内衣时，他没怎么注意，抓起一坨黑的东西就递给了她，直到她穿上身，他才发现这款内衣真的蛮特别的。

——就跟外面健身房里那些妹子穿的运动内衣没什么区别啊！

那他怕什么啊？！

路嘉都这么坦然了，倒是显得他心里有鬼。

于是，程一恒甩掉思想包袱，走上前去，把路嘉头上的衣服取下来。她歪着脖子瞪着他的样子特别搞笑，他别过脸去，偷笑了一会儿，然后摆出严肃的表情，语气宠溺："过来。"

路嘉像只螃蟹一样，把身体横着移动到程一恒面前。程一恒撑着衣领，双手举到路嘉的头上，小心地避开她的头，然后帮她把衣服套上了。

"你可以自己穿裤子吧？"程一恒问。

"可以可以。"路嘉点头如捣蒜。

"外套呢？"

"外套可能还得麻烦您。"

"那我在外面等你。"

"谢谢。"

可能因为这突如其来的亲密，让两人对话时变得格外礼貌。

程一恒退出房间以后，身残志坚的路嘉艰难地穿上了裤子。她这才体会到，穿内裤跟穿长裤完全不是一回事。

终于穿戴好，路嘉还是跟中风了似的，扶着脖子跟在程一恒身边下了楼。

平日里，路嘉即使腿脚再不方便，上下车时都是自己开门的，这次脖子实在疼得转不过来，没办法准确地摸到门把手，还好程一恒体贴地为她开了车门，就差把她抱着塞进车里了。

上了车，路嘉的心情很忐忑。

车子开出小区门口时，她突然问："程医生，你说，我不会就这么偏瘫了吧？"

程一恒的手打着方向盘呢，眼神都空不出来往她这边扫一眼，不过，他能想到她傻兮兮的表情，现在的她跟以前比赛完后接受记者采访的那个跩得跟二五八万般的赛车手判若两人。

　　"你只是落枕而已，离偏瘫可能还有一个喜马拉雅山那么远的距离吧。"

　　"可是喜马拉雅山不是以高出名吗？"

　　"那就是这里到罗马那么远的距离吧。"

　　"可是现在交通这么发达，条条大路都可以通罗马……"

　　"打住，路嘉！你……"

　　程一恒猛地一刹车，差点闯了红灯。

　　路嘉吓了一跳："怎么了？"她感觉自己闯祸了，或者惹程一恒生气了。

　　在等绿灯的几十秒里，前面十秒，程一恒保持着同一种不苟言笑的表情，吓得路嘉连大气都不敢出，可她转念一想，自己为什么要害怕程一恒生气？大不了两人打一架，分道扬镳呗。

　　可是，分道扬镳后，她住哪儿呢？

　　又回归到现实问题。

　　真是人在屋檐下，不得不低头啊。

　　路嘉试图把头扭过去，假笑了一下，可程一恒并没有注意到她的笑容，脸还是绷着。她咬紧了后槽牙，心想：再给你小子五秒钟，五秒钟后，我可要翻脸了。

　　没想到，还没过五秒，程一恒就破功了。他笑起来真是如同花开，让人觉得如沐春风，她的心情跟着舒爽起来。

　　"你笑什么？"路嘉紧张的心情终于放松下来。

　　"我说你……到底是从哪里学的这些气死人不偿命的理论？"

　　"我有气人吗？"路嘉皱起眉头，努力回想自己刚刚说过的话，好像没有什么大问题啊。

　　程一恒摇了摇头，没再说话，等红灯过去，踩下油门。

　　到了医院，程一恒做的第一件事就是扶着路嘉去了针灸推拿科。好在他们医院够大，综合性强，什么科室都有。针灸推拿科的主任医生是个老中医，程一恒带路嘉过去时，老中医正在为其他病人问诊。

见程一恒来了，老中医很热情，精神矍铄，麻溜地给手上的病人看完诊，邀请路嘉坐下。

"小程啊，我很少见你到我们这边来串门，这位女士是……你女朋友吗？"程一恒还来不及回答，老中医又自顾自地说，"哟，你女朋友这是……落枕啦？"

"不……"程一恒还没说完，老中医已经走到路嘉身边，拿开她的手，按了按她的脖子，她疼得大叫。老中医丝毫没有手软，按了一通后，回到自己的座位上，一边问她的基本情况，一边跟程一恒说话，不小心抬头随意瞟了一眼，瞟到了她的拐杖。

老中医忍不住皱起了眉头，开始批评程一恒。

"小程啊，你看看你，你是怎么照顾女朋友的，怎么把人家搞成这个样子？一个好好的女孩子，这么漂亮，竟然脖子都歪掉了啊！"

老中医是本地人，说起话来，语气很温和，有一点儿唠叨和责怪的成分在里面，听上去让人感觉很亲切。

"不……"这次是路嘉试图开口解释，怎么可能是程一恒把她"搞"成这样的呢？这位医生一大把年纪了，用词怎么这么吓人呢？

"没什么不的，进理疗室来吧，我帮你按按。程一恒也跟着进来，学着一点儿，回去帮人家姑娘按！"

"哦。"程一恒乖乖地低头认怂，跟着老中医进了理疗室。

不知道为什么，一走进这个充满中药味的理疗室，路嘉打从心底就觉得有些瘆得慌。

窗帘布很厚，超出了普通窗帘的厚度，并且拉得严严实实的，外面的自然光线一点儿都透不进来。偏偏室内的光线很暗，中药味浓重，老中医靠近她时，他身上有一股药材的味道，倒不是难闻，只是她有点儿怕。

程一恒就站在她的身边，她在昏暗的光线里拉了拉程一恒。程一恒反捏住她的手，轻声说："我在呢。"

老中医说："我开始按了哦，你觉得疼就忍着点儿，叫出来也行，实在不行，你就咬小程。"

路嘉听了，忍不住偷笑，今天"小程"被提到的频率有点儿高。

老中医的手法很好，按上去，路嘉觉得既痛又舒服。怎么说呢？她还挺享受这种痛并快乐的感觉的。

渐渐地，在按摩的过程中，路嘉闭上了眼睛，一阵倦意袭来，她睡着了，做了一个很长的梦。梦里，她像被关在了一个密闭的房间里，里面渐渐被水灌满，水先是没过了她的小腿，再漫到她的腰，她挣扎，四处敲门，却发现这个房间根本没门。她大喊救命，可是没有人回应她，回应她的只有她敲墙的声音。

水渐渐淹过了她的脖子，她时不时会呛一口水，感觉无法呼吸。

她整个脑袋都快炸了。

她整个人都被水淹没了，鼻腔里呼出的空气在水中形成一串串的泡泡，氧气很快就没了，她已经呼吸不过来，感觉自己马上要溺死了。

就在这一瞬间，她醒了过来。

眼前的光线刺得她睁不开眼，有人按着她的肩膀，摇了摇她："路嘉，你没事吧？"

连续被摇了几下，路嘉才清醒过来，出了一身冷汗："怎么了？"

她眨了好几下眼睛，才适应过于明亮的光线，眼睛重新聚焦后，她才看清楚眼前一脸紧张的程一恒，以及不远处抱臂、用一副看好戏的姿态站着的老中医。

"我怎么了？"路嘉意识到自己肯定是失态了。

"小姑娘，你就算不是我见过心最大的，也是心第二大的病人了。落枕了，被我按一下，别人都叫得跟杀猪似的，而你竟然睡着了……我不禁怀疑起自己的医术。"

路嘉一下子站起来："您不用怀疑！"但她马上因为发痛的脖子坐了下去。

"疼——"

"当然啦，我又不是华佗再世，按几下就全好了。病来如山倒，病去如抽丝，你昨天晚上花了多久时间把脖子睡成这样，你就得花成倍的时间去恢复……"老中医唠唠叨叨的。

其实，路嘉没有听进去太多。她出了一身冷汗，现在后背凉凉的。

程一恒看到她额头上冒出的细汗，问她："你做噩梦了吗？"

经过老中医的按摩，路嘉的脖子有了一定的好转，现在脖子能够回归正位，她不用做歪脖子树了。

她抬起头，无辜又委屈地看着程一恒，像是爬了很远的山路，经过了刀山火海、流沙狂风，才来到他面前。

看着看着，也不知道是脖子酸了，还是眼睛酸了，她的眼睛发红，像一只小兔子，再加可怜兮兮的神情，程一恒都忍不住要去捏一把她的脸。

怎么他以前一点儿也没发现路嘉的可爱之处呢？

"没事了。"程一恒把她的头揽进他的怀里，"做噩梦而已，都过去了。"他不用想就知道，路嘉的噩梦肯定跟那场车祸有关。

闵璐敲门进来时，看到的就是路嘉靠在程一恒怀里的场景。

闵璐在门口站了一会儿后才出声："路嘉，我听说你落枕了。"

其实，这一刻，路嘉眼里还含着泪，听到闵璐这一喊，心里的芥蒂顿时像被海浪冲倒的沙碉堡。路嘉委屈地回了一声："璐璐。"

听到路嘉带哭腔的声音，闵璐的心都快揪出水来了，她立马大步走上前，推开正抱着路嘉的程一恒，然后将路嘉抱住。

程一恒一脸茫然地后退，被老中医嘲笑。

这边，路嘉跟闵璐正上演闺密吵架后和好的感天动地的戏码，两个人一把鼻涕一把泪地诉说着产生隔阂这段时间内对对方的不舍和思念。

"你知道我有多想掐死你吗？"闵璐说，"每次看你这张死人脸，我都想抽你。你腿断了就断了，为什么出门连妆都不化了？你知不知道你的脸色惨白得吓人啊？！"

"我哪有不化妆，只是减少了化妆的频率！至少我每天都化了眉毛！"路嘉撩开自己额前的头发，给闵璐看眉毛，像给家长检查自己写的作业的小孩一样。

"你的眉毛是怎么回事，怎么缺了一块？"闵璐语气不善地问。

"问他！是他给我弄缺的！"路嘉一只手指过去。

程一恒尚未反应过来，就被闵璐揪住了衣领："程医生。"闵璐咬牙切齿，龇牙咧嘴地说，"你是不是答应过我，要好好照顾路嘉？把她眉毛弄缺，这就是你照顾她的方式？"

"那……那只是个意外。"程一恒小心翼翼地解释道。

路嘉看着他俩像打太极般推过来推过去的样子，忍不住笑了。

真好。

今天阳光灿烂，照在人身上很舒服，屋子里的人是她喜欢的。

她这样活着就很好。

"时间到了，我该去上班了！"程一恒以此为借口逃脱了闵璐的魔爪。

闵璐留下来，陪路嘉在理疗室里休息。

两人聊了一下这段时间发生的事情以及各自的心路历程。闵璐突然想起一茬："这都十点钟了，程一恒上什么班？这家伙骗我呢？"闵璐说着就要起身去找程一恒算账，被路嘉拦下来了。

"算了，眉毛是我自己修缺的，跟他没关系。"

闵璐松了一口气："我以为你们已经亲密到让他帮你修眉的程度。要知道，在古代，只有丈夫才能帮妻子画眉毛啊。"

"那你每次去专柜，那些男导购给你画眉毛，你怎么不嫁给他们？"路嘉怼闵璐。

闵璐翻了个白眼，两条大长腿交叠着，一只手撑着脸："你们到底准备干什么？"

"什么准备干什么？"

"你喜欢他，对吧？"闵璐问，"那程一恒的态度呢？你感觉得到他喜欢你吗？"

路嘉摇摇头。

路嘉把吹头发时发生的事跟车里发生的事告诉了闵璐，让路嘉意外的是，闵璐没有马上发表看法，而是沉吟了一会儿。

"我不知道。"在闵璐沉吟的时间里，路嘉主动说，"我有时候觉得他可能是喜欢我的，有时候又感觉不到他对我的喜欢。他这个人对我来说，就像隔着一层毛玻璃，太模糊了。"

"我不知道是从哪里看来的句子，如果不确定对方喜不喜欢你，那就是不喜欢。我不知道这个准不准，你知道，我向来不爱看鸡汤文，但我觉得这个说法是有道理的。路嘉，听我一句劝，在你陷得更深之前，你需要走出来。"

"可是……我现在还跟他住在一起，蹭吃蹭喝……"

"蹭吃蹭喝找谁都行，大不了我包养你。没时间照顾你，我就给你找个保姆，二十四小时看着你，再不行，我就把你送去疗养院……总之，你不能再跟程一恒这样不清不楚地一起生活下去了。"

路嘉听到"疗养院"三个字，心里咯噔了一下，终于有点儿明白为什么程一恒会问她气人的那一套是从哪里学来的，她多半师从闵璐。

"我用得着去疗养院吗？"路嘉嘴上这样打趣闵璐，其实内心已经开始动摇了。她觉得，闵璐说得对，她跟程一恒就是不清不楚的，程一恒凭什么要这么不计回报地帮一个陌生人？

看上去，他不是骗子。

但就算他是骗子，他想骗她什么？

骗财？

他没有，反倒搭进去不少钱。

骗色？

路嘉都问得那么明白了，只要他表白，他们之间有些事情就能顺理成章地做到。

所以，他当然不是骗色了。

现在的路嘉是一个完全无利可图的人。

路嘉问闵璐："他到底图我什么？他一定是图我什么，才这样对我的吧？不然他就是某个慈善机构的创始人，以身示范？"

闵璐摇摇头："我也说不出来，但我感觉他对你没有恶意，也不是坏人。但你太傻了，我怕你陷进去受伤，所以让你及时止损。你从魏映身上应该吸取到了足够的教训吧？"

路嘉撇撇嘴："你还说魏映呢，你为什么屁颠屁颠跑来照顾他？不怕周恺知道了就不理你啦？"

提到周恺，闵璐脸上的表情一变，她推了路嘉一把："你别乱说，我跟周恺已经两年没有联系过了，他是死是活我都不知道。"

"啧啧，你上次飞欧洲不是说要利用中途的休息时间去美国看他吗？你没去吗？不管你有多久没联系他，但你肯定知道他是死是活，因为他最近在那个什么特别出名的杂志上发表了论文的事情不是上新闻了吗？那件事还传到了国内，我都在微博上刷到了好几次。"

闵璐一阵沉默。

路嘉知道自己不便再提周恺的事。每个人的心中都有一块旁人无法触及的区域，那里也许是一片空地，上空浮动着黑色的烟雾，人们以为伸出手至少能抓住黑暗，实际上什么也抓不住。

因为那里什么也没有。

可就是在这个看似一无所有的地方，人们最难以忘怀的有关于人的记忆被封锁在这里。

不会有其他人察觉，不会有其他人到访。

人们安静地、安全地回忆着那个人，记挂着那个人。

魏映于路嘉，周恺于闵璐，就是这样的存在。

路嘉、闵璐、周恺三人从小就认识。周恺大她们两岁，十五岁不到就长到了一米八。而在智商方面，周恺更是把她们甩到了九霄云外。

周恺从小就是学霸。

在他长到一米八的那年，他去了北京的少年班。

在那个暑假，刚上初中的闵璐出落成一个拥有纤细大长腿、身体尚未发育、五官漂亮得惹眼的女生。

得知周恺马上要去北京上学了，刚洗完澡的闵璐从浴室里冲出来，穿了一条白色的吊带裙，秀丽的、湿漉漉的长发搭在青春期女生特有的瘦弱的后背上，肩胛骨像一对翩翩起舞的蝴蝶。她带着隐秘的少女心思跑到周恺家，正好碰见上完补习班回来的周恺。

"我……我喜欢你。"夏日的傍晚，暑意尚未退去，刚洗过澡的闵璐脸上一片潮红。她的胸口剧烈地起伏着，说这句看似说得很顺畅的表白时，对她来说，算得上惊天动地的一刻。

"我知道。"十五岁的早熟少年穿着白T恤，身高一米八的他，闵璐要抬起头才能看到他的眼睛。

他说这句话的时候，没有带任何感情。

"所以……你要怎么办呢？"

"喜欢我，是你的事情，是你要怎么办。"周恺说。

"我以后去北京找你！"听到周恺这么说，小小的闵璐以为是鼓励，搜肠刮肚，将能够想到的最好的答案毫不犹豫地吼了出来。

"好。我先回家了，你去把头发吹干吧。"周恺说。

来的路上，湿漉漉的头发搭在她光洁的后背上，后背微微渗出了汗，其实这种感觉很难受，可是在回家的路上，她觉得周围的一切带了风，连带着湿热的后背都变得凉爽起来。

其实，后来闵璐才意识到，那是被喜欢的人肯定的感觉。

尽管那时候，周恺很有可能只是在敷衍她。

也许，周恺觉得，闵璐不会去北京，所以才给她描绘了一幅美好的蓝图，至少让她的青春有奔头，不至于因为在情窦初开时喜欢上一个男生却被拒绝，从此一蹶不振。

所以，当闵璐真的去了北京时，周恺非常惊讶。

闵璐比周恺小两岁，可是，她上初一的时候，他已经上大一了。两个人中间隔了五年的时光。等她按照正常的求学流程，拼死拼活地考上北京的大学时，他已经申请了美国的大学，硕博连读。

她永远比他迟一步。

她去北京上大学，在报到的那一天，周恺特意从美国赶回来，陪她一起报到。为此，她拒绝了热情的父母想来看看女儿就读的大学的要求，也拒绝了路嘉这个最亲的闺密陪她一起进入大学的好意，独自一人拖着两个二十四寸的大行李箱飞到北京，在机场等了十八个小时。

是的，十八个小时。

周恺从美国飞回来时，误机了。

而且，周恺中途一次都没有联系过她，还是她独自拖着两个大行李箱走遍候机室，估算周恺会坐哪趟航班，才知道他可能误机了。

在等待的十八个小时里，她的心一点点冷掉。

周恺去北京读少年班之后就没怎么回老家了。有时候，他会在暑假回来一次，过年倒是没缺席过。

所以，寒暑假就成了闵璐最为期待的日子。

她会掰着手指头数着距离每个假期到来的日子。所以，从那个时候开始，她就养成了爱买日历的习惯，尽管后来手机上的日历更为方便简洁，但她还是热衷挂在墙上的日历。

是过去一天，她就撕一页的那种挂历。

她看见一大本厚厚的挂历越变越薄，就知道她离见到周恺的日子越来越近。

也有画叉的那种挂历。在过去的每个日期上，她画上一个叉，然后在心里对自己说：周恺，我离你又近了一点儿。

还有翻页的那种挂历。

闵璐每天早上起来的第一件事情，就是把昨天的日子划去，她并不是讨厌时光，反倒很珍惜时光，因为过去的每一天，都是她爱周恺的最好证明。

这种习惯从十三岁保持到十八岁。

直到在北京国际机场等了十八个小时，给周恺打了无数通电话后，她才明白，有些事情就像数学考试里的三角函数题，不是她证明了就可以得到正确的答案，有时候费尽心思证明了一通，全是白费。

闵璐在机场里过了一夜，不敢睡觉，怕有人把她的行李偷走。她包里的银行卡里有父母打给她的一年的学费和半个学期的生活费，被她护得死死的。那个时候，她非常想家，想路嘉。

不过时间已经很晚了，她不可能打电话给父母哭诉她滞留在机场，父母以为她早就去学校报到了，所以，她只好打给路嘉。

那时候，路嘉已经被招进俱乐部，练习了好几年的摩托车赛车，在圈内小有名气。本来她是打算送闵璐去学校报名的，被闵璐拒绝后，还有点儿不开心。

闵璐知道路嘉睡得晚，因为路嘉喜欢晚上练车。但已经凌晨三点了，闵璐不确定路嘉睡了没，尝试着打出电话，没想到路嘉马上就接了。

"喂，路嘉？"

"怎么啦？是不是刚到大学，一个人不适应？我都跟你说了，你这种初次离乡求学的小女生，肯定是会想家的。"

路嘉一开口，闵璐就哭了，哭得很厉害。

闵璐觉得自己很蠢，天底下没有人比她更蠢了。

但她只能捂着嘴巴，小声地啜泣，因为深夜的机场候机大厅显得格外安静。

"没事啦，抱抱。要不，我明天买张机票飞过去看你？反正我最近没什么重要的比赛。"路嘉说。

"不……不用了。"闵璐哽咽地说，"我只是有点儿不适应，过两天就好了。"

"你确定一个人可以吗？我当时就觉得奇怪，你不让你爸妈去送你就算了，我当你是响应学校号召，要独立自主，可是我去送你也不同意，你到底是什么意思？要独立到底吗？在此之前，你是不是得发表一篇《独立宣言》？"

路嘉的这番话成功地逗笑了闵璐，闵璐道："路嘉，你怎么知道《独立宣言》？"

"嘿！再怎么说，我也是上过高中的好吗？"

路嘉当时正在上高三，因为比赛，中途休学了一年，因此比闵璐晚一年参加高考。不过，她对高考也没什么指望，成绩一般，赛车又不能作为特长加分，在高考中，她没有任何优势。

俱乐部劝她高中毕业后直接成为职业赛车手，不要上学了，但她还是坚持要考一个大学："现在遍地是大学生，赛车又是吃青春饭的，万一我以后不干这行了，连个文凭都没有。"

路嘉当着俱乐部的老板们说出这番话，逗得大家哈哈大笑。他们都认为路嘉说的事绝对不可能发生，因为十八岁的她正当红，已经赚了很多人一辈子也赚不到的钱。

她是不可能重归社会，找一份普通工作，当普通人的。

那天晚上，路嘉陪闵璐聊了三个小时，聊到东方冒出鱼肚白。路嘉困得直冒眼泪："璐璐，我不行了，我去睡会儿觉。他们都说夜晚是人最脆弱的时候，我已经陪你熬到了天亮，接下来的路，就请你自己去走吧。需要我的时候，你随时给我打电话。但是今天就不要打了，我要补觉。我已经快两天没睡觉了，呜呜呜……"

挂了电话，闵璐靠在机场候机室的休息椅上，看着巨大的落地窗外升起火红的太阳，停机坪里的一架架飞机都被镀上了金色。

那一刻，闵璐的心完全被震撼了。

她看着乘早班机的空姐拖着小巧的行李箱，气若芝兰，仪态不凡。相比之下，她就是个逊色的小丑。

闵璐痴痴地看着那些空姐优雅地踩着高跟鞋从她面前经过，觉得自己被什么击中了。

从那一刻起，她下定决心要成为一名空姐。

空姐走过去没多久，周恺的航班到了。

闵璐随时随地关注着周恺乘坐的航班的消息，一看到"到达"二字，就迫不及待地拖起两个巨大的行李箱，到出口去等他。

不确定周恺从哪个出口出来，闵璐就站在中间，每十秒钟扫一遍整排出口。在周恺背着一个书包，从最左边的出口懒洋洋地走出来时，她立刻飞奔了过去。

但是，两个巨大的行李箱拖慢了她的速度，她没能给周恺一个惊喜，或者说，在她夸张地奔跑过去时，周恺，包括周围的人都已经发现了她，并且给了她并不友好的目光。

行李箱的滚轮跟地板摩擦的声音很刺耳。

周恺懒洋洋的，背着双肩背包，双手插在裤子口袋里。闵璐有差不多一年没有见过他了，他比以前高了一点儿，背有点儿驼，戴上了金丝框眼镜，梳了一个大背头，上身穿着白衬衣，下身是休闲裤跟黑色的球鞋，一副典型的欧美工科男打扮。

"周恺哥。"闵璐有点儿害羞，又有点激动，等待了十八个小时的空虚、不甘和疲倦，在看见周恺的这一刻一扫而空。

"你到多久了？"周恺扬了一下眉毛，看着闵璐的两个行李箱问。

"昨天到的。"

"你一直在机场？"

"嗯。"

两人的对话很简短。周恺提出打出租车去闵璐的学校，主动伸出手帮她推行李箱。闵璐心里乐开了花，屁颠屁颠地跟在他的身后。

拦到了出租车，周恺让闵璐先上车，他则跟出租车司机打开后备厢，一起将闵璐的行李箱塞进去。

在那几个小时里，闵璐觉得自己是世界上最幸福的人。

放好了行李箱，周恺拉开车门，坐了进来。他朝闵璐的方向挪了挪，跟她保持着不远不近的距离。

　　闵璐报了学校的名字后，司机就开车了。

　　两人在车上有一搭没一搭地聊天。其实，周恺去北京后，这几年，闵璐一直在QQ上跟他保持着联系，时不时跟他讲她生活中或者学校里发生的趣事，他回得很少，但基本看了。

　　后来，周恺说自己学业繁重，忙碌，一次性看不了那么多消息，闵璐就改为给他写邮件。她把一段时间的心情集中在一封邮件里，发的频率不高，一个月一次。就在那一封短短的邮件里，她要描述自己一个月的生活和心情，实在是不够，她只好写了又删，删了又写。

　　一个月一封的邮件，周恺倒是每封都回，只是没超过五十个字，大多数的时候，是十几个字。

　　诸如"我很好，勿念，你也要努力学习"。

　　又如"注意照顾自己，不要想太多"。

　　周恺回复的每封邮件，闵璐都要看上好几个星期，倒背如流，再跟路嘉一起揣摩他短短十几个字背后的意思。

　　路嘉很直白地告诉闵璐："我觉得他表达的就是字面上的意思。"

第八章

CHAPTER 8

　　路嘉肚子里发出的"咕咕"声打断了二人关于少女时代隐秘心情的回忆。闵璐一看时间，都已经上午十一点五十分了。

　　闵璐道："糟了，魏映该饿了。"

　　见闵璐起身要走，路嘉拉住她："闵大姐，这个世界上就他魏映会饿，我路嘉不会饿吗？"

　　"程一恒会来找你的，这点我还是很放心的，但魏映，最近只有我在照顾他。"

　　"你刚刚不是还说要包养我吗？怎么现在又要把我甩给程一恒？"路嘉拉着闵璐的手臂，不让她走。

　　"这不是暂时的吗？"闵璐挣扎了一下，哄着路嘉说，"乖，宝贝儿，我处理完了手上的破事，就来接你。"

　　"我怎么越听越感觉瘆得慌，一般在这种情况下说这种话的人，在电视剧里是不是快要挂了？"

　　"去你的！"闵璐扬了一下手，作势要打路嘉，然后趁路嘉闪躲的瞬间，扭扭屁股跑了。

路嘉看着闵璐的背影，觉得这段时间闵璐应该跟魏映发生了什么事情，不然的话，按照闵璐的性子，就算魏映死了，她也不会管的。

　　至于闵璐的性子为什么会从在周恺面前唯唯诺诺转变到现在的飞扬跋扈，又是一个很长的故事了。

　　闵璐大学毕业后，在择业时，发邮件问了周恺的意见。她说自己想去应聘空姐，这样就可以时不时飞美国去见他。

　　周恺说："我没有意见，你遵从自己的内心就好。"

　　闵璐就当周恺是在鼓励她应聘空姐，屁颠屁颠地就跑去面试空姐了，没有刻意准备，考试前恶补了一段时间，竟然通过了。

　　知道结果的闵璐第一时间给周恺打了电话，周恺直接挂断了。

　　半个小时后，周恺发来一条信息：我在开会，有什么事？

　　情绪高昂的闵璐像被泼了一盆冷水，冷静了许多，回复：我通过了空姐的面试，想告诉你一声。

　　周恺回：恭喜你。

　　闵璐回：谢谢，我买了下周去美国的机票，我想去找你。

　　周恺没再回。

　　闵璐忐忑了很久，设想了无数种可能，终于，在三天后，周恺主动打电话来问她："航班号多少？几点的飞机？"

　　闵璐挂了电话之后，高兴得亲了手机屏幕好几口。

　　一周后，她真的飞去了美国加州，周恺接待了她。

　　周恺之前答应她，带她去吃好吃的，带她去加州的迪士尼乐园玩，带她参观加州大学伯克利分校。加州有很多玩的地方，她期待了很久，结果周恺的实验室忙得不可开交，他只好把她托付给当地的一个朋友，让朋友带她去玩。

　　其实，闵璐从小就享受着众星捧月的待遇，唯独在周恺这儿一而再，再而三地撞南墙，虽然她撞南墙撞得头破血流，但她还是坚如磐石，丝毫没有动摇。

　　周恺的朋友是他的大学同学，没搞学术，正儿八经地找了份高薪工作，属于半个成功人士。

　　闵璐长得漂亮，身材好，很少有男性能抵抗住她的魅力。周恺的这个朋友没能幸免，在带她去迪士尼玩了一圈儿回来的车上，一只手还握着方向盘呢，另一只手已经伸到她的大腿上了。

闵璐本来像一只虎，只在周恺跟路嘉面前才会化身小猫咪。她被人莫名其妙地摸了大腿，立刻暴怒，一巴掌扇回去，扇得周恺的朋友蒙了，好久都没反应过来，只能老老实实把她送回去，被吓得不轻。

可闵璐还没跟周恺说这件事，周恺的朋友就恶人先告状，污蔑闵璐，说她勾引他。

周恺从实验室出来，在跟闵璐一起回家的路上，周恺开着车，扭过头，不经意地问："听Tony说，你勾引他。"

不是问句，而是一句陈述句。

"没有。"闵璐坐在副驾驶座上，刚洗过头，头发尚未被加州的风吹干，空气里浮动着带着湿气的洗发水香味。

"嗯。"

周恺的这声"嗯"意味不明，不知道是相信了闵璐，还是相信了他的朋友。

总之，后来这件事情没再被提起，那个叫Tony的人没再出现过。闵璐从美国回来后，性格虽然不算大变，但在飞机上时不时会遇到一些奇葩乘客，性格就越来越强硬，为人越发强势。

一个女孩子在外，必须要学会保护自己。

路嘉打了个哈欠。老中医敲了敲门，探出半个脑袋："小姑娘，今天上午玩得还开心吗？"

看到老中医，路嘉才想起自己落枕这件事，本来好半晌没痛了，听他这么一说，便又觉得痛了。

她不由得捂住脖子。

"医生，要不您再帮我按按？"

"不了不了。"老中医连连摆手加摇头，"我再按的话，你的脖子就得有瘀血了，目前你已经缓解了很多，回去让小程给你按，小程懂这个的。"

路嘉："……"

"差不多到午饭时间了，小程让我叫上你一起去吃饭，咱们走吧。"老中医进了理疗室，脱掉自己的白大褂，换上一件普通的夹克衫，看上去就是个精神十足的老头儿。

路嘉给程一恒打了个电话，表面上是问在哪儿吃饭、吃什么，其实是想确定有没有这么一件事，毕竟老中医对路嘉而言算陌生人，她可不想遇到什么怪叔叔。

程一恒在电话里回答，说的确有这么一回事："我觉得今天早上麻烦蒋叔了，就想着中午请他吃顿饭，就在咱们医院附近，不能跑远了。我今天要诊疗的病人特别多，这会儿还没结束呢。要不，你们先去？蒋叔知道那地儿。"程一恒一口一个蒋叔，路嘉原以为，按照老中医的年纪来看，他应该要叫老中医为爷爷的。不过，程一恒叫蒋叔，她就跟着叫蒋叔了。

"不了，我还是过来，等你一起吧。"

通完电话，路嘉将程一恒的话转达给老中医："蒋叔，要不，您先去饭店，我去程一恒办公室等他？"

老中医笑了笑："小年轻就是腻歪，一会儿不见就不行。"

"没……没那回事，蒋叔。"

"什么没那回事？"

"就是……我跟程一恒不是你想的那样，我们只是普通朋友。"

"不不不。"老中医一个劲儿地摇头，"你看他那眼神，从他看你那眼神中我就知道。眼神这个东西，藏不住的。即使你们现在不是我想的那样，以后也会是我想的那样。"老中医说话像讲绕口令似的，路嘉听得云里雾里。

"什么眼神，什么想的那样啊？"

估计老中医服了路嘉的理解能力跟智商："我说姑娘，你落枕，出问题的是脖子，不是脑袋啊，怎么这么浅显的话都听不懂呢？就是说，你喜欢他，他也喜欢你，你们最终会走到一起的！"

"哦，不对，"老中医瞬间又改口，"我不能保证你们最终能不能在一起，我只能保证，他现在眼里有你。我活了这么大岁数，看人的这点儿自信还是有的。"

路嘉沉默了一会儿，满心欢喜。但是她得藏住这种喜悦的情绪，避免被老中医发现，于是绷着脸说："蒋叔，您别误会，我真没有……"

老中医的脸突然凑过来："你真没有喜欢他吗？"

这句话问得路嘉很心虚，心虚得退后了两步……

"是他……好像……喜欢我……"她结结巴巴地说，不知道怎么的，不经大脑思考就把这句话给说出来了。

老中医猛地一拍巴掌："这不就结了？你情我愿，不在一起生个小孩，多寂寞啊！"

路嘉："……"

"蒋叔，你情我愿，不一定要生小孩吧？"

就这样，路嘉明明说好去找程一恒，但程一恒看完手里的病人后，路嘉还没来找他，他怕与路嘉错过，就打了个电话，结果路嘉说，她正在针灸推拿科跟老中医聊天。

"你俩聊什么呢，聊半天？"程一恒一边打电话，一边往针灸推拿科这边走。

"没……没什么。"路嘉还是心虚，"我先挂了啊，我们在这里等你！"

"你心虚个什么劲儿？"老中医说，"现在的女孩子都很大胆的，主动追求爱，你为什么不主动点儿？你不主动的话，小程可就会像那流沙，从你指缝中溜走咯！"

"什么溜走？"程一恒的声音突然响起，路嘉回过头，紧张得打了个嗝。

她开始确信，在爱情这件事上，她跟闵璐一样，都是一个胆小鬼。

"没……蒋叔，你可别乱说。"

"放心。"老中医保证似的拍拍胸脯，"我老蒋的嘴巴严得很。"

"蒋叔，你什么时候跟路嘉变得这么熟了？不到一上午，你俩都有共同的秘密了？为什么路嘉跟我就没有秘密呢？"程一恒开玩笑地问。

"那是因为你们各自藏有秘密。"老中医一针见血，另外两人脸上的表情同时为之一变。

老中医的观察能力很敏锐，见势不对，立刻岔开话题："走了走了，我们再不去，待会儿饭店里的人多起来，午休时间都不够我们吃一顿饭。"

三人一起去了医院附近一家口碑还算可以的中餐馆。

老实说，医院附近的餐饮水平都不高，卫生环境也堪忧，装修、氛围这些就更别提了，但这家中餐馆真的要算个中翘楚，所以医院里大多数医生中午如果不想吃食堂，就来这里打牙祭。

"蚂蚁上树，这个我特别推荐。"程一恒看着菜单说。

"蚂蚁上树，我的拿手菜呀！"路嘉说。

"是吗？你还会做菜？平时在家，我怎么没见你下过厨？"程一恒说。

话音刚落，老中医就用筷子敲了敲碗："还说你们没什么，都住一起了，还没什么！"

路嘉立刻摆手解释："不是这样的，不是这样的。只是，我受了伤，又被房东赶出来，无家可归，是程医生收留了我。"

老中医看着他们，摆出一副"解释就是掩饰"的表情。

"好啦，吃饭吧。"程一恒打圆场，"蒋叔，你是知道情况的，就别调笑我们了。"

这顿饭路嘉吃得胆战心惊，生怕一个不小心，老中医嘴里又蹦出什么她接不上茬的话，搞得大家都很尴尬。

程一恒看上去倒是一点儿也不担心，吃得从容淡定。路嘉急了，在桌子下轻轻踢了他一脚，他茫然地看了她一眼。她趁老中医低头扒饭的瞬间，给他做了个闭嘴的表情，可他就像没看懂似的，继续埋头吃饭。

无奈之下，路嘉给他发了条微信：你能不能让蒋叔别说了？

程一恒很快就看了微信，然后放下筷子，擦擦嘴，拉起路嘉的手，对老中医说："蒋叔，我们临时有点儿事，就先走了，您自己一个人回医院可以吧？账我结了，您吃完直接走人就行。"

老中医像是很熟悉程一恒的行事作风，添了一碗饭，摆摆手，放他们先走："年轻人需要自己的小世界，我当然要配合啦。"

路嘉本以为程一恒只是找借口带她逃脱老中医不停念叨的魔咒，没想到他真的带她离开了医院。

"我们去哪里？你下午不上班了吗？"

"我请假了。"

"你请假干什么？"

"你刚刚不是说不想听到蒋叔唠叨吗？我当然是带你逃离医院啦。"说话间，程一恒还真的把车开出了医院。

至于要去哪里，程一恒一直神神秘秘的，不肯说。

程一恒东拐西拐，将车停在一栋外观修建得非常普通的大楼的车位上，然后招呼路嘉下车。路嘉抬头，看到了大楼外面挂着的招牌上的字——某某康复中心。

乍一看，很像那种罹患了精神病的病人过来恢复的地方。

路嘉有些抗拒，捂住自己的脖子，警惕地盯着程一恒，就差大叫引起别人的注意："你带我来这里干什么？我是脖子有问题，不是脑袋。"

"你再看一下广告牌底下的那排小字。"

"哦——"读完底下那排小字后，路嘉长舒一口气，原来这里的康复项目是针对她这类肢体受过伤的病患，或者是先天性残疾人。

"为什么不选择你们医院？"路嘉好奇地问道。从程一恒家到他工作的医院的距离就不近，这边康复中心离医院又有一定的距离。如果以后她每天或者隔三岔五就要来这里进行康复训练，就会加重既要上班又要送她来康复中心的程一恒的负担。

她担心的是这个。

"我们医院虽然也有康复中心，但是因为病患种类多而杂，护士往往力不从心，所以，一开始我就没打算让你在我们医院接受康复训练。经过我最近一段时间的考察，综合衡量之后，我就选择了这家疗养中心，无论是专业方面，还是服务方面，我不敢说这里是本地最优秀的，但这里是最合适你的。"

其实，路嘉很想问：你怎么知道是最适合我的？

但程一恒既然这么说了，那么他一定是经过了全面了解。因为路嘉知道，他为她做的考虑，都是最周全的。

喜欢就是这么让人盲目自信。

"我们先上去看看，你看喜不喜欢上面的环境，如果不满意，可以再换。你的腿恢复得差不多了，正好是接受康复训练的黄金时期。"程一恒扶着路嘉走进康复中心的大楼，说道。

"如果我接受康复训练，你每天要来接送我，还要上下班，不是很累吗？"路嘉还是说出了自己内心的担忧。

"不碍事，我辛苦一点儿，你就能早点儿好起来。"

"程一恒。"其实，路嘉很少这样喊他，她看着他，眼神很澄澈，一点儿杂物也没有，她只是单纯地想知道一个答案而已，不管这个答案是不是她想要的。

"我真的可以完全好起来吗？"

程一恒也认真地看着她，手不知不觉地伸向她的耳后，像一只蝴蝶轻盈地停在她的发梢。

"我不能完全保证。"程一恒说，"但我可以跟你一起努力。"

这样就够了，不是吗？

路嘉在心里小声地跟自己说。

叮咚声响起，电梯门开了。

他们一起走进去。康复中心在四楼，电梯门打开时，视野瞬间开阔。电梯门正对着前台，穿着护士服的小姐姐热情地接待了路嘉，用甜美的声音说着"欢迎光临"。

见有病人上门，立刻有其他工作人员走上前，询问路嘉是否需要帮助，听路嘉说不需要后，便安静地站在一旁，然后有专门负责接待的人员上前跟路嘉他们谈。

简单地了解了一下这个康复中心的项目以及费用，路嘉觉得可以接受。这里的整体环境会让人觉得很放松，让她觉得挺舒适的。

"真正开始做复健的时候肯定不会像现在这么轻松，你要先想清楚。"程一恒说，"千万不要半途而废，不然的话，你可能永远都要跟这根拐杖相伴了。"

"你说什么呢，我像那种半途而废的人吗？我练赛车这么多年，什么苦没吃过，这点儿苦算什么？"

半个小时后，路嘉趴在气垫床上，疼得大叫。

程一恒一副看好戏的样子蹲在她面前："怎么样？你刚刚还说这点儿苦不算什么呢。"路嘉直起腰，试图爬起来，挣扎了几下，又无力地趴下了。

她的身上已经出了一层薄薄的汗，她垂头丧气，伸出一只手，整个人趴在气垫床上，动弹不得，闭上眼的瞬间，她感觉有人轻轻握住了她的手。

她猛地睁开眼睛一看，程一恒捏了捏她的手，鼓励地说："加油，你再坚持一会儿就行了。"

虽然她已经累得满头大汗，但程一恒的鼓励如同给她打了一针兴奋剂，她立马从气垫床上爬起来，继续跟着医生做复健。

看着路嘉这么辛苦又这么努力的样子，程一恒的心脏没来由地传来一阵钝痛。他站到旁边，双手抱臂，看着路嘉努力地做复健。曾几何时，他也这样陪另一个女生做过一模一样的事情。

从某种程度上来说，那个女生跟路嘉真的很像。

她们一样聪明，一样有天赋，一样努力，一样热爱赛车。她们对赛车倾注的热情与汗水，是那些只知道指手画脚的网络正义使者或者打着正义旗帜的路人永远都不会了解的。

程一恒认识华庭，缘于大一的一次社团活动。

他们就读同一所大学，他老早就听说有个名人学姐已经留了好几级，这学期终于要来上课，不然学校打算劝退她。

为了积极地融入大学校园生活，华庭暂停了手上的商业比赛，不仅来学校正常上课，甚至加入了社团。

那是上半年的某一天，春夏交替，空气里隐隐浮着热气，是人们可以穿短裤，也可以穿针织衫的天气。

经过一个学期的努力，程一恒已经成为社团里的得力干将，社长有意将他培养为下一任社长，对他格外重视。

那次社团活动，全权交由他组织。

在活动开展之前，程一恒召集所有社员到活动室开会。他提前十分钟到达活动室时，由于时间是晚上，整栋楼几乎黑着，只有零星的几扇窗户里透出光来。他们社团的活动室在一楼的尽头，没有廊灯的话，几乎伸手不见五指。恰好那几天廊灯坏了，他一边打着手机的手电筒，一边摸着活动室的钥匙，准备开门，不经意间被蹲在活动室门口的一团黑黢黢的物体吓得倒吸了一口凉气，差点就一脚踢了出去。

直到那个黑黢黢的物体慢悠悠地站起来，程一恒怦怦直跳的心才稍稍平复了一点儿。

原来是个人。

只要是人就好。

虽然程一恒是学医的，也坚持无神论，但是小时候那些牛鬼蛇神的故事多多少少给他造成了阴影，他潜意识里还是有点儿怕牛鬼蛇神这些东西的。

"那个……不好意思，我是来参加社团活动的。我叫华庭。"一道轻柔的女声响起，程一恒比先前更震惊。

因为对他们学校的人来说，华庭这个名字真是如雷贯耳。

他退后了几步，用手机的手电筒的光扫了一下华庭，旋即觉得自己这样做非常不礼貌，立刻道歉，并且拿钥匙去开门："不好意思，廊灯坏了，我看不太清，就照了你。"

华庭看上去一点儿也不在意这件事情，乖乖地抱着手臂站在程一恒的身后，等他开门。他用钥匙插了好几次钥匙孔都插不进去，脑子里闪现的都是华庭的样子，尤其是她的腿。

他从没见过这么长的腿。

她的身材比例非常好，让他感觉她脖子以下全是腿。夏至未至，她已经穿得很清凉，上身是一件蓝色的吊带衫，下身是一条热裤，非常短，显得她的腿长得可怕。

她的腿又细又长又直，她就这么站在他的面前，都会让他觉得动人心魄。

在此之前，程一恒只听过华庭的名字，知道她是一个知名的女摩托车赛车手，仅此而已。她在学校里有一大批迷弟，他们甚至组成了一个后援团，专门成立了社团。重点是，学校还通过了，那个以她命名的社团运行得挺好的。

后来，程一恒跟华庭在一起之后，他问过她，为什么不去参加以她名字命名的社团。她笑着说："那多傻呀。"

在那一刻，阳光从华庭的身后照进屋子里，她靠在懒人沙发里，腿搭在程一恒的身上，两人的腿交叠在一起，她认真地吃着他洗好的提子，不时喂一颗给正在刷《病理学》题目的他。过了一会儿，她站起身来，为他捏捏肩，软软地说："老公辛苦啦！"

那一刻，就是那一刻。

程一恒觉得，他要跟眼前这个女人过一辈子。

"程医生？"路嘉的手在程一恒眼前晃了三次，才把程一恒从回忆当中拉回来。他一脸茫然，好像刚刚思想云游四方去了，不知今夕是何夕。

"你怎么啦，发这么久的呆？今天我的复健结束了……"

"怎么样，你觉得强度还能接受吗？"

路嘉用纸巾擦了擦额头上的汗水，脸蛋因为发热而变得通红。她擦了脸，又擦擦脖子，没有再追究刚才程一恒发呆的事，接着他的话说："我觉得强度还行。其实身体这个东西，有时候你以为到极限了，其实它还可以坚持，你以为真的不行了，咬着牙熬过去，可能就是那么回事。身体是很狡猾的，老是给大脑发送一些'我不行了'的指令，欺骗大脑这个可怜的家伙。可是大脑有时候会反过来欺骗身体，所以他们还真是相爱相杀，缺一不可。"

路嘉只是接受了一次复健训练而已，说起道理来就一套一套的。程一恒把刚刚买的一瓶矿泉水的瓶盖扭开，然后递给她："你喝口水，歇歇，别着急说话。"

路嘉接过水，"咕噜咕噜"一口气喝掉三分之一，有些水顺着嘴角流到下巴，再顺着下巴的弧线流入脖子，程一恒看不下去，便拿出纸巾帮她擦。

路嘉感觉有手在摸自己的脖子，觉得很痒，下意识地垂下头，牙齿磕在程一恒的手背上，发出"哐当"一声响。

她疼得差点流出眼泪。

"你没事吧？"程一恒立刻捧着她的下巴查看。

她眨巴着眼睛，用手指拂去眼泪，忍着疼说："没事。"

擦完眼泪，路嘉还对他笑了笑。

程一恒愣愣地看着她，她从在他面前嚣张跋扈、丝毫不知收敛的模样，变成现在学会了隐忍、讨他开心的样子。

他开始害怕起来。

他扭开另一瓶矿泉水的瓶盖，"咕噜咕噜"喝下半瓶，擦干净嘴角的水后，对路嘉说："加油复健，等你好了，一切就好了。"

"什么好了？"路嘉用手揉着下巴，可能还是有点儿痛。

"没什么。"

——等你好了，咱们就可以保持距离了。

程一恒心想：我不能再靠近你了，对你来说，这样太不公平了。

魏映住院没多久，闵璐开始飞国内航班，短时间内回不来，照顾魏映的重任只能落在程一恒的身上。

好在外出学习的骨科主任医生回来了，程一恒身上的担子没那么重，能分出一些精力来照顾魏映。

其实，程一恒跟魏映一点儿都不熟。程一恒清楚，要找一个照顾魏映的人简直比在手机上点个外卖还要简单，一来，魏映是名人，是摇钱树，公司自然会想办法找人照顾他；二来，他的迷妹可以从医院排到八达岭长城去，只要他愿意，一个小时换一个人照顾都行；三来，他有的是钱，什么类型的护工找不到？

为什么偏偏在闵璐缺席的情况下，她找上了程一恒？

一来，程一恒是骨科医生，有丰富的临床经验，知道怎么照顾病人最恰当；二来，他算是魏映在本地少有的熟识的人——虽然他本人并不这么认为；三来，可以利用他这座桥梁，缓和魏映跟路嘉的关系。这是闵璐的想法。

程一恒答应得那么干脆，是因为这样可以减少他跟路嘉独处的时间。

路嘉对程一恒要去照顾魏映的事情有些不满，但没有说出来。闵璐私下里劝过路嘉，大家都是知根知底的朋友，没必要弄得太难看。

路嘉暴躁地抓了抓头发，在电话里跟闵璐吼："我才不管你们那么多呢，我现在首要的事情就是去复健！等我能活蹦乱跳时，就是我路嘉重出江湖时！"

"行行行，不跟你说了，我要去准备下趟航班的事情了。"闵璐挂了电话。

路嘉坐在家里的沙发上，深深地叹了一口气。

程一恒刚刚打电话来说，他这一周因为值班，加上要照顾魏映，不能送她去康复中心了。他帮她预约了一个司机，司机每天会按时在楼下接送她。

路嘉把这件事情更新在了《我的医生好像喜欢我》的帖子里：

"楼主最近真的很头疼，因为我明显地感觉到C对我的冷淡，不知道是不是真的因为他工作太忙，还是因为我让他讨厌了。

我真是一点儿自信心都没有。

我喜欢一个人，就好像把自己身上的情绪开关都安在了对方身上，对方的一举一动都能牵扯我的心。

我这么一直紧绷着，一直悬而不得，就像被挂在悬崖上，不知道什么时候会被救起来，也不知道什么时候会掉下去。

其实，这跟时间节点无关，应该是说，我不知道自己是会被救起来，还是会被放弃。我感觉自己要被C放弃了……"

评论：

"楼主别颓废啊……我很理解你这种忐忑的心情，喜欢一个人，就赋予了他伤害你的能力呀，就好比你本来有一颗用钢铁盔甲包裹起来的脆弱心脏，但是在碰到喜欢的人之后，就给他开了一扇门，他可以随便进来伤害你，刺你一刀，令你血流不止再走掉，你却连怪他一句都舍不得。"

"楼上的比喻好让人心碎啊……我不要看这样的结局。"

"我隐隐约约嗅到了冷暴力的味道，C应该不会这么渣吧？"

"说冷暴力的那位恐怕是正解了，一般男生在不想继续的时候，就会用这种方式逼女生说分手，真是渣……不过楼主好像并没有跟C在一起啊，那就不好说了……"

路嘉看完评论，心情更不好了，扯过被子，心事重重地睡了一觉，等程一恒预约的司机给她打电话。

程一恒几个小时后才看到路嘉更新的帖子内容，突然觉得十分烦躁，感觉自己这样一直偷窥路嘉的行为非常不道德，就像打游戏开挂，用修改器一样，虽然他可以将一切掌控于自己手中，但是比输掉游戏还要令他沮丧。

程一恒干脆删掉了豆瓣APP，决定不再去看路嘉的帖子。

路嘉在睡得迷迷糊糊的时候，接到了司机打来的电话。她挂了电话，心里一惊，赶紧起床，然后换衣服出门。

等她推开门时，一个西装革履的人正站在门外等她。

"请问是路嘉路小姐吗？我是程先生预约的司机，现在可以送您去康复中心了吗？"

路嘉看着他，摸了摸自己的脖子。虽然她已经能够自如地转动脖子，但落枕带来的疼痛还存在着。她按了几下痛的地方，感受这种痛感，让自己清醒了一点儿后，点点头，说："走吧。"

司机自然地伸出手来，想要扶腿脚不便的路嘉，路嘉警觉地一退，拒绝了。司机脸上的表情显得有些尴尬，路嘉便解释说："不是那个意思，我只是不太喜欢别人靠近我。"

路嘉在外人面前，又恢复到那个拒人于千里之外的她了。

说完话后，路嘉进了电梯，忍不住吐槽自己，她挽程一恒的手咋挽得那么欢呢？不过她又安慰自己，程一恒不算别人。

对，程一恒不算别人。

所以她喜欢他，靠近他，可是他好像并不想靠近她。

这人世间的感情啊，往往能如意，但如果全部如意了，这个世界上就不会有那么多痴男怨女了。

要是哪个专家学者就这一问题做深入研究的话，恐怕过了很多年，还是研究不出一个在理论上可以说服大家的结果。

路嘉想起自己看过的一部名叫《推拿》的电影，电影里说："对面走过来一个人，你撞上去了，那是爱情；对面开过来一辆车，你撞上去了，是车祸。但是呢，车和车总是相撞，人和人总是相让。"

她想一时半会儿搞清楚这个问题，恐怕是不可能的了。

也许，正因为有这么多遗憾，还有痴男怨女，这个世界上才产生了这么多故事吧。因为路嘉又记起她在哪部电影里看过的一句话："幸福不是故事，不幸才是。"

不然的话，为什么童话里讲到王子跟公主幸福地在一起，故事就结束了呢？前面王子跟公主经历了那么多磨难，那些都可以写成故事，为什么幸福地生活在一起了，反倒就用一个简单的句号把大家打发了呢？

路嘉用这些毫无意义的思考打发了漫长的乘车时间，司机顺利地把她送到了康复中心，交代她他会在外面休息室等她复健结束，再送她回家。

　　程一恒找的司机挺好的，不说废话，不搭讪，该做什么就做什么，给了路嘉足够的空间。

　　前期复健都很辛苦，路嘉承受着生理跟心理的两层压力，只能咬牙坚持下去。她太想快点好起来了，这样她就可以不再成为别人的依附。

　　对，这个时候，程一恒就成了别人。

　　在伤腿再次接触到地面时，她脑海里首先浮现的是她在医院里看到那个小男孩进行复健，迈出第一步失败后沮丧的脸。

　　她害怕自己也失败，也沮丧，从此一蹶不振。其实她比谁都清楚，她没有多少时间了，程一恒人再好，也不可能毫无理由地养她一辈子。

　　程一恒这么对她的原因到底是什么？

　　路嘉在复健的时候分了心，一不小心，腿猛地折了一下，她当即疼得抱着腿在地上哇哇大叫。

　　护士见状不对，立刻通知了医生跟病人家属。

　　路嘉没有家属，家属的联系方式留的是程一恒的电话号码。

　　程一恒接到康复中心打来的电话时，正坐在上次跟老中医、路嘉一起吃饭的那家中餐馆里，跟魏映相谈甚欢。

　　魏映脖子上戴着护颈，头瞬间大了许多，喝杯茶都得由远及近端到嘴边："程医生，虽然说我跟你认识不久吧，但是凭良心讲，见你的第一面，我对你是有些敌意的。我那天精心打扮了一番，甚至还做了个造型才出门。你呢，懒懒散散就出来了，但依旧吸引了两名美女的注意力。要知道，我在迷妹群中，是靠脸吃饭的。在长相上，我输给了别人，当然很不爽。重点是那天在日料店，我表现得太衰了，拉着闵璐就跑了，你却留下来英雄救美。什么时候我做人能做到你这种程度，那我肯定还得爆红。"

　　听魏映这么说，程一恒只是笑，然后端起茶杯跟魏映碰杯。

　　大中午，一个病人，一个医生，都不能饮酒，只能以茶代酒，聊表心意。

　　"魏映，你可别这么说，大家现在都是朋友了。那天，我只是做了应该做的事情。至于长相，这些都不重要。"

"长相如果不重要，你咋还喷定型喷雾呢？"魏映伸出手来，摸了摸程一恒的头发，程一恒笑得差点从凳子上掉下去。

"给我留点儿面子好吗？偷偷告诉你，其实我是整容整成这样的，你心里稍微平衡了吧？"程一恒打趣道。

魏映瞪大眼睛，还真的信了。他用力一拍桌子，指尖碰触了不少桌子上的油腻东西，他搓了搓指尖，凑到程一恒的面前，左看看，右看看，甚至伸出手，捏了捏程一恒的鼻梁，疑惑道："你这鼻子……不像是做的啊！双眼皮也很自然，下巴……下巴也像天然的，你到底动了哪里？啊！我知道了！"魏映猛地一拍大腿，压低声音说，"你是不是削骨了？"

程一恒差点一口茶水喷到魏映的脸上。

魏映不满地撇撇嘴："我就知道，你绝对不是整容整成这样的。我就混这圈子，什么妖魔鬼怪没见过？你这样的，就属于天生优势，没办法，老天爷钟爱你，给了你一副好皮囊。其实吧，我最嫉妒的并不是你的脸，毕竟现在这个时代，小区门口卖煎饼的小哥包装包装，也能出道，我最羡慕的，是你的身材。那窄腰、那大长腿，啧啧啧……你比我起码高了五厘米吧？"

"官方公布你一米八一？"程一恒问。

"对，有时候一米八一点五。"

"那我正好比你高五厘米。"程一恒说。

"我就知道，你这简直不让人活。不过……路嘉能够找到像你这样的人，我就放心了。路嘉年轻时不懂事，可能对我有种大哥哥的憧憬。你知道的，我们进俱乐部的时候年纪都很小，父母不在身边，很容易就培养出相依为命的感情。可我对路嘉……我说真的，我不是因为她哪里不好，或是不漂亮、不温柔就不喜欢她，而是因为喜欢这件事情基本上就属于玄学。所以，我对她一直抱有愧疚，又不知道怎么补偿她……现在她遇到你了，没白费我每年大年初一去雍和宫为她祈祷。"

程一恒没有立刻接话。他从魏映的话中听出来，魏映已经决定要将路嘉托付于他了。可是，他心里明白，他跟魏映一样，只能陪路嘉走一段路。

这段路有多长，有多远，他不知道，但只要走到了尽头，他可能就要放手了。他不能对不起华庭，也不想对不起路嘉。

就在这个时候，程一恒的手机响了。

是康复中心打来的电话，对方告知程一恒，说路嘉在复健时受了伤，伤腿折了，情况有点儿严重。他们那边可能无法处理，需要专业人士的意见。

"我马上过来。"程一恒挂了电话，立刻站起身来，"账我来结，你吃完自己回去，路嘉在康复中心出了点儿事，我得马上过去看看。"

魏映跟着站了起来："路嘉怎么了？我也跟你去看看。"

程一恒想了想，带上魏映也好，正好缓和魏映跟路嘉的关系。他拿上外套，说："那走吧。"

程一恒跟魏映赶到康复中心时，路嘉已经接受了初步的紧急治疗，躺在病床上休息。工作人员通知她，说她的家属来了，然后掀开帘子，进来了两个人。

看到程一恒时，路嘉有些激动，立马坐起来，嘴巴都张开了，想说点儿什么，却在看到魏映的一瞬间沉默下来，又躺回了病床上。

"路嘉。"脖子上戴着护颈的魏映显得有些滑稽，他主动跟路嘉打招呼。

"你来了。"路嘉淡淡地回应。

她不知道程一恒带魏映来的目的是什么，是为了缓和他们的关系，还是为了显示他现在跟魏映很熟？

程一恒弯下腰，查看了一下路嘉的伤腿，问她是什么状况。

"医生给我拍了片，结果还没出来。腿突然折了一下，钻心一样疼痛。"路嘉说。

"那你先回我们医院，这边的检查结果出来了，我让他们拍照片，然后发给我看。"程一恒说，"你的腿暂时看起来没什么大碍，怕的就是二次损伤。保险起见，你还是先回我们医院，观察治疗几天。"

"又要住院吗？"路嘉打从心底不愿。

"根据你目前的情况来看，你不适合四处奔波，等稳定了一点儿再说。"

"可是我没钱住院。"路嘉赌气说。

魏映道："我有！嘉嘉，你想住多久就住多久！"

"你以为医院是五星级酒店啊，还想住多久就住多久！"想到要跟魏映成为病友，路嘉就很不舒服。

"最多几天，你不用太担心。"程一恒安慰她道，"这几天，你最好不要用拐杖，坐轮椅。"

她怎么越恢复越严重了？

程一恒不知道从康复中心哪里弄来一辆轮椅，路嘉就这么坐着轮椅，再被抬上车，回到了程一恒所在的医院。

医院病床很紧张，程一恒好不容易给路嘉腾出了一张病床，竟然跟魏映在同一间病房，路嘉打死程一恒的心都有了。

程一恒一脸委屈地说："床位真的很紧张，咱们就观察两天，你要是觉得住得不舒服，就去我的办公室睡。"

他都这么说了，路嘉就没脾气了。

躺在病床上闲来无事的时候，魏映主动找路嘉说话："路嘉，没想到我们没有机会一起驰骋赛场，竟然有机会一起躺病床，真是……哈哈哈……"魏映说的话只把自己逗笑了，还是狂笑不止的那种。

路嘉保持着自己的基本礼仪，没有翻白眼："你能不能说点儿好听的、吉利的？我现在都这么惨了，用得着你放声大笑，跟放鞭炮庆祝过年似的吗？"

"路嘉。"魏映急忙解释，"我可不是这个意思，我……"解释了半天，他发现自己的舌头都快绞在一起了，也没解释清楚。

"行了，魏映，我知道你没有恶意，我也没有。我有点儿困了，先睡了。"

路嘉把枕头放平，戴上睡眠耳塞，准备睡觉，可走廊外面实在是太吵了，也许是因为医院进入了旺季，哦，不，医院一年四季都是旺季，病人络绎不绝，从来就没有减少过。

病房里的空调不知道出了什么问题，不制冷了。路嘉大概睡了半个小时，盖着厚厚的被子，出了一身汗，她觉得甚是口渴，起来"咕噜咕噜"喝了一大杯水，又晕晕沉沉地躺下继续睡。

睡了不知道多久，尿意来袭，她坐起来，发现隔壁床的魏映正在看手机视频。她试图靠自己的努力挪到轮椅上去，可是上午才受了伤，腿一动就感觉钻心般疼痛，她只好求助魏映。

魏映放下手机，立刻就过来了。他其实也不是很方便，不能像程一恒那样拦腰抱起路嘉，只能扶着路嘉慢慢地坐到轮椅上去。

"我想去找程一恒。"坐在轮椅上的路嘉仰头看着魏映说。实际上，她是想去厕所，不过不好意思让魏映推她去女厕所，一时半会儿又找不到女护士。

魏映非常配合地推着她，熟门熟路地走向程一恒的办公室。刚走到门口，就听见里面有一道娇滴滴的女声，路嘉觉得这道女声相当熟悉。

"程医生，这次我是专门登门道歉的。我年纪小，不懂事，刚从国外回来，喜欢开玩笑，可能不经意间就得罪了路小姐跟你。上次我回去之后，姑祖父已经严厉地批评了我，我知道自己太任性了，真诚地向你道歉，还请你多担待呀。"

路嘉心道：知花，她怎么又来了？她不是很看不起程一恒这么一个小小的实习医生吗，怎么会特地登门道歉？

路嘉跟魏映对视了一眼，两人心照不宣地停在了门外。

接下来是程一恒开口说话的声音："我倒没什么，但你确实应该向路嘉道歉，毕竟你们之前毫无接触，她不曾招惹你，你却无缘无故地攻击了她。"

"我太想要那套口红了。"知花委屈地说，"还有，我跟华庭是朋友，也是她的粉丝，见到路嘉难免会想起华庭，身体里的血液止不住地往大脑里涌，就……口不择言了。"

"我理解你。"看样子，程一恒认同了知花的说辞。路嘉在门外听着，觉得没什么。她对于知花这种人，从来都是采取敬而远之的态度，惹不起，她还躲不起吗？

路嘉本以为这件事就这么结束了，没想到里面又响起知花"嘤嘤嘤"的哭泣声。没读懂气氛的路嘉跟魏映已经推着轮椅来到程一恒的办公室门口，想后退已经来不及了。两人看到知花伏在程一恒的肩膀上，轻轻地抽泣着。

知花身上若有若无的香水味飘荡在空气当中，她穿着一条淡粉色的连衣裙，踩着裸粉色的高跟鞋，头发烫成大波浪状，整个人柔软得就像春天的一根柳枝。她就这么伏在程一恒的肩膀上，微微地抽动着肩膀，一副梨花带雨的模样，让人看了就心疼。

路嘉回过头，看向魏映，用唇语说："她厉害吧？"

魏映点点头，凑近她耳边，说："你有情敌了。"

路嘉轻呵一声，摇摇头："我压根就没有上擂台的资格，哪儿来的情敌？"

魏映被这句话搞得如同丈二和尚摸不着头脑："你不是都跟程一恒住在一起了吗？"

"住在一起并不能代表什么。"路嘉说。

两人在门口轻声讨论起来，程一恒注意到两人时，立刻把知花推开了，并紧张地准备跟路嘉解释。路嘉伸出手阻止他："程医生，麻烦你帮我联系一个女护士，我要去一趟厕所。"

魏映一听就参毛了，心道：敢情弄了半天，你让我推你来找程一恒，就是为了上厕所？让我去叫女护士不就得了，非得让程一恒叫？他叫的女护士难道要比我叫的女护士更好吗？

当魏映沉浸在自己的想法中时，知花已经走了过来，她的眼睛泪汪汪的，像雨后沾了露水的花瓣。路嘉想起微博上一度流行的"仙女式哭泣"，大概就是说的知花的这个样子。

"路小姐，真的很抱歉。"知花突然握住了，不对，应该是捧住了路嘉的双手，半蹲下来，非常难过地说，"我知道，华庭的死与你无关，那只是一场意外，你也是受害者。我为自己之前对你做过的幼稚行为诚恳地向你道歉，希望你能原谅我。"

知花抽泣了几下，路嘉感觉自己跟打了肉毒杆菌似的，脸上的笑肌完全动弹不得，连个假笑都装不出来。知花并没有见好就收，反倒直接扑了上来，抱住了路嘉。路嘉的手搂住知花不是，不搂也不是，只好象征性地拍了拍知花的背，当作安慰。

"好了，知花小姐，我知道你的心情很急迫，可是我的身体也很急迫……我真的需要立刻去卫生间一趟。"

知花抬起头，眼睛红红的，惹人怜惜。

"路小姐要去卫生间吗？不用找什么女护士了，我推你去吧。"话音刚落，知花就主动请缨，迫不及待地推着路嘉离开了程一恒的办公室，出了门才问，"卫生间在哪边？"

知花说这话的时候，语气已经跟刚才全然不同。

她的鼻音和委屈全然退去，更多的是不屑与冷漠。

路嘉伸出手，指了一个方向："右边。"

一路无言，知花推着路嘉到了卫生间，轮椅停在残疾人专用的隔间门口。知花想起上次路嘉在卫生间里动弹不得的场景，不由得说："这次你该不会也让程一恒抱你出去吧？"

"这倒不至于。"路嘉扶着隔间的门，吃力地站起来，看了一眼门上贴着的"残疾人专用"的牌子，不知道知花这么做是出于挑衅还是体贴。

路嘉推开门，单脚跳进去，把门闩扣上，坐上马桶。

——肚子终于舒服了。

随着水箱的冲水声响起，路嘉打开门，仍旧用单脚跳到轮椅旁边，自己坐了下来。知花的手重新放在了轮椅的推手上，但没有立刻推路嘉离开卫生间。

"路嘉，你喜欢程一恒吗？"知花问。

路嘉没想到知花会这么直截了当地问，毕竟她才在程一恒面前演过戏。

"你喜欢他？"路嘉反问。

知花站在路嘉身后，没有动，但路嘉还是看到了知花不屑的眼神——路嘉从洗手间的镜子里看到的。

"你知道程一恒家里很有钱，对吧？"知花说，"但是，对你而言，程一恒家里可能就是'有钱'两个字而已，对我而言，他家里可以帮我实现梦想。"

路嘉皱眉，心道：什么有没有钱，梦想不梦想的。

路嘉之前很有钱，所以在见识到程一恒有钱到一定程度，只觉得是合理的，并没有太多的感受。

"你的梦想是什么？"路嘉问出这句话的时候，感觉自己有点儿像汪峰。

知花依旧露出不屑的表情："说了你也不懂。"

"总之，路嘉，你腿好了之后就离开程一恒吧。"知花说。

"为什么？"

"因为，你比不过我的。"知花颇有信心地说。她处心积虑地接近程一恒，装傻充愣也好，委曲求全也好，演戏演全套也好，并不是因为她真的看上了程一恒，而是她想借助程一恒的家族力量，壮大她手中正在经营的医疗器械公司。

知花一家属于陈董事长家的旁系分支，历来都得不到重视。知花的父母在家族当中受尽了白眼，知花也被家族的兄弟姐妹们排斥，好在老天爷让她生得聪明又漂亮，她把握住了每一个时机，回国创建的医疗器材公司已经小有规模。她的计划是，将自己的公司做大、做强，真真正正地在家族里抬起头。

对于知花赤裸裸的挑衅，路嘉"扑哧"一声笑出来。两个都不承认喜欢程一恒的人，却在这小小的洗手间里争夺他的所有权。

路嘉低头算了算，知花要比她小一点儿，但不能用知花不懂事，她得让着小孩子这样的借口了。

"知花小姐。"路嘉握住轮椅的轮子，做好自己推着轮椅回去的打算后，说，"程一恒不是什么物件，而且我无意跟你抢。只是作为一个比你大那么一点点的人，我想提醒你一句，不要把自己的梦想跟别人挂钩，没有人应该为你的梦想负责。至于你想拥有程一恒这一点，放马过来好了。"

对于挑衅，路嘉从来就没有害怕过。

一次都没有。

她的自信不是凭空冒出来的，她不是多么笃定自己跟程一恒感情好，只是，战士永远都不应该畏惧来自外界的挑战。

作为一名职业摩托车赛车手，战士是她的另一个名称。

知花最终还是推着路嘉回到了程一恒的办公室，程一恒跟魏映正在办公室等着，魏映快坐不住了，担心路嘉会跟知花在卫生间里打起来。

但是，程一恒劝魏映："你不用担心，要是她们真的打起来，路嘉不一定会输。"

"可她的腿废了啊！"

"她一身的力气可没废，知花那样手无寸铁的大小姐，路嘉一个小指头就能应付她了。"

魏映听完，翻了个白眼。

不知道程一恒对路嘉的自信是从哪里来的。

魏映是看着路嘉长大的，刚进俱乐部时，路嘉又瘦又黑，腿细得就跟竹竿似的，手臂几乎可以直接折断。

那时候，俱乐部里收的练习生不少，大家瞧着路嘉不起眼，又黑又瘦，就觉得她好欺负，生活无聊，又没有其他乐子可寻，所以攒着劲儿地给她使绊子。

路嘉从不反抗，身上隔三岔五就会出现新的瘀青或伤口。她从不告状，只是沉默。后来被魏映发现了，魏映强行拉着她找到那些欺负她的人，逼着他们挨个儿向她道歉。

路嘉小声地说："算了。"

魏映训斥她："被欺负了，就一定要报复回来，不管以什么样的方式和代价，要让别人知道，我来到这世界上不是白混的，而是天不怕地不怕的，不怕死的就过来！"

魏映教育了她很久，以一个大哥哥的身份，不过不知道她听进去没有，因为她一直沉默地低着头，没有回应。

那群欺负路嘉的人并没有因为魏映的震慑而收敛，反倒变本加厉。让魏映没想到的是，有一天，他练习结束，摘下头盔时，满头大汗，甩了甩头发，正想回去好好洗个澡，却有后辈来叫他，说路嘉跟人打架了。

魏映把头盔一扔就赶过去了，怕那么瘦弱的路嘉打架吃亏。没想到，他赶到现场时，路嘉已经把人打得嘴角冒血，并且霸气地将对方的脸踩在脚下。

围观的人有很多，跃跃欲试，想冲上去跟路嘉干一架的也有，但都被她凶狠的眼神给吓回去了。

她就像一个从小生活在动物世界的人类，一张口，满嘴的獠牙，眼睛里仿佛都是凶恶的兽类的目光，没人能够控制得了。

魏映站在人群中，不由得为路嘉鼓起掌来。

路嘉听见掌声，在人群中找到了魏映的身影，眼神顿时柔和下来。教练吹着口哨，带着保安冲过来，涉事人员都被带到老板办公室，老板对他们进行了深刻教育。

路嘉受到了处分，但是魏映很高兴，带她出去吃了一顿大餐，并且摸着她的头说："以后就是要这样，人欺我一分，我还十分。"

"那人对我好一分呢？我也要还十分吗？"刚刚进入青春期不久的路嘉仰头，天真地问着魏映，脸上还挂着伤痕。

魏映不确定这个答案，打着哈哈，糊弄了过去。

他不敢给路嘉一个肯定的答案，怕路嘉太容易交心，太容易交心就容易卸下防备，也就意味着容易受伤。

而他不想她受伤。

而魏映没想到的是，日后对路嘉造成最大伤害的人，竟然是他自己。

　　魏映在程一恒的办公室里焦虑地踱步，来来回回好几次，差点就要冲出去找路嘉，被程一恒拉回来了。

　　"你就坐着等等呗，路嘉已经长大了，你要放她自由。"

　　在听魏映说完路嘉的故事后，程一恒对魏映这样说道。

　　魏映如梦初醒，这么多年过去，在他的潜意识里，路嘉还是那个又瘦又黑、隐忍不发的小女孩。

　　其实，路嘉早就长大了，也许没有长大的只有他而已。

　　路嘉跟知花平安归来，两人的衣服跟头发都整整齐齐的，看上去没有发生过任何冲突。魏映长舒了一口气，跟程一恒对视了一眼。程一恒给了魏映一个若有若无的微笑，然后走上前去，自然地挤开知花，把路嘉的轮椅拉到自己身边。

　　"我送你回去吧，魏映的脖子毕竟不方便。知花小姐，我就不送你了，毕竟我还在上班，有很多事情要做。"

　　"好的，程医生，你去忙，我们下次再约。"知花回答得相当体贴，不过她并没有就此放过程一恒的意思，"我知道附近有一家新开的煲牛肉店不错，要不，我们下周六一起去吃？"知花抓住机会，敲定下次见面的时间。

"我不知道下周星期六加不加班。"程一恒表现得有些为难，"如果我有空，就联系你。"

"好。"知花没再说话，给程一恒留了足够的空间。

目送知花踩着高跟鞋、扭着婀娜的身段离开的背影，魏映又跟程一恒对视了一眼。路嘉捕捉到他们的眼神，拍了几巴掌。

"行了，人都走了，你们别看了。这么舍不得的话，就留下她，大家一起吃顿晚饭呗。"

"呸呸呸！"魏映的求生欲望非常强，"路嘉，那丫头的身材绝对没有你的好，脸也没你好看，你只是现在受伤了，展示不出来而已，等你好了，她能跟你比？她简直就是关公面前要大刀。"

路嘉对魏映的回答还算满意，目光落在程一恒的身上，等他交卷判分。程一恒感受到自己身上有两道灼热的目光，立刻警惕地退后几步："不对，你们不是在闹矛盾吗？怎么突然站在了统一战线上？"

"这个就是主要矛盾和次要矛盾以及矛盾的主要方面和次要方面的问题了，一时半会儿，我跟你说不清楚，你就赶紧表忠心吧。"魏映从善如流地劝道。

"嗯……"程一恒用手指摩挲着下巴，"是要我评价路嘉跟知花谁更美，身材更好，是吗？"

经过认真地分析和思考后，程一恒说出了自己的答案："老实说，路嘉跟知花完全不是一个类型的，但在彼此的类型里面，都能算得上佼佼者。我觉得，将两个不同类型的人拿来比较，不论是人，还是其他事物，都是非常不公平且考验人的。如果非要比较的话，先看脸。路嘉长得比较英气，知花比较精致，从男人的喜好来看，知花胜。其次……"

听到这里，给自己泡了杯养生茶的魏映差点把茶喷出来。他去看路嘉，路嘉的脸都快阴成包公脸了。

程一恒清了清嗓子，继续说："知花没有路嘉高，但喜欢穿高跟鞋，抛去外在因素不说，在身材方面，路嘉胜。"

路嘉的表情稍稍缓和了一点儿。

"总的来看……"程一恒终于说到重点了，魏映连茶杯都放下了，屏气凝神地等待答案。"我觉得知花更胜一筹。"

完了。

魏映觉得空气瞬间凝固了，连眼前的这杯茶都不敢去碰了。

"哦。"路嘉眼皮都没抬一下，用手推了一下自己轮椅的轮子，滑出去好几米远，眼看她就要给这个房间里的两个男人留下决绝的背影时，程一恒又补充了一句话。

在这不到一分钟的时间里，魏映背后冒了一层薄汗，真切地体会了一次什么叫峰回路转。

程一恒补充的话是："不管知花有多好看，都不是我中意的类型。"

这句话说出口后，魏映感觉路嘉决绝的背影瞬间就变得柔和起来。

柔情似水的那个柔。

女人真可怕，魏映浑身不由自主地颤抖了一下。

路嘉的轮椅停了下来，她没有继续问下去，知道程一恒先前说的话是为了逗她，说之后的话是为了哄她，只要他愿意逗她，愿意哄她，她就不再计较其他的。

人一旦变得斤斤计较，连觉都睡不好。

路嘉没有答话，导致程一恒对于自己的补充答案尴尬不已。

魏映咳了几声，打破这份尴尬："咱们路嘉美颜盛世，人见人爱，花见花开，车见车爆胎！"

路嘉翻了个白眼："你这话还是留着去夸闵璐吧。我饿了，去医院食堂吃饭了。"

"你可能忘了一件事。"程一恒叫住她。

"什么事？"

"医院的食堂只对员工开放，你如果现在要去吃，我得提前去打招呼。"

"哦？"路嘉抬了抬眼皮，"你的意思是，今天不打算让我去吃了？"

"当然不是。"程一恒已经有点儿害怕这个样子的路嘉了，急忙解释，"我是说，要不，我们三个一起去吃吧，反正时间不早了。"

"随便你。"

路嘉自己推着轮椅走了。

剩下两个男人在房间里大眼瞪小眼。

程一恒后怕地说："我这是逗她开心失败了吗？"

魏映皱着眉，认真揣摩了一下，发现得不出答案，便说："我不知道，但是，在我看来，你的回答是满分。"

"那为什么路嘉还是不开心？"

"也许你最初就不该说知花好看！"魏映灵光一闪，猛地一拍大腿，总结道。

程一恒后悔了。他只是想用个欲扬先抑的手法而已，没想到损失这么惨重。

"那现在该怎么办？"程一恒向"老玩家"魏映求助道。

"赶紧追去食堂啊！"

两人屁颠屁颠地赶去食堂，路嘉已经打了一份饭，安静地坐在一个角落里，小口小口地吃着。

其实，现在还没到饭点，食堂的人很少，加上在医院工作的特殊性质，很少有医生能够按时下班，所以食堂营业的时间比较长。

程一恒跟魏映赶紧一人打了一份饭，端着餐盘，挨着路嘉坐下来。

"路嘉，别生气了。"程一恒往路嘉餐盘里夹了一个鸡腿，哄她。

路嘉眼皮都没抬一下，也没多看这个鸡腿一眼。

程一恒深吸了一口气，按住路嘉的餐盘。路嘉终于肯抬起头看他。

"干吗？"她没好气地说。

"咱们别吃这个了，出去吃你喜欢吃的，当我向你赔罪，可以吗？"

"对对对。路嘉，其实也不是多大的事儿，程一恒就是想逗你玩玩，像知花那种大小姐，谁都伺候不起。"魏映在一旁帮腔道。

"你的意思是，我很好应付？"

此话一出，程一恒就瞪了魏映一眼，心道：你是来帮忙的，还是来踩地雷的？

就在两个男人都忐忑不安的时候，路嘉突然"扑哧"一声笑了。

她这声笑搞得两个男人彻底纳闷了，觉得不寒而栗。

"我开玩笑的！我能为这么一点儿事情生气吗？知花漂亮是事实啊，难道我生气就能否认这个事实吗？你们的表现也太搞笑了，典型的直男。"路嘉愤愤不平地说，把餐盘一推，"走吧，我们去吃好吃的。"

程一恒跟魏映对视一眼，真想抱在一起唱一句"女孩的心思你别猜"。

三人开开心心地出去吃了顿火锅，要了鸳鸯锅底，毕竟一行人里，有两个是半残疾人士。

席间，程一恒小心翼翼地问了一遍："你真的没生气吗？"

路嘉一边给自己煮丸子，一边回答："我为什么要生气？我何必去跟知花比？我又不是闲得没事情做。我就是我，是颜色不一样的烟火！"说着说着，路嘉就把筷子当成话筒，放声高歌起来。

程一恒一把将她的头按下来："低调！我们现在在外面吃饭，你被认出来那么多次了，还不长记性啊？而且，你旁边还有个危险人物！"

路嘉看了一眼魏映，魏映锁骨都断了，还要帅，戴着帽子出门。她伸过手，揭下他的帽子，戴在自己头上，然后压低声音说："我这样够低调了吧？"

程一恒看着被抢走帽子的魏映，他的头发乱糟糟的，像被原子弹炸了一样，一脸委屈，程一恒忍住了揉他的脸、安慰他的冲动。

"算……吧！"程一恒不确定地说。

"我就是我，是颜色不一样的烟火，天空海阔，要做最坚强的泡沫……"

路嘉戴上帽子，继续拿着筷子当话筒，在火锅店里放声高歌，不少人朝他们这边看过来，魏映已经沮丧得把头埋在了桌子底下，踢着桌子闹脾气。程一恒没办法，只能用身体挡住正在高歌的路嘉，还在百忙之中空出一只手，摸了摸魏映的一头乱糟糟的头发。

魏映把脸抬起来，但手还是捂着脸，眼睛透过指缝，看到了路嘉丢人的表现。他摸着桌沿，想偷偷溜走，被眼明手快的程一恒抓了回来。

"说好的做同甘共苦的兄弟呢？你怎么就跑了？你忍心看我一人在这儿遭罪？"程一恒遭没遭罪，魏映不知道，他只知道，再这么待下去，他就会被路人拍到有史以来最可怕的丑照，然后贴到网上，从而丧失一大批粉丝。

这丑陋的护颈，这丑陋的发型，哪一点符合他翩翩公子的形象？

"我必须走，我不走的话，早晚得因为路嘉交代在这儿。"

路嘉还在放声歌唱，魏映跟程一恒对视一眼，不知道她今天为什么格外兴奋，她是不是偷偷背着他们喝了酒再过来的？

程一恒坐过去一点儿，给路嘉碗里夹了些菜，敲敲碗，示意她："该坐下来吃东西啦！你不饿吗？"

话音刚落，奇迹发生了。路嘉竟然听话地放下筷子，然后坐了下来。魏映无比惊讶地盯着程一恒："兄弟，你怎么做到的？以前路嘉跟闵璐一起发疯的时候，可是十头牛都拉不回来。您刚刚的行为，堪比五头牛。"

程一恒并不满意魏映对他的这个夸奖："敢情我在你眼中就抵五头牛？"

"你知道什么？以前我们去藏区旅游，大家都养牦牛，一头就值一万块钱，你这就值五万了，不得了。"魏映跟程一恒打趣。

路嘉总算肯坐下来好好跟他们一起吃饭，还把帽子还给了魏映。

魏映伸出筷子，递到路嘉面前，当作话筒，对她进行采访："请问，路小姐，刚刚你是在抽什么风？"

路嘉哼着歌，吃了一粒撒尿牛丸，忽略了魏映的采访。

这顿火锅，三人后面还算吃得顺利，路嘉没有再闹，不过吃完之后，天色已晚，程一恒开车送两人回医院。

开车前，程一恒的手机响了，他跑出去接了个电话，回来之后脸色有点儿不对劲，但是他很快就调整到了平常的状态。

路上，他问路嘉："你是回家还是回医院？"

路嘉说："不是你说最近几天我得留院观察吗？"真是好话坏话都被程一恒一个人说尽了。

车内的气氛瞬间变得有些尴尬。

魏映干咳了两声，想要缓解尴尬，但没起任何作用，于是他出来打圆场："路嘉就想陪我睡一晚上，难道你都不准啊？"

"不敢不敢。"程一恒说。

"哼。"路嘉冷哼一声，听到程一恒连续说了两个"不敢不敢"，差点气炸。她掏出手机，在黑暗中飞快地按着，编辑了《我的医生好像喜欢我》帖子的新内容，讲了一下最近发生的事情，很快就有评论出现。

"哇，我以为Z小姐下线了呢，没想到这么快又上线了。我开始对她的美貌好奇了。满分是十分的话，她的美貌能打几分？"

"两个男生都对Z小姐的外表评价很高啊，那Z小姐是美女的可能性很大。"

"楼上的都干吗呢？就不能夸夸楼主啊，我觉得楼主肯定是一个八分美女，八分太过了的话，七分绝对是有的。"

看了几眼评论，路嘉发现大家的焦点都在两人的美貌程度上，丝毫没有人注意到程一恒的表现惹她生气了。

她该生气吗？

她有资格生气吗？

路嘉想了想，在黑暗的车内摇了摇头，无声地叹息。

"干吗呢？路嘉，怎么突然这么沮丧？"魏映冷不丁问。

路嘉被吓了一跳，自己明明没出声，怎么就被魏映捕捉到了情绪。她往后座上的魏映看了一眼，魏映便说："我看你的肩膀垮下去，整个人快沉下去了，就知道你在叹气啦。你还在为知花的事情不开心啊？"

路嘉摇摇头："跟知花没关系。我多大了，还比美呢，累不累？全世界这么多人，我要是挨个儿去比，到死都没个结果。"

路嘉说的话带着刺，让人听了有些不舒服。上了车之后，除了问她在哪里过夜那句话以外，程一恒没再说过话。

到了医院，夜色已浓，今晚程一恒不用值班，他把两人送到病房，说："那我先走了。"

魏映去拉程一恒："你还真走啊？"

"我有点儿累了。"程一恒说。

路嘉感觉得到，这是第一次，程一恒好像生她的气了。病房里的灯光很暗，她坐在轮椅上，轮椅陷在阴影里，他们互相看不清楚对方的表情，他要走，她没有挽留。

没想到，程一恒真的就这么走了。

程一恒一走，魏映就抻着脖子过来，推了推她的肩膀："你赶紧去追啊，现在还来得及。"

"我为什么要去追？"路嘉艰难地从轮椅上移动到病床上，魏映在旁边搭了把手，她道，"我又没有惹他生气。"

"但你们两个人看起来都在生气。"

"就让他生气去呗。"

"啧啧啧。"魏映咋舌，摇着头说，"现在的痴男怨女哟，我真是不懂你们小年轻的恋爱方式。"

"还说别人呢，你先把自己的烂摊子搞定吧！闵璐离开了这么久，联系你了吗？"

魏映摇摇头。

"那你不知道联系她吗？"路嘉恨铁不成钢地说。

魏映如梦初醒，立刻跑回病床旁，找到手机，开始认真地跟闵璐发起消息来。

过来查房的护士把病房里的灯关了，路嘉在黑暗中摸索了一会儿，听到旁边病床上的魏映发出如少女般的笑声，她便带着笑意睡着了。

睡到半夜，路嘉觉得口渴，起来喝水，看到手机屏幕亮了起来。

有新消息进来。

她点开一看，是程一恒发来的。

程一恒：睡了吗？

路嘉：起来喝水。

程一恒：我……

路嘉：怎么了？

过了很久，程一恒才回：没事儿，你休息吧，我明天来看你们。知花的事情，你不要放在心上，我真的只是开个玩笑。在我心中，路嘉就是路嘉，四海列国，千秋万载，只有一个路嘉。

这句话让路嘉觉得很耳熟，但她一时半会儿想不起在哪里听过。

直到很久以后，她闲来无事刷微博，刷到一条"阿朱就是阿朱，四海列国，千秋万载，就只一个阿朱"，突然泪如泉涌。

第二天，程一恒失约了，并没有去看望路嘉跟魏映。

路嘉以散步为借口转到程一恒的办公室门口，发现大门紧闭，问了护士，护士说，他今天请假了。他那么热爱工作、尽职尽责的人怎么可能无缘无故请假？

一开始，路嘉以为他生病了，就打电话去问候他，电话打了三个，通了，就是没人接。

再打，就是关机了。

意思就是，程一恒故意不理路嘉。

路嘉气得差点摔了手机，开始替他找借口，或许他有什么重要的事，或身处什么重要的场合，不方便接听电话。

一定是这样，路嘉安慰自己道。

在旁边吃着水果的魏映看着路嘉把手机握在手中，一上午没松过，忍不住说："你看吧，你就是死鸭子嘴硬，昨天晚上，我让你跟他一起回去，你不回，今天找不到人了，你急得跟什么似的。"

路嘉盯着魏映看了十秒钟，突然朝他扑过去，他吓得赶紧往后退："姑奶奶，有事儿你就说，你瘸着一条腿，就这么扑过来，万一出了什么事，我怎么跟闵璐交代？"

路嘉在魏映的病床上一通乱摸，摸到他的手机后，递给他："你给程一恒打个电话试试。"

魏映拿过自己的手机，有些无奈，说："大姐，你觉得你的电话他都不接，我的电话他会接吗？"

"万一他是因为生我的气才不接我的电话呢？"路嘉推测道。

"不可能。虽然我跟程一恒不算熟，但昨天下午到晚上发生的事，我可是全程在场且参与了，我敢打包票，你生他的气有可能，他生你的气……"魏映摇了摇头，"绝对不可能。"

"那你还是给他打个电话吧。"路嘉始终放心不下。

"好好好。"魏映连连点头，说话间就拨出了程一恒的电话。跟路嘉最后一通电话的关机不同，魏映打通了，但响了三声后，电话就被挂断了。

他再打过去，程一恒又关机了。

"程一恒肯定是出事了。"路嘉笃定地说，"我得出去找他。"她四处找着自己的拐杖，对于她这种需要独立出行的假残疾人来说，轮椅实在是太不方便了。

"你去哪里找？"魏映对于路嘉脑子一热就不知道自己在做什么的性格再了解不过，"你只知道出了医院，然后左拐右拐，心里有谱吗？"

路嘉停了下来。

她抱着头，有些崩溃。魏映走上前去，把她的头揽进怀里："你现在就在这里等消息，我去帮你打听一下，或许医院的人能知道点儿什么。不过，我需要告诉你的是，程一恒是成年人，生存本领比你强很多，与其担心他，你不如担心自己。既然他知道向医院请假，那事情就还在可控的范围内，如果他连假都来不及请就失踪了，那时候你再着急、再崩溃，也不迟。"

闵璐下了飞机，火急火燎地打车跑来医院，看到的就是以上的场景。她没有听清楚魏映安慰路嘉的那些话，只看到魏映把路嘉抱在怀里。

闵璐在病房门口僵住。

里面相拥的两个人，他们在彼此的青春记忆里都占据了一席之地，现在还穿着一模一样的病服，一个瘸着腿，一个戴着护颈，看起来，他们才是同一个世界的人。刚下飞机的闵璐还穿着空姐制服，化着浓浓的妆，跟这个病房的沉闷风格一点儿也不搭。

不过，这没什么，她本来对魏映就没抱那种期望，以前没有，现在没有，以后也不会有。

"你们演《情深深雨濛濛》演够了没？"闵璐干咳了两声，表明自己的存在。

路嘉跟魏映一同转过头，看到闵璐，跟见到鬼似的，赶紧松开对方，恨不得再推对方一把，以示清白。

"璐璐，你什么时候回来的？"魏映干笑了几声，摸着自己的后脑勺说。场面十分尴尬，空气里充满了尴尬。

"璐璐，你回来啦。"路嘉倒是显得很坦然，"你别误会，魏映刚刚只是在安慰我，我联系不上程一恒了。"

没想到，在这种时候，路嘉的临场反应能力比魏映的强多了，她没有强行解释，也没有委屈求饶，而是将理由堂堂正正地摆出来，至于信不信，就看闵璐自己了。

路嘉之所以能这么淡定，是因为她相信，闵璐相信她。

　　她们之间，有一种毋庸置疑的信任。

　　果不其然，闵璐只是笑了一下，走过来拥抱路嘉："你跟我解释什么？你们那档子事儿我还不清楚吗？我能误会？即使你们真的在一起，我也觉得没什么，一定祝福你们。"

　　闵璐嘴上说着没什么，其实心里已经开始介意起来，从她的最后一句话就可以听出来，空气里有点儿醋意在飘荡。

　　不过，当下路嘉没那么多时间去研究闵璐的心思，目前最重要的事是找到程一恒。她又提醒了一遍魏映，顺便把这件事告诉了闵璐，闵璐催促着魏映赶紧去打听。

　　魏映戴着并不帅气的护颈歪歪扭扭地离开了病房，留下闵璐跟路嘉在病房里。

　　听了路嘉前前后后的描述，闵璐得出结论："我跟魏映的观点一样，按程一恒的性子来说，他绝对不会随随便便失联，他失联的原因更加不可能是生你的气。"

　　"那他怎么了？"路嘉问完才觉得自己问的问题毫无意义，她每天跟程一恒待在一起，她都不知道发生了什么，问跟程一恒见面不超过五次的闵璐，简直就是病急乱投医。

　　"他一定是遇到了什么紧要的事情，你先放轻松，等魏映打听完回来再说。"

　　约莫过了二十分钟，魏映回来了。

　　他进门后，首先摇了摇头："我没打听到什么有用的消息，医院的人只说程一恒大概在今天早上六点钟时打电话到医院，请了假，请多久没说。"

　　"那我回他家去看看。"路嘉最终还是沉不住气。

　　"我们陪你一起去吧。"闵璐说。

　　路嘉同意了，一来，她行动实在不便；二来，万一程一恒在家里出了什么事，也好有个人搭把手。

　　三人打车去了程一恒的家。

　　到程一恒家的时候，已经是下午了。闵璐来过这里，对这个高档小区已经见怪不怪，倒是号称见过大世面的明星赛车手魏映一直在大惊小怪："这个程一恒到底是做什么的，居然住在这个小区？上次我打算咬牙买这里的房子来着，工作人员告诉我，这里没现房了。"

"你管人家做什么的，只要有钱买得起就行了。"闵璐对魏映又开启了嘲讽模式。

"万一程一恒的房子是租的呢？我记得，他好像只是一个实习医生吧，怎么可能有钱买得起这里的房子？就算他父母有钱……"

"的确是买的。"路嘉打断他，"你不用质疑了，我早就质疑过了。这房子就是他父母给他买的。"

"原来他是富二代。路嘉，你捡着宝了。这里的一套房，好些人奋斗三辈子都买不起啊……"

路嘉一心惦记着程一恒，无心跟魏映打趣。刷卡上了电梯，她就开始紧张起来。闵璐拍拍她的肩膀，安慰她："你别紧张，没事的。"

电梯门开了，路嘉开门进去。

房子里看起来并没有人，没有开灯，光线有点儿暗。

路嘉看了一眼玄关，没有程一恒的鞋子，她在客厅转了一圈儿，没有看到其他人。

卧室，没人。

浴室，没人。

厨房，没人。

书房，没人。

杂物间，没人。

路嘉开始感到绝望。她拉着闵璐的手腕，说："他到底去哪儿了？"

"你别着急，我们再找找。"

"去哪儿找？"路嘉眼含泪光，她开始后悔昨天晚上在车里挤对程一恒的行为，后悔自己赌气没有跟着程一恒回家。

她比谁都清楚，程一恒绝对不是一言不发就玩消失的人，他深知自己肩膀上担负的责任，有那么多病人在等着他。

她也在等着他。

所以，她推断，一定是发生了什么让他难以接受或者无法处理的事情，他才会选择消失。

"你就在家里等着，说不定他什么时候就回来了。我跟魏映出去找，去问他的同事，问他的领导。还有，你想想，他平时最爱去哪里，你知道他的父母住哪里吗？"

闵璐这么一问，路嘉才发现自己以前是多么自以为是，自以为跟程一恒一起住了这么久，就已经足够了解他。可闵璐随随便便问的两个问题，她一个都回答不出来。

她不知道他平时爱去哪里，她也不知道他的父母住在哪里，她甚至不知道他的父母是做什么的。一直以来，她只关注自己的生活，没有真正地去了解过他。

"好了。"见路嘉抱着头，一副十分痛苦的表情，闵璐不想再逼问她了，"你就乖乖在家待着，等我跟魏映的消息。"

"走啊！"说完，闵璐吼了一声正在发呆的魏映。

魏映赶紧跟在闵璐的屁股后面，离开了程一恒家。

路嘉在客厅的沙发上坐着，直到天彻底黑下来，其间，闵璐给她打了一个电话，说仍旧没有程一恒的消息。

"嗯。"路嘉情绪很稳定，闵璐在电话那头很担心她，说要再过来看看，被她拒绝了，"我就在这里等他回来。"

她似乎忘了自己还处在住院观察期的事。

在沙发上坐了很久，路嘉突然想起那个被程一恒藏在角落里的相框。她走到健身房里，找到了那个相框，然后拿到客厅。

她端详了这张合照许久。

她把合照拍了下来，用手机以图识图，经过辨认，出现了一个让她差点拿不稳手机的名字。

"该图片匹配为赛车手华庭。"

路嘉躺在沙发上，把这个相框举得老高，对着相框端详了很久。照片里的程一恒笑容灿烂，手臂揽着华庭的肩膀，华庭的头偏向程一恒的肩膀，两人看上去很亲密，像是一对情侣。

路嘉在网上以"华庭男朋友"为关键词搜索了一番，没有得到太多的信息，只是在一个没什么人回帖的帖子里，有人爆料："华庭在我们学校交了个男朋友，比她小，大家有什么要问的吗？"

帖子发于两年前，并没有人回复。

路嘉想问点什么，但还是关掉了网页。

最终，她把这个相框放回了原位，在沙发上坐到了天黑。她摸到手机，给久未联系的冷警官打了个电话："喂，冷警官，是我，路嘉。"

听到路嘉的声音，冷警官明显有些后怕："路小姐，如果有进度了，我一定第一时间告诉你。"

"我想问你一件事情，华庭有男朋友吗？"

"这……"这个问题好像把冷警官问蒙了，"好像是有的，但是已经分手了。"冷警官说完才意识到自己说漏了嘴，"你问这个干什么？"

"没什么，冷警官，记得保持联系，有消息就联系我。不然我又去'党员示范岗'举报你。"路嘉开玩笑般"威胁"道。

"你……"冷警官非常无奈，只好答应路嘉。

挂了电话，路嘉心里有了一个大概的答案。等天黑透了，她摸到拐杖，站了起来，挪到厨房里，打算下一点儿面给自己吃。

路嘉打开天然气灶，把锅架上，往锅里加好水。她只在冰箱里找到了方便面，于是决定给自己加个鸡蛋。

把鸡蛋打好搅拌时，她看了看厨房窗户上在灯光映照下自己的身影，然后低头继续搅拌，再抬起头时，吓了一大跳。

程一恒就站在她的身后。

一天不见，他好像消瘦了许多，看上去十分疲倦，胡茬都冒出来了，整个人看上去疲倦又丧气。

"你去哪儿了？"她满腹委屈，似乎把先前所有的狐疑与愤怒抛诸脑后。

路嘉放下碗，连拐杖都没拿就一瘸一拐地上前抱住了程一恒。

她抱住程一恒的这一刻，所有的心酸、害怕以及不甘像喷薄而出的滚烫的火山岩浆一样，流淌在她的心间。

"你去哪里了？我都吓死了！"路嘉带着鼻音委屈地说。

"我……"程一恒张了张口，发现自己的声音哑了。

路嘉轻轻推开他，看着他布满血丝的眼睛，忍住了问他相框的事情：

"你怎么了，没休息好吗？还是感冒了？"

程一恒按着自己的手，深吸了一口气，胸膛起伏不定。

"我……我回了一趟家。"

"父母家吗？"

程一恒点点头。

路嘉看出他的精神状态不好，需要倾诉。她拉着他的手来到客厅，让他坐下："你先在这儿等我一会儿，喝一口水，好吗？"

程一恒像个幼儿园小朋友一样点点头。

路嘉加了一包方便面在锅里，又多打了一个蛋。

面很快就煮好了。

她用一个碗装着面，然后把碗端到客厅来，放在茶几上。程一恒家里的家具都很精致昂贵，按理说，这种方便面是上不得台面的，可她把碗端出来时，她明显看到程一恒咽了一下口水。

他应该一整天都没怎么吃东西吧。

"你先吃，吃完了咱们再说。"

事实上，分食一碗面的确会促进食欲，路嘉感觉自己还没吃上几口，程一恒就眼巴巴地盯着她。

她不好意思再吃了。

"你没吃饱吗？我再去给你煮一点儿。"

"不用了。"程一恒喊住她，竟然端起碗来，把面汤都喝了个干净，然后满足地打了个嗝，摸着肚子躺在沙发上，表情惬意，比十分钟前她看到他的状态好多了。

"说吧，发生了什么事。"路嘉坐在他的旁边，准备好耐心听讲。

程一恒坐起来，盘腿与路嘉对坐，开口时声音很低，似乎在讲述一个遥远的故事："我没告诉过你关于我家是做什么的，对吧？"

路嘉点点头。

程一恒娓娓道来："我说这个没有其他什么意思，之前没告诉你，不是故意隐瞒，我只是觉得没有必要。"程一恒介绍自己家里是做房地产的，有点儿资产。

路嘉回忆起在商场买口红碰到知花那次，说："等等，如果我没记错的话，那个商场是你家旗下的吧？所以你发了一条微信就搞定了，让他们把口红卖给你而不是拥有黑卡的知花？"

"差不多吧。"

路嘉咋舌。从日常生活中，她能看出程一恒家境应该不错，但没想到，他的家境根本不是"不错"这两个字能够形容的。

他应该是——超级有钱的大少爷。

"不不不，我不是什么大少爷。"程一恒说，"我要说的就是这个。我爸妈是白手起家的，我爸其实家里条件不错，父母都是大学教授，教经济的。我妈没上过大学，当时在去日本的游轮上当服务员，我爸当时在美国读研究生，假期去日本旅游，就这样认识了我妈。"

故事还挺浪漫的，路嘉想。

"后来他们一起创业，成功了。大家都说，我爸的成功跟我爷爷奶奶的支持密不可分，可是我知道，我爷爷奶奶当初因为反对我爸妈的婚事，一度跟我爸妈断交，根本没有提供过什么帮助，所以我才说我父母是白手起家的。我爸常说，不蒸馒头争口气，他经历了很多辛酸的往事，终于大获成功，然后有了我。"

"我是独生子。我爸对我的要求很高，我妈对我则采取放养的态度。也许由于他们两人的原生家庭不同，造成在如何教育我的观点上形成差异，我从小就很迷茫，不知道该听谁的。所以，我谁的话都没听，按照自己的喜好选择了学医。大学毕业后，我没有进我爸的公司跟着学习，而是选择当实习医生。"

"我爸对此很失望，我妈则说，这是我的人生，我有权自主选择。昨天晚上，在回来的路上，我爸打电话让我回家一趟，因为我堂哥回来了。"

程一恒的堂哥是典型的富二代，高中时便去了美国，读完了工商管理硕士就回国帮忙打理家族企业。

昨天晚上，其实有一个小型聚会，主题就是夸奖程一恒的堂哥。

程一恒被叫过去，自然就是被批判的对象。

"你再这样任性下去，爸爸妈妈辛辛苦苦几十年打下来的基业，难道要落到你堂哥手里？"在洗手间，程一恒的爸爸严厉地训斥了他。

讲到这里，程一恒就不肯再讲下去了。

"就这么多了。"

"所以，你今天请假就是为了这件事情？"

程一恒按住自己的手腕，抬起头来看着路嘉，然后点了点头。

"不对。"路嘉调整了一下自己的坐姿，感觉腿有点儿不舒服，程一恒很自然地坐过来帮她按摩腿，她继续说，"这样的结果，你应该在上大学选专业时就已经预料到了吧。以你的心理承受能力，我觉得肯定不止这么点儿事情，你爸还说了其他的吗？或者，他威胁你，让你必须继承家族企业，不然就断了你的经济来源，然后把给你买的房子收回去？电视剧里都是这么演的。"

"你看多了电视剧。"程一恒说，"再补充一点吧，在我爸那边的所有亲戚中，在我这一辈里，我是混得最差的。所以，每次家族聚会，对我来说，基本上是一种凌迟。"

路嘉点点头，表示理解。

这个理由好像说得过去。

"但是呢，在我妈妈那边的亲戚中，我在同辈中是最优秀的。每次过去，他们就像在给我开表彰大会似的。我就像生活在一个分裂的幻境当中，已经分不清哪边才是真实的我了。"

路嘉更理解程一恒了。

因为自从开始参加摩托车赛车比赛，她就积累了真爱粉和黑粉，在真爱粉里，她所有的黑脸都是真性情、可爱；在黑粉眼里，她就算走路，穿衣服，他们都能翻着花样骂出三百六十种说法来。

她一度觉得自己要分裂了，后来索性什么评论都不看了，好的坏的，通通屏蔽在外，做自己，过好自己的生活就好了。

路嘉举了自己的例子来安慰程一恒："你这真算不上什么大事，如果你已经坚定不移地要成为一名骨科医生，就不要被其他杂念打扰了。如果你不确定，还是想接手公司的话，就早些下决定吧。我觉得，不管是什么决定，都不存在绝对的对或者错。只要是你做的决定，我都支持。"

说完这番话，路嘉都感觉不是自己了。

什么时候她变得这么善解人意、温柔体贴了？

真是可怕。

程一恒垂着头，还在帮她捏腿："你的腿好一点儿了吗？"

"嗯。"

"你明天还是回医院吧，我也回。你的腿刚二次受伤，经不起折腾。"

"应该快好了。"路嘉说，"我还是想早点儿回去做复健。"

"嗯？"程一恒抬起头来看着她。

她忍不住伸出手，捧着程一恒的脸："我想快点儿好起来，重新踏上赛场。我真的很久没有摸过摩托车了，我想念那种感觉。"

"想念那种感觉，你摸我的脸干什么？"程一恒开玩笑道。

路嘉翻了个白眼："你脸上有只蚊子，我帮你拍死。"

"啪！"

一道清脆的声音响起，路嘉起身，拄着拐杖到厨房去，刚刚的一大碗泡面她就吃了两口，其余的被程一恒吃了，现在她饿得肚子直叫。

"啊，路嘉打人啦！"程一恒在客厅滚着身子大声道。

路嘉笑了笑，没有理他。过了一会儿，客厅里没声了。

路嘉感觉自己的肩膀被人环住了。

她从厨房的窗户上看到了程一恒的影子，内心忍不住咆哮：喂喂喂，别人都是环腰，你环什么肩膀啊？你知不知道什么叫浪漫啊？！

程一恒当然听不到她内心的咆哮，原本他是要越过她的肩膀，取高层橱柜里的意大利面。

"喏，要吃就吃这个，你煮的泡面，味道实在一般。"

"一般的话，你还吃完了两包，还加两个蛋？！"路嘉都要拿起拐杖打他了。

"那是因为我饿了。"

他真是不要脸！

路嘉转过身，打算离开厨房："你能，你能，那我先走一步。"刚走出去一步，她感觉有一双温热的大手揽住了她的腰。

程一恒轻轻一拉，她就靠进他的怀里。

是她刚刚想过的、从背后环抱的姿势。可惜，这次她没有面对厨房的窗户，看不清楚程一恒是什么表情，她只能感觉程一恒的下巴放在她的头顶上，磕了好几下。

"你以为打蛋呢！"路嘉有点儿害羞，心跳得很快，如果此刻有头小鹿在她心里的话，早就撞死了。

"路嘉。"程一恒终于肯老老实实地把头放在路嘉的头顶上，"以前你问我两次喜不喜欢你，我都不敢正面回答。"

路嘉觉得自己的心脏已经跳到了耳边，她在隐隐期待着什么，又在隐隐害怕着什么。

"如果我说，我想照顾你，你可以给我这个机会吗？"

在别人看来，这句话可能就是告白了，可是路嘉不这么认为，因为程一恒还是没有正面回答她的问题。

她缓缓地转过身，直直地看着程一恒的眼睛："你想照顾我，是因为喜欢我，还是有其他原因？"

程一恒的眼神开始闪烁，飘忽不定。

他的手在不知不觉中松开了路嘉的腰。

"看吧。"路嘉倒是冷静得很快，想起了那个相框，"你在自欺欺人，我也在自欺欺人。不过，我希望我们以后都不要再自欺欺人了。"她心道：程一恒，你能不能告诉我，你接近我的真实意图到底是什么？

水烧开了，"咕嘟咕嘟"，响得很热闹。

"该下面了。"程一恒把意面扔进锅里煮起来，然后忙着准备配料，"你先去客厅，我马上煮好面，端出来就可以吃了。"

"我不去客厅，我今天就要知道答案。我们明明只是萍水相逢，你为什么要冒险为我做手术，在我没钱没地方住的情况下收留我，让我蹭吃蹭喝？人是社会性动物，做事情不可能不求回报或者没有理由。你，到底是为了什么？我现在已经如同一个废人，又没钱，你到底图我什么？"

最后一个"么"字的音，路嘉没有发全，被哭音吞了回去。她挂着拐杖，慢慢地蹲在了地上，头埋进膝盖里，肩膀抖动着。即使到了这个时候，她还是没有问出相框里照片的事。

路嘉很少哭，只有在她真正觉得绝望和难过的时候，才会哭泣。

"路嘉。"程一恒伸出手去触摸路嘉的肩膀，被她甩开了。

"以前我以为你是图我的钱，因为我东山再起后，肯定能挣很多钱。但今天我知道了你家这么有钱，你肯定不是图我的钱。以前我以为你只是为了在我身上做实验，可是都这么久了，你的手术早就被验证非常成功，所以也不是出于工作的原因。那……你到底是为什么？难道为了骗我玩？你有这么闲吗？我实在想不通……想不通……"路嘉嘴里一直念叨着，越说越难过。

"路嘉，你不能久蹲，久蹲对伤腿压力很大，会造成伤害的。"

"说到底……"路嘉猛地站起来，"比起我的心，你更怕伤害的，是我的腿吧？你可真是敬业的医生。面我不吃了，你记得跟魏映报个平安，他跟闵璐今天一天都在找你。"

说完，路嘉拄着拐杖回了自己的卧室。

直到第二天早上，程一恒来敲她房间的门，叫她一起去医院，她都没出来过："你先去吧，我自己打车去。"

程一恒没有勉强她："那你注意安全。"

路嘉又给帖子增添了内容，想看看"八卦来了"小组的小仙女对程一恒的反应是什么看法。

"天哪，我真是搞不懂C了。他都说想照顾楼主了，意思就是想跟楼主在一起吧，但又不肯说喜欢楼主。我脑子混乱了，难道C只是单纯地爱上了照顾楼主的感觉？天哪，我想想都觉得虐……楼主，这个我们不好给你意见，你自己看着办吧，但一定要跟着你自己的心走。"

"看什么看啊，你们不觉得C很渣吗？他以照顾楼主的名义，享受男朋友的权利，又可以不履行男朋友的义务，到最后，楼主问他要说法时，他还可以装一把无辜：'什么？从头到尾我们都没在一起过啊？'啧啧啧，楼主遇上高段位的渣男了啊……"

"楼上真是眼里是渣，看什么都是渣，哪个渣男会耗费这么多时间、金钱和精力来对楼主啊？如果可以，我希望国家分配给我这样一个渣男。在我看来，C肯定喜欢楼主，这一点是毋庸置疑的，但他有什么难言之隐，让他不能跟楼主表达他的心意。他非常渴望跟楼主发展进一步的关系，所以思前想后，说出了想照顾楼主这句话。楼上说，到最后他可能都不会承认两人在一起过，我想说，去你的好吗？这种还不算表白，还不算承诺？结婚的时候，很多人的誓言不过就是这样了吧。楼主清醒点儿，对自己自信点儿，他是一个难得的好男人，楼主把握住，别错过了。"

评论观点不一，路嘉不知道信哪个好，只能先跟随内心走。而她内心的想法就是：最近她一点儿都不想理程一恒。

路嘉本来打算自己打车去医院的，可在下楼时，居然又看到了之前程一恒安排接送她去做复健的那个司机。

司机看到她，礼貌地跟她打招呼："路小姐，现在是要去医院吗？程先生安排我送您过去。"

好吧，路嘉承认自己的气马上就消了，对程一恒没什么怨气了。

坐上车，她才觉得自己真没用，被这么点儿小恩小惠就哄好了。

快到医院时，司机给程一恒打了个电话，程一恒亲自到门口迎接路嘉。至此，路嘉的气算是消完了。

算了，他不肯说喜欢她就算了吧。

也许，他这个人比较含蓄内敛，喜欢把感情憋在心里呢？或者，他对她根本不存在喜欢……她想起了照片上的华庭。

她跟程一恒一起回病房，闵璐跟魏映正坐在里面聊天。看到程一恒进来，魏映恨不得跳下床给他一拳，最后还是忍住了，狠狠地抱着他，拍了拍他的后背："你昨天去哪里了，失踪好玩吗？这么多人担心你。"

程一恒一脸歉意："真对不起大家，昨天是我考虑不周，今天我请大家吃饭。你们想吃什么？随便点。"

闵璐拍了拍程一恒的肩膀："得了，人没事就行。不过，该吃你的还是要吃的，我知道最近开了一家不错的越南菜餐厅，我现在预订了啊！"

"吃货。"路嘉一针见血。

"你嘲讽我呢？信不信我把你昨天的表现告诉程一恒？"闵璐贱贱地威胁道。

"你俩什么时候在一起的啊？"魏映冷不丁地问了一句，空气仿佛顿时凝固了。

程一恒主动打破了尴尬："昨天晚上我表白了，可是她没答应。"

路嘉心道：嚄，他还懂甩锅了。

"路——嘉！"闵璐的声音大得吓人，"你怎么回事呢？"闵璐走过来，用手肘撞了一下路嘉，附在她的耳旁，轻声说，"这么好的机会，你怎么不把握？这种时候了，你就不要装矜持了。"

　　路嘉恨不得当场给程一恒一拐杖："他那哪儿是告白啊。你们别听他乱说，没那回事，我只是在他那儿蹭吃蹭喝一段时间而已，等我的腿好了，我立刻搬走。"

　　路嘉的语气很认真，表情很严肃，看起来不像在开玩笑。既然她都这么说了，其他人就不好再说什么。

　　程一恒没再提这茬。

　　只是，私下里，闵璐问过路嘉几次："到底是你没那意思，还是程一恒没那意思？"路嘉摆摆手："应该是我跟他都没有勇气跨出那一步吧。"

　　路嘉在医院观察几天后，确定腿没事了，主动提出要早点回康复中心进行复健。这次复健，路嘉表现出前所未有的热情跟耐心。她特别能吃苦，每次做复健的时长都超过了医生要求的时间，她还觉得不够，要继续练。一旁跟踪的护士都有些看不下去了，劝她："路小姐，你进步已经很快了，不用这么拼，免得身体吃不消。这种事情要一步一步来。"

　　"我的身体状况我心里有数，没关系的。"

　　路嘉毕竟是赛车手出身，艰苦卓绝的训练都是家常便饭，她的耐受力比一般人要强，所以进步比一般人快多了。

　　做复健不到一周，她已经能勉强走几分钟路了。

　　其实，如果没有经历过复健的人，绝对无法体会重新踏出第一步是多么艰难。对于一个身体健康的正常人来说，走路就跟呼吸一样简单，可对于路嘉这样的伤患来说，相当于要重新学习一遍走路，但这跟幼儿的蹒跚学步不同，这不是一种新鲜的、好奇的体验，这是一种拾回失去的东西的经历。原本走路对她而言轻而易举，现在她却要付出一百倍甚至一千倍的努力才能达到以前的状态。

　　她心中的不甘与憋屈不是一般人能体会的。

　　一周左右，护士小姐姐打电话到程一恒家里，说："路小姐，你今天就别来康复中心啦，休息一天吧。"

本来路嘉是不想休息的，可是人家已经不肯接待她了，怕她练得太猛会出事。

于是，路嘉只好被迫休息一天。

其实，她在做复健的时候，找到了一点儿以前练习赛车的感觉，车祸后的很长一段时间，这种感觉离她很远。她重新找回这种感觉时，就产生了迷恋，一时半会儿不肯离开，还留恋其中，不管身体是否吃得消。

程一恒也劝她："欲速则不达，这个道理你应该比我清楚。路嘉，不要太拼了。如果你不想跟我住在一起，我可以帮你找个房子。"

路嘉知道，程一恒误会了，以为她这么努力是想早点儿恢复，然后离开他。她不想去解释了，就这样吧，挺好的。

她等不到程一恒说喜欢她，那么就应该潇洒利落地准备离开。

路嘉难得休息一天，碰巧程一恒调休，他问她："你准备去哪儿玩？"

路嘉躺在沙发上看电视、吃零食："玩什么？"

"出去看看风景，逛逛公园啊。你一整天这样待在家里吃零食，可能会胖成猪。"程一恒说。

"胖成猪我也乐意，反正赛车没有要求体重。"

"但是，你太重的话，对你的爱车来说，会是一种负担吧？"

路嘉扔掉手里的薯片，坐起来，说："我才吃了半包薯片！我这都多久没吃零食了，一吃你就说我，你怎么不反省一下自己？"

"我从不吃零食。"程一恒耸耸肩。

路嘉气呼呼地盯着那包被她扔掉的薯片，虽然心痛，但还是没有捡起来。以前她在俱乐部时，她的饮食都有专人负责，有人监督她，告诉她什么时候该吃什么，不该吃什么，零食这种东西，她以前几乎没有碰过。

车祸之后，她的确有点儿放纵自己了，几乎把以前没吃够的零食都吃了一遍。她低头拍了拍自己的小肚子，以前这里可是有腹肌的。

她感到一阵后悔和愧疚，于是将一根手指伸到自己喉咙里，准备把刚刚吃掉的零食都吐出来。

"你干吗？"在路嘉干呕时，程一恒拉开了她的手，"你疯了？"

路嘉抬起头，因为难受，眼睛通红："你不是说我胖？"

　　"但你现在吐了也不会瘦啊！你是不是傻？路嘉，你这样子，我怎么放心你一个人生活？"

　　路嘉听到这句话，心里突然一软，但是她很快就想起程一恒不肯说喜欢她时的为难模样。她瞬间清醒了，嘲讽般地一笑："我以前一直都是这么傻过来的，也活到二十多岁了呀。程一恒，你是不是以为我没了你，就活不下去了？"

　　程一恒没有说话，一言不发地看着她，表情有点儿悲伤。

　　突然，他按住自己的手，全身开始止不住地发抖。

第十章
CHAPTER 10

"你怎么了？"路嘉见势不对，立刻起身去查看程一恒。程一恒就像突然中了邪似的，整个人不停地发抖，他左手按住右手，路嘉怎么掰都掰不开。

"你的手怎么了，受伤了吗？我帮你看看。"路嘉着急地说。程一恒一直发抖，用力地按住自己的手，一言不发。路嘉急得不知如何是好，只好把他抱在怀里。

过了一会儿，程一恒终于不抖了。

"不用了。"他淡淡地留下这么一句话，便进了屋。

他的表现太反常了。

路嘉去敲了他房间的门，敲了几次，他没有来开门。紧接着，房间里传出他的声音："我没事，你忙自己的吧。"

路嘉十分担心，便打电话给魏映。魏映的锁骨好得差不多了，他已经出院了。路嘉打电话过去，是他的经纪人接的，说他正在比赛，等他有空就回她电话。

路嘉又打电话给闵璐，对方关机。

闵璐应该是在飞机上了。

路嘉没办法，只好向帖子里的网友们求助，网友们纷纷献策：

"C该不会是得了癫痫吧？这个病可是祖传的。"

"看楼主的描述，有点儿像癫痫啊，用我们四川话说，就是打摆子。有时间的话，你让C去医院看看吧，不对，他本来就是医生，应该对自己的身体状况很清楚。楼主，要不然你直接问C吧，我们网友不能空口鉴病啊。"

"我觉得有可能是感冒了之类的，哪有楼上说的那么严重啊？癫痫会定期发作的，楼主跟C一起生活了这么久，都没见过这种情况，说明不是癫痫啊。而且，一个患有癫痫的病人怎么可能去当医生，还是骨科的，万一给病人做着手术就发作了，那不是出大事了……"

路嘉仔细地参考了网友们的意见，发现大家都说得有道理。

思忖半晌之后，路嘉又去敲了一次程一恒的门："程一恒，你到底怎么了？你有病就去治，我会陪在你身边的！"

这么吼完之后，路嘉觉得不太对劲，于是补充了一句："我没别的意思，我是说，你陪我走过最艰难的时光，如果你碰到困难了，我是绝对不会扔下你不管的。"

门开了。

程一恒站在门后，换了一身西装，做好了发型，身上传来淡淡的香水味，腿又长又直，身材比例非常好。

路嘉穿了一条像是十年前的睡裙，像一个从隔壁出来洗衣服的大妈。

"你……你……"路嘉看着程一恒，惊艳得说不出话来。

"我怎么了？"程一恒抛了一个媚眼过来。

"你从哪里学的这些妖里妖气的东西？"路嘉别过头去，脸微红着说。

"你还真是心口不一啊。"程一恒评价道。

"我怎么就心口不一了？"

"前几天，我看你看那个什么综艺节目的时候，那些小哥哥眨眼时，尖叫着说'就是他了，我男神就是他了'的那个人肯定不是你吧？"

路嘉觉得自己又被程一恒套路了，但她不准备跟他计较："你穿得这么好看，是要去相亲吗？"

"对。"

路嘉觉得胸口遭到了重击，差点儿站不稳。她完全不敢相信，那个在半个小时前浑身发抖的人会是眼前这个意气风发的程一恒。

"跟谁？知花吗？"

"对。"

路嘉心想：看程一恒这副嘚瑟样，我就知道。

她让出位置，显得毫不在意，说："你去吧。"

程一恒挑眉："你不去？"

"你相亲，我为什么要去？"路嘉走过去，捡起地上的那包薯片，"我还是继续宅在家里好了。你跟知花挺配的，从外表到家世。"

"那我跟你呢？"程一恒问。

"你比我小，我一直把你当弟弟看待。"路嘉开始死鸭子嘴硬。

"那你为什么要问我喜不喜欢你？"

"我还问吴亦凡喜不喜欢我呢，我给他发了一百八十一条私信，他都没回我，你不也没回我？对于帅哥，大家都喜欢。"

死鸭子嘴硬的路嘉怎么觉得有点儿心痛？

"原来是这样。"程一恒点点头，"那我出去相亲了。"他都走到门口换鞋了，又停下来，说，"对了，知花约我在上次我们买口红的那家商场里的什么网红咖啡馆见面，我不知道她是什么用意。你是女孩子，能帮我分析一下吗？"

这简直是司马昭之心——路人皆知。他这么明显地告诉路嘉要去哪里约会，是生怕她不去找他吗？

"我不知道。也许她想和你重温一下当时你那张卡的魅力，也许她是想让你也给她买下一个系列的口红。"

"我只给你买过整个系列的口红。"

"你说这句话的对象个数应该超过了两位数。"

程一恒摇头："我记错了，你是第二个。"

"另一个是谁？"

他们跟讲相声似的，一人一句，逗哏捧哏。

"不用说了，我知道，你前女友。"路嘉陷入了沉思，脑海中又情不自禁地浮现出那张被藏在角落的合照。她想着，在程一恒心中，华庭究竟占据着怎样的位置？

　　程一恒撇撇嘴，穿好鞋："那我走了。"

　　他出了门，站在门口等电梯时，按住了自己的右手，额头上渗出了一层细汗。电梯响起"叮咚"的提示声，然后电梯门开了。

　　程一恒走进去，靠在电梯里大口地喘着气。

　　他想起以前他跟华庭几乎不斗嘴，唯一一次斗嘴，是因为一个小学妹找他修电脑，耽误了他跟华庭的约会。

　　华庭当时质问他的语气跟今天路嘉的语气一模一样。

　　客气、疏离，但又显得委屈，带着赌气的意味。

　　路嘉跟华庭的性格全然不同，但从某种程度上来说，她们又非常接近。她们从来都不会歇斯底里，就连发脾气也顶多只是提高音量，最多大声吆喝一两句，然后冷静下来。

　　华庭在外界的称号是"妖精女王"，因为她漂亮，气质好，令人神魂颠倒，大家都觉得她是那种妖娆性感、让人着迷的女人。其实不是的，她幼稚单纯，像个小女生，骨子里一点儿也不魅。

　　而路嘉，在外人看来，她拒人于千里之外，外界对她的评价不怎么好，但她实际上就是一个没什么心眼的傻妞。

　　人是个多面体，绝对不是一张照片、一段对话就可以定性的。现在，太多所谓的粉丝因为一张照片就喜欢上一个人，也有太多黑粉因为一句话就开足马力抹黑他人。

　　程一恒用尽全力按住右手，总算稳定了下来。他理好衬衫下摆，调整了一下领带的位置，接了一个电话："喂，知花吗？我大概半个小时后到。"而后，他走出了电梯门。

　　路嘉手里拿着一包薯片，犹豫了好一会儿，最终还是把薯片扔进了垃圾桶。她麻溜地爬起来，腿脚利索了就是方便。她回到房间里，快速地化了个妆，换了一件黑色夹克衫，穿了一条修身牛仔裤，套上一双马丁靴，她以往经常这样装扮。

　　虽然她不知道这样去"打擂台"会不会有胜算，但是她还是准备去掺和一脚，毕竟程一恒离开之前已经暗示得那么明显了，不是吗？

经过一段时间的复健，路嘉已经能够正常行走，只是坚持的时间不能太久，于是她准备出门就叫车，没想到程一恒帮她预约的司机大哥就在楼下。

"大哥？"

今天她不复健啊。

"程先生说，您今天可能会用车，让我在楼下等您。"

路嘉几乎要为程一恒鼓掌了。他凡事都想得这么周到，还有他想不到的事情吗？既然他都知道她要去捣乱，还安排车？那他为什么还要去跟知花相亲？难道他就喜欢看这种二女抢一男的戏码？

虽然路嘉很想赌气地说不去了，但她觉得，程一恒应该不是这样的人。说不定，他这么安排，是想她去解救他呢？

毕竟，知花那个嚣张跋扈的女人实在不适合他。

路嘉为自己找了一百个去破坏程一恒相亲的理由，而且还真的准点到达了，只比程一恒晚了十多分钟。

虽然程一恒没有具体说他跟知花在哪家咖啡馆见面，但他说了是一家网红店，路嘉跟商场的保安随便打听一下就知道了。

下了车，路嘉直接从地下停车场坐电梯到三楼网红咖啡馆，司机问她需不需要帮助，她拒绝了，让他先回去。

这是打算破釜沉舟了啊。

刚走到网红咖啡馆门口，路嘉就看到了临窗座位上坐着的程一恒跟知花两个人，两人有说有笑的，看起来气氛很融洽，他们应该聊得不错。

路嘉想着，她就这么进去好像没有什么理由，于是在三楼转了一圈儿，找到一家有打印机的店铺，把从手机上下载的一张图片用店家电脑上的修图软件微微修了一下，然后打印出来。

正在打印时，她的手机进来了一条新的消息：人呢？

信息来自程一恒。

路嘉心领神会，笑了。

拿着那张图纸，路嘉霸气十足地走进了网红咖啡馆。她一进店门，就有服务员跟在她身后，问她要喝点儿什么，有没有预约。她通通没有搭理，径直走到程一恒跟知花面前，礼貌地笑了一下，笑容带着几分刻薄，然后把那张图纸放在桌上，推到程一恒面前，努努嘴："看看。"

程一恒立刻配合演戏，拿过图纸一看，眼神里透露出无比的震惊。他看了大概两分钟，才把纸拿开，难以置信地问路嘉："这是真的吗？"

"你说呢？"路嘉双手交叉，抱于胸前，站了一会儿，觉得腿有些酸，直接紧挨着程一恒坐下。

知花脸上的表情从路嘉一进来就变得很难看，等程一恒看完纸上面的内容后，见他还没有开口解释的意思，知花终于忍不住，问："怎么了，路小姐大老远地赶来找一恒，是有什么要紧事吗？"

知花又用这种装腔作势的语气，路嘉最受不了这一点。知花明明就是脾气糟糕、气焰嚣张的大小姐，为了钓金龟婿，装得温柔、体贴、可人。问题是，她的金龟婿已经见过她最糟糕的一面了啊，她又不是塑料口袋，还装什么装？

如果知花一直保持真性情，那路嘉还会觉得她是一个可敬的对手。

但是她就是个演员罢了，还不懂得收放自如，差评。

路嘉心道：你演，我也演呗。

程一恒眉头紧皱："知花小姐，这是我的私事，我想我能够处理好的。"

"可是我们……"知花有些急了，伸出手，覆上程一恒的手背，表现出一副善解人意的样子，"一恒，你有什么困难就跟我讲，我可以陪你一起熬过去的。你要相信我，就像我相信你一样。"

程一恒犹豫了一会儿。

别说，他演得还挺像那么一回事的。路嘉差点没绷住，几乎狂笑出来。

"路嘉她……"程一恒欲言又止。

"路小姐怎么了？"最着急的变成了知花。

"她怀孕了。"

如一道惊雷劈在知花身上，空气仿佛凝固了两秒。但知花不愧是留过学、见过大世面的人，对此表现得很大方："孩子是你的吗？如果你不想要的话，可以让路小姐打掉，趁时间还早，可以药流，路小姐的身体损害可以降到最低。"

"你怎么不问问我呢？知花小姐，孩子是程一恒说打掉就可以打掉的吗？"

知花有点儿愠怒："那你要怎么办？"

"我要跟他结婚。"

"不可能！"知花很激动，差点拍案而起，"一恒已经答应我姑祖父跟我相亲，我们才是最登对的。"

"没什么不可能的。"路嘉想跷二郎腿，但是腿疼，索性放弃了，"现在已经不是古代了，没有包办婚姻，程一恒想跟谁在一起，是他的自由。"

"可是……"知花转了转眼珠子，像在想怎么回击，突然，她眼睛一亮，"他父母很喜欢我。你们这样不清不白的，他的家人是不会接受你的。"

所以路嘉才觉得知花蠢，知花总把她的恶毒心思暴露在不该暴露的人面前，路嘉不知道该说她单纯还是蠢。

程一恒似乎习惯了这样的知花，不过戏还得继续演下去。

"知花小姐，我不想做个没有担当的人。"程一恒的意思很明确了。

"那你喜欢她吗？"知花看上去并没有放弃，只是，她这么一问，原本演戏正演到兴头上的两人都愣了愣，没想到她会问出这样的问题。

见这个问题让两人愣住了，知花很得意，靠在椅背上："说实话，我不喜欢你，程医生。我还是更喜欢叫你程医生。但是，跟你在一起，对我的家族，对你的家族，都大有裨益。我没有出生于我们这种家庭的人就不会有真爱，或者只能认命这类愚蠢的想法，我是说，人类都是理智的，什么爱不爱的，最终都会回归生活。怎么样让生活最舒适，利益最大化，才是我们这类人应该考虑的。如果你真的喜欢路小姐，那我觉得没什么，可以祝福你们。问题是，我觉得你并不喜欢她。路小姐，你心里有同样的想法吧？"

路嘉没想到，自己信心满满地登场，却被反杀。

还是回到了核心的、最让人头疼的地方。

路嘉败了，想起身离开，却被程一恒按住了手。

"我喜欢她，当然喜欢。还有，我不认同你说什么生活最舒适，利益最大化。人类不是永远在追逐舒适跟利益的，适当痛苦会提醒我们，什么是真正的生活。知花小姐，我知道，我父母还有你姑祖父都认为我们很般配，但般配是一回事，合不合适是另外一回事……"

　　程一恒还在滔滔不绝地反驳着知花，可路嘉已经什么都听不进去了，满脑子都回响着程一恒说的那句"我喜欢她，当然喜欢"，不管那句话是真心，还是假意。路嘉没想到的是，她期待了这么久，竟然是程一恒对着别人说出喜欢她的。

　　不知道过了多久，知花平和地接受了这场失败的相亲，离开之前表示："程医生，我还没有放弃，如果你哪天感觉自己跟路小姐不合适了，可以随时回来找我，我觉得我们可以进一步接触。"

　　程一恒点点头："一定。其实，知花小姐，你活得很真实，没有什么不好。只是，我先遇到了她。"

　　知花点点头："人生的出场顺序真的很重要。"她的目光落在那张体检报告单上，"可以给我看看路小姐的体检报告单吗？"

　　程一恒把体检报告单递给知花。知花看了一眼后，笑着还给了程一恒："程医生，下次要糊弄我的话，用专业一点儿的东西，毕竟我是搞医疗器材的，没吃过猪肉，也见过猪跑。"

　　或许跟路嘉及程一恒打交道多了，知花显得没那么暴躁了。

　　送走了知花，今天的任务完成，程一恒松了一口气，靠在椅背上长舒了一口气，身旁的路嘉已经半天没有吭声了。

　　程一恒偏过头，见路嘉正在发呆，便戳了一下她的侧脸。

　　"发什么呆呢？"

　　路嘉缓慢地转过头来，盯着程一恒，不确定地开口："你刚刚，说喜欢我了吧？"

　　程一恒如梦初醒，立刻捂住嘴巴，但很快放开，着急否认："没……没有吧？"

　　路嘉喝了一杯程一恒的咖啡，杯沿上留下她的口红印子。她起身，略带失望地说："好，我知道了。"

　　路嘉要走，程一恒拉住她。

路嘉以为程一恒只是拉一下她，哄她不要生气而已，没想到他这么大力，直接把她拉进他的怀里，她的头撞到他的下巴，发出响声。

程一恒"嗞"了一声："你今天在家里说，不论我发生什么事情，你都会陪我熬过去，对吗？"

"对啊，有什么疑问吗？"

"我喜欢你，路嘉。"程一恒把下巴搁在路嘉的头上。

路嘉觉得一股电流窜过全身，颤抖着问："我听错了吗？"

"没有，路嘉，我喜欢你，路嘉。"

——华庭，对不起，我真的撑不住了。

"但是，我要告诉你，我发生了一点儿不好的事情，虽然是因为这件不好的事情，促使我下定决心选择跟你在一起，但是我很早之前就喜欢你了。"

程一恒很坦白，就像落地窗外的白云一样。

他将自己的心情毫无保留地告诉了路嘉，让她做出选择。

其实，路嘉觉得，这样的表白一点儿也不动人。可她好像在黑夜里爬了一晚上的山路，在身体透支、打算放弃之前，看到了初升的朝阳。

对，她现在的感觉就像最早的那一抹朝阳照耀在身上一样。

在路嘉回答之前，程一恒看着这家咖啡馆来来往往的客人和服务员，感到一阵揪心。

华庭今年的生日，就是在这里庆祝的。

生日之后的第三天，就发生了华庭跟路嘉比赛的那件事。

程一恒心道：华庭，我可能真的要跟你道别了。

程一恒甚至还能清晰地想起，他为华庭庆生时的场景。其实，当时华庭的状态已经非常差了，他为了让她开心一点儿，提前一个月订好了场地，为了那场生日会，他还写了一份策划书。

华庭不喜欢热闹，不愿意太引人注目，平日里生活在摄像机跟灯光之下已经够累了，好不容易过个生日，程一恒的意思是让她放松一下。

因为，在那个时候，华庭已经很久没有好好睡过觉了。

除了赛车，华庭基本没有其他的爱好。程一恒之所以会选择在这家网红咖啡馆替她庆生，是因为有天她在网上看到一段视频，视频介绍了这家咖啡馆，她觉得挺有趣的，就将视频转发给了程一恒。

程一恒便记在了心上。

可是，程一恒精心准备了一个月的生日宴会，最后闹得不欢而散。

程一恒仍旧记得，在这家咖啡馆的门口，在华庭生日的凌晨，她站在门口，长发披肩，红着眼睛，拉着他的手，绝望地说："你不要放弃我。"

华庭的声音里带着哭腔，程一恒觉得很无奈，拉着她的手，说："我没有放弃你，自始至终都没有。"

"可是我们不在一起了。"两行清泪从华庭的眼角滑落。

程一恒知道，她的情绪马上就要崩溃了。他抱着她："我会永远在你身边的，只要你需要，我随时在。"

华庭用力地推开他，整个人已经到了崩溃边缘，抱着头痛苦地大喊："可是我们已经不在一起了！你为什么还要帮我弄这些东西，什么狗屁生日宴会，我不需要！"

华庭把程一恒为她准备的东西愤怒地扫到地上，破坏掉，以此来疏解心中的不忿。

她以前不是这样的，程一恒心里很清楚。

她只是生病了。

但程一恒无法说服自己忽略掉一再被踩在脚下的心意。

他捏紧华庭的手腕："当初说分手的是你，我只是尊重你的意见。"

华庭流着泪，紧紧地抱住他，像要把她嵌入他的身体："我错了，一恒，我真的知道错了，我们重新来过好不好？"

程一恒轻轻地推开她："华庭，你振作一点儿，我们回不去了。"

华庭的手无力地从他身上滑落，她转过身去，留下落寞的背影："那好，我知道了，连你也放弃我了。"华庭冷笑一声，"这个世界上实在没有什么值得我留恋的东西了。"

"华庭！"程一恒上前，拉住情绪不太稳定的华庭，"我送你回家。"他帮她擦掉脸上的眼泪，拉着她出了商场，替她拦了一辆出租车。他担心她不能平安到家，索性也上了出租车。

整个过程，华庭就像行尸走肉一般，任由他拉扯。

最后，程一恒把华庭送回家，把她交到她父母的手上。她的父母觉得非常抱歉，说："又麻烦你了，小程。"

"没事。"

"为了稳定华庭的情绪，你做得够多了。可是我们咨询了医生，他建议你最好还是不要再出现在华庭的生活里了，你每出现一次，不管你多么温柔体贴地对待她，都只是提醒她，你们不可能再在一起了。"

"我知道。"程一恒点点头，说，"那我以后尽量不打扰她。"

"等她好点儿了，我们会登门拜谢的。"

"不用了，叔叔阿姨。"程一恒离开前，走到华庭房间的门口，敲了敲门。她的房门虚掩着，程一恒推开门进去，看到她已经躺在床上睡着了。

"我走了。"程一恒小声地说，"你好好的啊。"

华庭没有出声，看来是真的睡着了。

程一恒退出房间，带好门，没看到华庭眼角滑落的眼泪。

那就是程一恒最后见到华庭的场景。

程一恒再得知与华庭有关的事情，就是她车祸身亡的消息了。那天晚上，程一恒临时接到一个急诊病人，等处理完，天已经快亮了，手机上有好几个华庭妈妈的未接电话，他一看到就有强烈的不祥预感，回拨过去，还没开口说话，哭声就传了过来。

程一恒知道，华庭肯定出事了。

但他没想到，竟然是车祸。

"我不管你是因为什么选择跟我在一起，程一恒，我必须要提醒你的是，在我最困难、最痛苦的时候，你一直陪在我身边。那么，从今往后，你不要想太多，想我就好。不论发生什么事，我都不会放弃你。"

天晓得路嘉在哪里学的这些糟糕的情话，瞬间把一恒从回忆拉回了现实。路嘉自始至终没有跟任何人提过程一恒跟华庭合照的事，现在她等到程一恒的告白了，打算把他的秘密永远当成她的秘密，只要他不说，她就当不知道。

她以为自己可以这样一直自欺欺人。

"老实说，你刚刚犹豫了这么久，是不是去网上搜'甜甜的情话'去了？"

被拆穿的路嘉恼羞成怒，伸出手，捏住程一恒的脸："你说什么呢？！"

程一恒赶紧求饶："我错了……老婆大人，我真错了。"

这声"老婆大人"听得路嘉心里痒痒的，手上的动作便轻了许多，不过，她还是摆出一副傲娇的表情："看在你可怜兮兮的份上，我今天就先放你一马。说吧，因为什么事，你终于肯承认喜欢我了。"

程一恒的表情瞬间变得严肃起来，他按住自己的手，慢慢凑近路嘉，非常正经地说："因为我妈说，我再不找女朋友，她就让我回家继承家业。"

"去死吧，程一恒！"要不是路嘉的腿刚刚恢复，她就给程一恒来一个"爱的回旋踢"了。

程一恒把路嘉搂到怀里，摸了摸她的头发，又用下巴在她的额头上蹭了又蹭。

路嘉拍他的大腿："你以为我是猫呢，这么蹭我。"

"做我的猫呗。"程一恒说。

路嘉抬头看他，阴险一笑："好啊！"然后，她一口咬下去，程一恒痛得差点叫出声，伸出手一看，手上留下了一排牙印。

"你属狗的吗？"程一恒痛得抽气。

"我属于你啊。你不是让我做你的猫吗？"路嘉扬扬得意。

程一恒一时半会儿找不到话回怼，只能宠溺地笑着，摇了摇头。

"回去了，猫。"他捏了捏路嘉的脸，"你晚上想吃什么？在外面吃还是我做？"

"吃你……吗？"路嘉挑挑眉说。

"你要流氓！"程一恒赶紧护住自己的胸。

"我是说，吃你做的！"路嘉着急解释，声音跟着拔高了。

程一恒忙扑过来，捂住她的嘴巴："老大，您能不能低调点儿？您现在可还是被全网关注的焦点，随时有可能被人认出来。"

路嘉按住程一恒捂住她嘴巴的手，认同地点点头："呜呜呜……"

程一恒把耳朵凑过去："你说什么？"

"呜呜呜……"

"啊，对不起，我忘记我还捂着你的嘴了。"程一恒忙松开路嘉的嘴。

路嘉大呼一口气，说："我说，你说得对，咱们赶紧回家吧！"

在超市里买好菜，两人驱车回家。

路上，路嘉不时低头傻笑。等绿灯的时候，程一恒便伸过手去捏她的脸："你能不傻笑了吗？跟你高冷的形象一点儿也不符合。"

"我高冷吗？"路嘉瞪大眼睛看着程一恒，"我只是在镜头面前高冷，在你面前，我就是矮暖。"

程一恒看了她一眼，懒洋洋地摇了摇头，懒得理她了。

回家之后，程一恒带着东西便进厨房忙活去了。路嘉假装在客厅里做复健，趁程一恒在厨房里忙得热火朝天，赶紧抽空更新了帖子。

"高亮更新！我跟C在一起啦！下面更新具体细节，嘿嘿嘿……楼主开心到在原地转圈圈！啊，果然还是古人说得对，塞翁失马，焉知非福，嘿嘿嘿……"

路嘉把大概情况更新在主帖里，模糊了一些细节，很多追帖的网友像看到了电视剧大结局一般，集体兴奋了。

"哇，峰回路转啊！我就说嘛，其实C喜欢楼主，他真的已经表现得很明显了。"

"你们真的在一起了吗？撒花！怎么我的眼角有些湿润呢？我有种老母亲嫁女儿的心情，明明追的是一个甜甜的帖子啊！楼主，一定要幸福！"

"牡丹过来沾沾楼主的运气，希望今年能脱单！"

"就我一个人好奇楼主是不是路嘉吗？如果楼主是路嘉的话，那华庭也太惨了吧。路嘉这么快就恢复了正常生活，还因祸得福收获了一段恋爱，而华庭就这么离开这个世界了。"

"我说楼主这个楼怎么这么吸引某些喜欢抬杠的人呢，哪儿都有华庭粉。不管怎么说，恭喜楼主！楼主不要断更呀，记得回来更新。"

"八卦来了"小组的小仙女们一如既往地温暖，路嘉更完帖子后，一蹦一跳地走到厨房门口，探出一个小脑袋："怎么样，需要我帮忙吗？"

"如果你真的想帮忙的话，还会只站在门口吗？你先过去休息吧，我自己做可能还快一些，你就别来给我添乱了。"程一恒重新下载了豆瓣APP，看到了路嘉帖子更新的内容，脸上的笑根本藏不住。

"哦。"路嘉不满地应了一声，回到沙发上躺下，开心得滚过来滚过去，然后给闵璐发了一条微信：我跟程一恒在一起了。

闵璐秒回：我去，这么快？

路嘉：嗯哼。

闵璐：那你不是开心死了？

路嘉：还活着呢，我不能死。

闵璐：你是故意来撒狗粮的吗？

路嘉：你可以跟魏映在一起。

闵璐：不了，周恺回来了。

路嘉感觉一股怒气从脚底涌起，然后冲到胸腔，心道：那家伙，说走就走，说回就回，以为玩打地鼠吗？

路嘉：你们见面了？

闵璐：还没。

路嘉：那魏映怎么办？你最近不是跟他相处得挺好的吗？我都以为你们要在一起了。

闵璐：我从来就没说过要跟他在一起。再说了，魏映最近正忙比赛呢。

路嘉心想：周恺那家伙还挺会钻空子啊。

对话到这里就结束了，路嘉没有继续跟闵璐讨论周恺跟魏映的话题，因为她的心情莫名其妙变得沉重起来。

闵璐跟魏映都是她生命中很重要的朋友，在她获得幸福的情况下，她是不忍心看到朋友不幸的。

闵璐好不容易对魏映的态度有了一定的转变，周恺竟然回来了。

周恺回来，对闵璐，对魏映，都是一种伤害。

因为路嘉非常清楚，周恺是不会选择闵璐的。

路嘉觉得头疼。

"你怎么了，一副做不出数学题的样子？"程一恒端着做好的鱼出来。

路嘉闻到香味，立刻凑了过去，拿起筷子就想偷尝一块。

程一恒把她伸过来的手打开："你还没洗手呢！"

"哦。"路嘉嘟着嘴转身去厨房里洗手。

程一恒站在她的身后，突然感叹了一句："我好像第一次看你正常走路。"

"嘿，你怎么说话的！"路嘉正准备转过身反驳，却被人从身后抱住了。

这次，程一恒的手穿过她的腰，抱住她。

程一恒的下巴搁在她的肩膀上，她感受到他的手在微微颤抖："路嘉，让我抱抱你，一会儿就好。"

路嘉反手伸过去，摸了摸他的头："你最近很累吗？"

程一恒把头凑到路嘉的脸旁，像只小猫一样在她的脸颊上蹭来蹭去："有一点儿。"

"那我去洗手，吃完饭，咱们早点儿休息。"

程一恒立刻从路嘉身上弹开，捂住自己的胸口，开始演戏："你……你……你难道想睡我？"

路嘉没好气地看了他一眼，戳了戳他的眉心，再轻轻地拍了拍他的脸："哎，程医生，身经百战的人就不要装新手了好吗？"

"哼！"程一恒双手抱于胸前。

路嘉看着他，若有所思，然后进厨房洗手。

"吃得好饱！"酒足饭饱，路嘉摸着肚子说。

程一恒皱着眉看她摸肚子的动作，说："你看看你的小肚子，你重新赛车后该咋办？"

运动员都非常自律，即使不自律，也会有人逼着他们自律，身材管理更是基本的。路嘉虽然比不上专业的运动员，要求没那么严格，但是也会控制饮食，定期进行锻炼。

"谁叫你做那么多好吃的？从明天开始，我要减肥了，你不要再诱惑我。"

"谁诱惑你了?"

两人就在吵吵闹闹中结束了一天。

路嘉回到自己的房间休息,躺在床上,看着天花板发呆。她已经在这里住了几个月了,但心情从未像此刻这样波澜起伏过。

她看着天花板,睡意渐渐袭来,她甚至不敢相信,她真的跟程一恒在一起了。这一切这么不真实。

抱着被子打了个滚后,她给程一恒发了一条微信:你睡了吗?

程一恒:还没,怎么了?

路嘉:我睡了。

程一恒:调皮,打你。他加了一个调皮的表情,然后回复:晚安,好梦。

路嘉:好梦。

第二天,路嘉一大早起来,程一恒已经出门了。路嘉看到他给她发的微信消息,他说不想打扰她休息,医院里有点儿急事,他就先走了,他预约的司机照常在楼下等她,会接送她去做复健。

路嘉满心欢喜和甜蜜,看自己跟程一恒的对话框都觉得在冒粉红色的泡泡,聊天背景自然变成了粉红色的。虽然脑海中那张被藏在角落里的合影还是会偶尔冒出来搅乱她的心情,但她已经努力不去想了。

她快速地收拾好,然后下楼,穿着西装的司机已经在楼下恭候她了。

"早上好。"她语气轻快地跟司机打招呼。

上车后,路嘉一路上哼着歌,司机忍不住问她:"路小姐最近遇到什么喜事了吗?"

路嘉笑了笑:"是的。"

到了康复中心,她几乎跟每个见到的人主动打了招呼,热情得让人觉得可怕。护士跟工作人员讲悄悄话:"路小姐就一天没来做复健,这转变也太大了,以后还是别阻止她来做复健了。"

路嘉做复健还是跟以前一样努力,没一会儿就满头大汗,护士给她补充了带盐的水,让她喝完休息一会儿,然后再练,她"咕噜咕噜"喝完,靠在椅子上休息还不到十分钟,又复健去了。

她发了一条微信给程一恒,问他上午忙不忙,但他迟迟没有回复。

因为他根本就不在医院。

此时此刻，中午十二点，程一恒跟知花坐在上次知花提过的一家新开的煲牛肉店里吃午饭。

知花贴心地为程一恒夹了一块牛肉，说："程医生拖了这么久才跟我一起来，本来是新开的煲牛肉店都不是新开的了，我们都不能享受打折了。"

"你找我有什么事？你赶紧说，我还要回医院上班。"

知花放下筷子，转身从随身背的最新款限量贝壳包里拿出一张照片，放到程一恒面前。

这张照片跟路嘉在程一恒健身房里发现的那张一模一样。

"如果我没认错的话，照片里的人是你跟华庭吧？你们这么亲昵，是什么关系？"

"你是什么意思？你到底想说什么？"

知花会心一笑："我不知道为什么这个世界上的事情这么巧，还记得我跟你说过，我和华庭是高中同学吧？她出事之后，我一直忙，没时间去她家看看，前几天才抽空去了一趟。叔叔阿姨好心地引导我参观她的房间，讲述着她生前的事情，不可避免地提到了她有个前男友。我去国外上大学后，虽然跟她的关系没有高中那么好了，但是我们一直保持着联系，我记得她告诉过我，她跟一个人谈恋爱了。不过我没想到，那个人就是你。你跟害死华庭的人走得这么近，这么亲密，连路嘉的腿的手术都是你做的。程一恒，你的目的是什么，应该已经不言而喻了吧？我知道，一开始，你肯定是因为抱着对华庭的内疚才去接近路嘉的，至于那场车祸的真相，我一点儿都不关心。我只确定了一件事情，那就是，你在跟路嘉接触的过程中，喜欢上了她。我没猜错吧？但是，程医生，你不要怪我棒打鸳鸯哦，如果我告诉路嘉，你是华庭的前男友，你接近她是有目的的，你觉得她还会跟你在一起吗？我想说的就是，你离开她，跟我在一起。"

"不可能。"程一恒想都没想就拒绝了。

"那就拭目以待咯，程医生。如果我伤害到你，那肯定不是出于我的本意。"

"除了你说的那两个条件，其他的都可以。"程一恒做出让步。

知花的眼珠子转了转，她提出了一个条件。

程一恒犹豫了半晌，然后咬牙答应了。

这顿饭吃得并不愉快，但程一恒还是礼貌性地结完了账才离开。

路嘉持续做高强度的复健一个月后，已经恢复到一个正常人的状态，能够自如地行走，除了长时间地行走会让她的腿有一阵钻心疼痛之外，其他的还好。

在路嘉复健的那段时间里，也许是老天见怜，没有发生任何打断她复健、给她带来困扰的事情，她提前顺利地完成了复健，康复中心还破例为她颁发了奖励证书，上面印着"优秀学员"几个字。她把证书拿回去的时候，程一恒抱着证书端详了许久，最后笑得在沙发上打滚。

抽着气、眼泪都笑出来的程一恒说："路嘉，你说，别人三个月甚至半年才能完成的复健内容，你竟然一个多月就完成了。你是有多努力、多吓人，复健中心才会给你颁发这个奖励证书？你一定是把人家都吓到了，哈哈哈……"

路嘉坐在沙发上浏览着网页，自从她跟程一恒在一起之后，就没再更新过帖子的内容。大概就像一种仪式，既然帖子的名字叫《我的医生好像喜欢我》，那么，"我的医生"既然已经喜欢"我"了，答案确定了，这个帖子就应该结束了。

虽然帖子里有很多人让路嘉继续更新她跟C在一起之后的甜蜜日常，毕竟现在生活太苦了，大家都爱吃"小甜饼"，但她不想暴露太多她跟程一恒的生活。于是，她在帖子最后声明：

"亲爱的小仙女们，谢谢你们一直以来的陪伴，这个帖子到这里真的要告一段落了，因为我觉得，我要尊重C的生活，不想他太多的隐私暴露在外。我喜欢他，他喜欢我，我们已经拥有了这个世界上最美好的东西，我很想跟大家分享我的开心，但是，就像童话里说的，王子跟公主从此幸福地生活在一起，故事就结束了。我跟C的故事应该到此告一段落，因为接下来的都是日常琐事，难免沾了烟火气息。我跟C在一起的过程中，有开心，就一定会有难过，我不想把所有的心情拿到公众平台上来说，打破你们对爱情的美好幻想，你们只要相信世界上一定会有那么一个人，就像

C等我一样等着你们就可以了。如果我以后觉得有什么值得告诉大家的事情，还是会上来更新的。"

至此，路嘉真的没有再更新过帖子。

而评论并不是哀鸿遍野，有祝福路嘉、对她表示理解的，同时还有人在下面猜测她的身份，被友好的网友怼了回去。

在这个帖子里，路嘉感受到了来自陌生人的善意，她被保护得很好。在帖子被转到微博去，无数人在挖她的身份时，是"八卦来了"小组的小仙女们坚持保护了她，保住了这个帖子。

"楼主好好儿的啊！从一开始，我就在追这个帖子，第一条评论还上了最赞，楼主应该对我挺眼熟的吧？我羡慕你跟C的感情，也替楼主遇到对的人感到开心。至于楼主的身份，我劝有些人不要再去深究了，不管楼主在现实生活里的身份是什么，她选择了把自己的故事在我们这个大家庭里倾诉，就是对我们的信任，希望大家不要辜负楼主的信任，毕竟，楼主把自己的故事告诉我们，没赚我们一分钱，我们看得津津有味，为楼主做点儿事情，不去打听她的隐私，这很难吗？"

"楼主啊，我差点哭了啊！我希望你跟C好好儿的啊，你记得常回来看看啊，即使不更新，跟我们聊聊天也是很好的啊。"

"没想到就这样大结局了，真是……呜呜呜……我不知道说什么好，祝福楼主。"

大多数评论是带着祝福的，其中有一条看似平淡无奇的评论却引起了路嘉的注意。

"其实，我早就看到这个帖子了，一直没回，主要是不知道回什么。我每次看到你偷偷摸摸的，就知道你又准备更新帖子了。本来我以为你会一直更下去的，结果你选择就在这里结束了，不知道为什么，我觉得有些失落，也有点儿淡淡的心酸。其实，多亏了这个帖子，你小小的心思，我全部知道，是我来晚了。"

这语气和角度……难道这人是程一恒？

路嘉吓出了一身冷汗。

但路嘉觉得，程一恒一个钢铁大直男怎么会逛豆瓣"八卦来了"小组呢，一定是好事者在这里装男主角。她正准备辟谣，已经有人在讨论：

"楼里疑似惊现男主角？！"

"不是吧，C一直在关注这个帖子？"

"本来我觉得还好，搞这么一出的话，我就觉得楼主是写手了，哪有这么巧啊？"

路嘉看到写手论，觉得有些无语。她给疑似程一恒的那个人发了私信，那个人半天没回她。

路嘉犹豫着要不要打电话跟程一恒求证，但她又担心，如果程一恒本来不知道这事儿，她打电话一问，反而暴露了自己。

她再刷新时，那条评论却被删掉了。

她真是气死了，心道：这个年头的人就这么爱刷存在感吗？

程一恒下班回家，看到路嘉坐在沙发上闷闷不乐。他走上前去，亲吻了一下她的额头，问她："你怎么了？"

路嘉嘟起嘴，看到程一恒手中拿着两张门票，对于门票上的印刷字体和设计，她再熟悉不过。心一紧，她拉着程一恒的手，问："谁给你的？"

"魏映。"程一恒说，"今天他来医院了，戴着墨镜，很帅气，身后跟了一群小粉丝，他特地把这两张票给了我，周末他在体育中心有比赛，邀请咱俩一起去看。"

说话间，路嘉收到魏映发来的微信：你拿到票了吗？比完赛后，我约了几个俱乐部的老板，想把你引荐给他们。

路嘉知道魏映是什么意思。

她是时候重新回到赛场了。

路嘉：我拿到了，谢谢。

魏映：你跟小医生在一起，很开心吧？路嘉，看到你获得幸福，我真的很开心，比谁都开心。

路嘉：你说什么呢？

魏映：你知道吗？周恺回来了，闵璐不肯见我了。

路嘉的心一沉，她心道，果然。周恺就是闵璐的死穴，闵璐则是魏映的死穴，曾经魏映是她的死穴。

她都不知道自己是什么时候破解了这个死穴，并且活着走出来的。其实，她老早就放弃了魏映，深知她跟他不会有结果，也许是那次在日料店遇到突发事故，他扔下她的那一刻，她在心里跟他彻底告别了吧。

不过，身为朋友，她觉得自己还是有必要插手一下闵璐、魏映、周恺这三人的事情，毕竟周恺不是什么善茬，她担心自己的两个朋友都受伤。

路嘉突然觉得脑子里有一团糨糊。

"我们出去吃饭吧，我今天有点儿累。"说着，程一恒就拉起路嘉的手，但她坐在沙发上没动。

"怎么了？"

"程一恒，你知道豆瓣'八卦来了'小组吗？"路嘉想，事情总归是要一件一件解决的，不如就先解决眼前这件真假C事件。

"我不知道啊，怎么了？"程一恒看上去不像在撒谎，无论他说什么，路嘉都信。她便打消了内心的疑虑，估计回帖那人就是一个刷存在感的，看到很多人关注起来就害怕了，所以主动删掉了评论。

"好了，没事了，我们出去吃饭吧。"路嘉说。

"你等我一下，我回房间去换一件衣服。"程一恒说完就去卧室了。

路嘉拿起手机，点进帖子刚想回复那个人，说他很无聊时，程一恒放在沙发上手机的屏幕亮了一下。

是一条推送。

来自豆瓣APP的推送。

路嘉盯着程一恒的手机看了几秒，手机屏幕很快就黑了。她按了Home键，确认了推送来自豆瓣小组。

有可能程一恒玩豆瓣小组，但就是没玩"八卦来了"小组呢？

路嘉犹豫了很久，尝试着用程一恒的生日日期解开了手机的密码锁，点进豆瓣小组里，看到他关注的小组里赫然躺着"八卦来了"的名字。

程一恒换好衣服出来："我们可以走了。"

路嘉坐在沙发上无动于衷，程一恒纳闷地问："你怎么了？"

路嘉把手机递给程一恒："你刚刚在骗我吧，你知道'八卦来了'这个豆瓣小组吧？"

程一恒愣了愣，还没来得及回答，路嘉又说："今天回我帖子的人是你吗？"

"是我。对不起，我只是没想好怎么跟你说，回帖是一时冲动。"程一恒沿着沙发坐了下来，握着路嘉的手。

路嘉一时半会儿不知道说什么。

"你什么时候发现我的帖子的？"她全身微微颤抖，不知道是生气还是激动。

"那次，你打翻了牛奶，我就看到了帖名，然后去豆瓣一搜，就知道了。"

"你围观了全程，对吗？这段时间以来，关于这个帖子闹出的事情，你都知道？"路嘉问。

程一恒点了点头，解释说："帖子被转到微博，事件开始发酵时，我本打算跟你一起解决这个问题的，但是我相信你自己有能力处理好，不想打扰你分享自己的心情，就没有出手。事实证明，你处理好了。"他没有提自己安排律师在背后做的那些事情。

路嘉觉得自己被欺骗了，一种被骗加羞愤的感觉一起上涌。

原来，她点点滴滴的情绪都在程一恒的眼皮子底下呈现，她还以为自己掩饰得很好呢。

没想到，她在程一恒面前就是个透明人。

"那你早就知道我喜欢你了？"

程一恒摇摇头："那倒不是，我不确定。路嘉，你知道的，我绝对没有看不起你的意思。我只是觉得你的帖子很有意思，就跟你这个人一样，我对你从来就没有恶意。"

路嘉有些听不进去。她觉得自己的思维都被糨糊黏住了，无法思考程一恒话语的真假，甚至无法分清他感情的真假。

如果说，他从一开始就关注了《我的医生好像喜欢我》的帖子，那么，她可以肯定的一点是，那个时候，他绝对没有喜欢她。

她的心情就像被践踏在脚下，一切在程一恒的掌控当中。他想让她开心，勾勾小指头就能让她开心，他不想让她开心，一黑脸，她就要揣摩半天自己是不是哪里做错了。

喜欢一个人真是太苦了。

路嘉起身，说："我有点儿累了，不想吃饭，你自己出去吃吧。"

程一恒还想说点儿什么，路嘉已经回房间，关上门了。

吃了闭门羹的程一恒没有强行敲门进去跟路嘉解释，他其实料到了路嘉会生气，但没想到她的反应会这么大。他觉得，这个时候，最好还是让她一个人静一静。

原本他可以装作从头到尾都不知道这个帖子的存在，等路嘉哪天一时兴起告诉他这个帖子，他再去看看，配合戏弄一下她，会是一件很甜蜜的事情，可是他不想。

他不想再骗路嘉了。

从路嘉的反应来看，她好像对这件事情很介怀，程一恒想，如果他把那件事情告诉她，后果也许会不堪设想。

程一恒的手又开始抖起来，这次他的头跟着痛起来。他强忍着痛意，翻箱倒柜找到药箱，翻出几片阿司匹林，吃过药之后，回房间睡了。

半夜的时候，程一恒突然全身发冷，出了冷汗，盖再厚的被子都觉得冷，他知道自己的身体肯定出问题了。他起床喝了两大杯水，还是没用，身体发冷，身上出汗，加上剧烈的头痛，全身乏力，嗓子哑了，他本来想自己打车去医院，却连拿手机打电话的力气都没了。

他只能拖着无力的身体，扶着墙，走到路嘉房间门口，敲了敲门，哑着嗓子喊："路嘉，我生病了，你能送我去医院吗？"

路嘉没有睡着，隐隐约约听到有人在叫她，以为是错觉，但又听到隐约的敲门声，觉得不太对劲儿，还是起床开门看了看。

路嘉一开门，发现程一恒一屁股坐在她房间的门口，整个人虚弱无比，脸色苍白如纸，嘴唇一点儿血色都没有。

路嘉赶紧摸了摸他的额头，很烫，他全身在出汗，手却是冰凉的。她没有多问，立刻打了120，医院的人却说现在救护车在外面，一时半会儿调不过来，建议他们如果情况不是特别严重的话，就自己打车或者开车过来，或许比救护车还要快一些。

路嘉差点骂脏话，但还是忍住了，挂了电话。

"车钥匙呢？"她问。

程一恒指了指玄关，钥匙挂在那儿。

她取下车钥匙，扶着程一恒进了电梯，直接下到负二层停车场。她受伤之后就没再摸过车了，心有点儿慌，但还是果断地把程一恒塞进后座，把羊毛毯搭在他的身上，开了车里的空调，打开导航后，二话不说就启动了车子。

路嘉开得很快，又很稳。

在后座上躺着的程一恒没觉得有任何不适，这才体会到路嘉的专业性很强。俗话说，瘦死的骆驼比马大，即使路嘉经历了车祸、断腿、复健，她开车的技术还是这么厉害。

她是天生的赛车手，病中的程一恒都忍不住感叹道。

平时，在正常情况下，去医院需要半个小时，路嘉愣是用二十分钟就赶到了。

一进医院，停好车，路嘉就扶着程一恒走进大厅，一边走一边喊："急诊！急诊！"

程一恒虚弱地拍拍她的手："你小声点儿，这都大半夜了，别打扰到病人休息。"

"可你都快死了。"路嘉说，"打扰他们休息跟你的性命比起来，什么更重要？"

程一恒成功地被路嘉逗笑了，苍白的笑容看起来竟然能够激发出人的保护欲。路嘉又喊了几嗓子，让程一恒觉得，他好像被黑社会大姐包养了。

被大佬宠爱的感觉真好，程一恒想。

然而，路嘉的喊声并没有用，最终还是程一恒打了个电话，通知值班的同事接待他，才顺利看上了急诊。

急诊的结果是：病毒性感冒加高烧。

医生开了点儿药，就让程一恒回去休息了。在医院吃了一次药后，等程一恒情况稳定一些了，路嘉便扶着程一恒走出去。

此时已经是凌晨两点了，路嘉跟程一恒走出医院门诊部大楼，看到了天空中挂着的一轮明月，两人对视了一眼。

"你回来的时候还好好的，是不是因为没吃晚饭？"路嘉问。如果真的是这样，那她就有点儿愧疚了。

"不是，可能是我最近熬夜比较多，昨天又淋了雨。"

"你要好好照顾自己。"

"我知道。"

气氛有点儿尴尬，路嘉挽着程一恒的手来到停车场。路嘉让他去后座休息，他却说："我来开吧，我吃了药，好多了，你挺久没休息了。"

"我来。"路嘉不由分说地把程一恒塞进车后座，"这种时候你就别逞能了，好吗？不然我这个女朋友是用来干什么的？"

"女朋友"这个词语第一次出现在他们的对话中，路嘉话一出口就愣住了，急急忙忙要解释："我……那个……我……"

这时，她站在车后座门口，刚把程一恒塞进去，程一恒一个鲤鱼打挺坐起来，趁她不注意，唇压了下来。

路嘉脑子里一片空白。

在这凌晨两点多的医院地下停车场，发着高烧的程一恒给了她一个热吻，是真的很热的吻。

吃了药，程一恒全身开始发烫，他的吻湿湿的、热热的、甜甜的，没有侵略性。他吻她时，像温暖的花苞包裹着花茎，让人有些……流连忘返。

他们亲了很久。

最后还是程一恒的咳嗽打破了这个漫长而滚烫的吻。

路嘉擦了擦嘴巴，刚才差点就呼吸不过来了。她红着脸说："你别把感冒传染给我！"

"那才好，咱们一起感冒，才叫谈恋爱嘛。"

路嘉恨不得踢程一恒的屁股一脚，考虑到他还在发烧，这次便饶了他，等他好起来，她再新账旧账一起算。

程一恒请假在家，休息了两天后，转眼到了星期六，到了约定去看魏映比赛的日子。比赛时间在下午一点钟，路嘉早早地起床洗漱、穿衣、化妆。程一恒在为她做早饭，并且给她的穿着搭配提出了一定的建议。

"今天的主要目的是去见那些俱乐部的老板，所以你一定要穿得庄重一点儿，符合以前的路嘉人设，粉红色裙子之类的就算了，最好是牛仔裤、马丁靴加你的皮夹克，这是路嘉一贯的装扮。"

正在挑衣服的路嘉撇撇嘴："那种装扮我都穿腻了，我想换一种风格。大家不是都喜欢华庭私下里的那种性感风吗？我也试试？"

路嘉只是开个玩笑，毕竟华庭身上有的东西她没有，但玩笑中带着认真的成分，她想看看，提到华庭，程一恒是什么反应。

程一恒却突然变了脸："你干吗去学别人呢？你就是你，华庭就是华庭，没有谁可以复制谁。还有，我觉得你们那个妖精女王的称号着实可笑。"

"怎么可笑了？妖精女王不是业内对女摩托车赛车手最高的评价吗？"

"你很想成为妖精女王吗？"程一恒冷不丁地问。

路嘉察觉出他语气不善，便问他："你怎么了，妖精女王这个称呼触及你的痛点了吗？"

"那倒不是。"程一恒说，"我只是讨厌这个称呼。"

曾几何时，华庭为了这个称呼，付出了常人难以想象的努力。她身为一个赛车手，私下里却跟明星一样，练习每个微笑的嘴角弧度、走路的姿势、拍照的角度，甚至每一次的穿搭、每一次的妆容都是经过精心打扮和计算的。

网络上流出的"路透"，很少是路人拍的，基本是由团队拍摄，再由水军发到微博、豆瓣等各大论坛，以此炒作。

其实华庭本人并不乐意这么做，只是她背后的团队太过强大，她因此受益很多，最终越陷越深。

"我也不喜欢啊，又是妖精，又是女王的，我最不喜欢别人给我贴标签了，我就是我，路嘉的路，路嘉的嘉。"路嘉酷酷地打了个响指，最后挑定穿这套出门：白衬衫加牛仔裤、帆布鞋。

普通、精神、简单，又有活力。

赛车手，不一定要打扮得跟嘻哈歌手一样。

第十一♥章
CHAPTER 11

　　路嘉和程一恒提前出门吃了午饭，便赶去了体育中心。他们在候场区看到了魏映。魏映显得有些心不在焉，路嘉猜出了什么，便问他："你把票给闵璐了吗？"

　　魏映点点头。

　　"她答应来吗？"

　　魏映摇摇头，说："闵璐要了两张票，她说不确定会不会来，但是如果要来的话，就跟周恺一起来。"

　　好一个"跟周恺一起来"。

　　路嘉拍拍魏映的肩膀："放心，到时候哥们肯定帮你出气。"

　　"哥们？"程一恒纳闷道。

　　"出气？"魏映好奇道。

　　等开心不已的闵璐带着周恺来了，看完比赛后，程一恒和魏映才体会到路嘉说那句话的意义。

　　在候场区见完魏映之后，路嘉跟程一恒就回到了观众区，刚到没一会儿，远远就看到闵璐挽着一个腰窄肩宽的高个西装男，西装男戴着金丝边框的眼镜，全身上下散发着精英的禁欲气质。

路嘉回头看了一眼身边的人，程一恒跟她基本上算穿情侣装了：白衬衣、牛仔裤加帆布鞋，不知道他是故意的，还是无意为之。

闵璐脸上挂着藏都藏不住的笑容，她挽着周恺走过来，跟路嘉他们打招呼，说话的声音都变得温柔多了。

"路嘉，程医生，你们也来看比赛呀？"

路嘉忍不住在内心翻白眼，心道：你这不是明知故问吗？

闵璐知道路嘉不喜欢周恺，尽管他们认识了二十多年，但闵璐没想过路嘉跟周恺会主动打招呼，只好先介绍程一恒和周恺认识。

"周恺哥，这是程一恒，路嘉的男朋友。"

"程医生，这是周恺，是我跟路嘉一起长大的好朋友。"

路嘉回："谁跟他是好朋友了？"

周恺回："她不是喜欢那个小赛车手喜欢得死去活来吗？怎么换成医生了？"

两个人多年未见，一见就互相戳对方的痛处。

"是哦，我可不会在一棵树上吊死，我也不会明知自己是棵歪脖子树还要吊着别人。"路嘉毫不客气地回击。

"谁吊着别人了？"

"谁对号入座就是谁呗。"

比赛还没开始呢，眼看两人就要吵起来了，闵璐急了，怕路嘉引起别人注意，怕别人把他俩吵架的照片贴在网上，到时候，做学术的周恺会被影响。闵璐给程一恒递眼色：稳住路嘉，他俩一向如此，别让他们吵起来，会影响魏映比赛。

程一恒会意，点了点头，拉了拉路嘉，温柔地说："先坐下来吧，你站久了，腿会累。"

路嘉听话地坐了下来，她跟周恺隔着两个位置，却还是气得鼻孔朝天、翻白眼。她凑到程一恒的耳旁小声地说："那就是一个顶级大奇葩，有空了我跟你好好说说。今天，重要的是帮魏映出一口气。"

程一恒纳闷地看着她："你什么时候跟魏映站在同一战线上了？"

"老早就是了。"路嘉说，"不对，就算我跟魏映不在同一战线上，今天我看见周恺，照样怼他。"

中间隔着两个人呢，路嘉还是忍不住隔空传话给周恺："周大博士不是在美国搞学术搞得好好儿的吗，分身乏术，怎么有时间回国看一个小赛车手的小比赛呀？"

路嘉从小对周恺就没客气过，周恺当然也没让过她，两人掐架都不知道掐了多少回，大人出面调停，学校老师出面调停，闵璐出面调停，直到周恺去了少年班，路嘉进了赛车俱乐部，这种情况才有所好转。

"我这不是听说童年时期的小伙伴出了车祸，丢了工作，回来慰问一下吗。"

程一恒听到旁边路嘉的牙齿咯咯作响，如果周恺站在她面前，再耀武扬威，说不定她就要把他撕碎。

"周恺哥。"程一恒比路嘉跟闵璐都要小一些，叫周恺一声哥完全没问题，"路嘉最近脾气不好，你多担待。公共场合，大家难得一见，还是心平气和比较好。"

程一恒出来当和事佬了，闵璐接话："对啊，从小吵到大，你俩也不嫌累。这都多少年没见了，你们就不能和平相处一回吗？"

"不能。"周恺跟路嘉异口同声地答。

从某些方面来看，周恺跟路嘉一样幼稚。

随着一声枪响，哨声响起，比赛正式开始了，呐喊声、欢呼声不绝于耳，魏映的车冲了出去，一骑绝尘。

像故意要给周恺好看一般，路嘉恨不得跳起来为魏映呐喊助威。

周恺看了路嘉一眼，觉得无趣。比赛未过半，他就起身，说："我还有事，先走了。"闵璐有些蒙了，但又不敢阻止他，便说："你不是说好会陪我看比赛吗？"

"我已经陪你看了。"周恺强调，"我只说陪你看比赛，没有说要陪你看完比赛。"

闵璐还没说话，路嘉把不知道哪个没公德心的人扔下的可乐空罐子踢到周恺面前，恶狠狠地说了一句："渣男。"

周恺的火气一下就被点着了，他冲到路嘉面前，说："你说谁呢？"

路嘉想起身回一句"说你呢"，不料被程一恒按了下去。

周恺个子很高，不过，跟程一恒一般高。他站在路嘉面前，投下了阴影，让人觉得有些压抑。

闵璐害怕他俩再次起冲突，便拉住了周恺，委曲求全，小声地说："周恺，你别跟路嘉计较，她就是这个性格，你还不清楚吗？"

"东西可以乱吃，话不可以乱说。你不要仗着自己的性格是这样就为所欲为，没有人会护你一辈子。你瞧瞧你自己做的那些烂事，到头来，还不是要让别人给你擦屁股。"

"你能不能别在这里摆出一副居高临下的样子大放厥词？"起来怼周恺的竟然不是路嘉，而是程一恒。

程一恒跟周恺比，身高差不多，但程一恒似乎要高一些。在冰山脸、西装革履的周恺面前，程一恒的气场一点儿都不弱："我不知道你的优越感是从哪儿来的，你一直被人捧，习惯了吧？不好意思，我媳妇儿也是一直被人捧习惯了，你怎么攻击我都行，我就是见不得别人攻击我媳妇儿。同时，我还见不得有人对女人颐指气使。"

"你说什么？！"周恺说着，拳头就要挥过来。

闵璐吓得尖叫，路嘉坐在看台的椅子上，直接伸出一条腿，绊了周恺一下。周恺一个趔趄，程一恒避开了周恺的拳头，一个反剪手把周恺的手套在一起。周恺挣扎了几下，动弹不得，脸涨得通红，带着愠怒喊了一声："闵璐，你就是这样带我来看比赛的？"

虽然周恺在美国时常健身，不过为了保持体脂率，大多数时候他泡在研究室里。空闲时，他更多是在朋友聚会或是酒吧里流连，力气实在比不上房间里就有一个小型健身房的程一恒。

男人之间打架，一旦决定要打，就要往死里打。

可是程一恒没那么冲动，他并不想在魏映的主场惹是生非，毕竟他不是那种喜欢出风头的人。

不过，周恺的行为实在卑鄙，先妄图偷袭不说，还想利用女人来逃脱钳制。闵璐刚想开口，路嘉就站起身来，说："闵璐，你自己看到了，你的心上人先动的手。俗话说，先撩者贱，在民主的美利坚合众国待了那么久，周博士怎么还是没明白这个道理？你这样的行为，如果我们报警，我相信，不管在哪个国家，都是你的错吧？"

闵璐道："路嘉，我都说了，你给我一点儿面子，别跟他吵，别跟他吵，你为什么就是不听呢？"

越来越多的人注意到这边的动静，目光扫过来，甚至有人举起了手机。

"程一恒，就算我求你，你快放手吧。"闵璐继续说。

此时此刻，日头很大，每个人都显得有些焦躁，领头羊的赛车迟迟没有出现，人们都在焦灼地期待着一个结果。

闵璐说："周恺被拍到的话，对他的学术生涯会有很大影响的。"

"闵璐。"程一恒凝望着她若有所思，说："我可以放了他，只希望你认清现实，不要再沉迷了，他非良人。"

程一恒的话点到即止，他说完就放开了周恺。

周恺一恢复自由，甩手就走，闵璐去追，路嘉把她拦下，她犹豫了一会儿，还是留下来了。

一番吵闹之后，他们成功地错过了比赛最精彩的地方。路嘉的手机嗡嗡作响，她接起来，对方说："路小姐，我是冷警官。"

冷警官终于主动联系路嘉了，离车祸事故发生者也快过去几个月了。

"华庭的事有进展了，你有时间的话就来交警队一趟吧。"

挂了电话，路嘉咽了一下口水，心跳加速。程一恒问她怎么了，她避开程一恒的目光，摇摇头："没什么。"

她决定暂时先不告诉程一恒，等她私下见了冷警官后再做定夺。

这场比赛几人看得不怎么认真，可魏映认认真真地捧回了冠军奖杯。

魏映从赛场下来之后，几人一起向他道喜。他满头大汗，笑着跟他的粉丝们合影，不时朝闵璐站着的方向看几眼。

"看吧，闵璐，你心里其实是知道答案的。我觉得周恺没有一丁点儿比得上魏映的地方。"

"那当然。"闵璐说，"毕竟魏映是你喜欢过多年的人，情人眼里出西施。"

"我不是这个意思。你让程一恒来说，他学医的，最理智。我先去找魏映。"

程一恒不知道为什么这个话题转移到了自己身上，不过，既然路小姐让他说一下，他就粗略地谈了一下对周恺的印象。

"闵璐，今天是我第一次见周恺，也是第一次知道周恺。在此之前，路嘉没有跟我提过他，所以不存在我对他有成见这回事。我接触过一些跟他相似的人，他们一般从小被捧为神童，长大被捧为天才，生活和学业一路顺风顺水，没遇到过什么困难，再加上他长得好看，个子高，自然很受女生青睐。他应该是一个很吃得开的男生，不论是在美国还是中国。但是，他这种人身上最大的特点就是没有感情，因为一切对他来说太容易得到了，没有难度。人始终都是生物，不管经过几千年的进化，身上还残留动物的兽性。兽性最大的表现是什么？是追逐与捕猎。可是，他的猎物都是自主送到他嘴边的，他丧失了追逐与捕猎的乐趣，也就丧失了兽性里的血性，因此，他没有感情。我推测，他对他的父母也很淡漠。而且，我想告诉你一个残忍的事实，也许，如果路嘉去追他，他对路嘉的态度会比对你的态度好得多。"

"为什么？"闵璐完全不敢相信。

"看他今天对路嘉的态度就知道了。他极易被路嘉惹怒，是因为他在乎路嘉的看法。换言之，他们这类人，眼里是容不得任何沙子的，而路嘉恰好就是那粒沙子。"

"那我呢？"闵璐问。

虽然真相很残忍，但程一恒还是告诉了她："海滩边上的路人。"

闵璐的脸色跟心瞬间都沉了下去。此时，路嘉带着与粉丝合完影的魏映过来了，看到闵璐的表情，便问："你怎么了？"

闵璐强颜欢笑，摇了摇头："没什么，我们去庆祝吧。"

魏映把奖杯抱到闵璐面前，乖巧得像个等待夸奖的孩子："闵璐，我赢了。"

"嗯。恭喜你。"

魏映左瞧瞧，右看看，并没有发现之前说好要来看比赛的周恺，就问："周恺呢？"魏映这人什么都好，长得帅，个子高，业务能力强，就是情商有点儿低，经常哪壶不开提哪壶。

怪不得闵璐这么久都不待见他，这种时候，他还不晓得看眼色行事。

忙着补救的路嘉掐了魏映的腰一把，他痛得直接号了一嗓子："痛痛痛！哎哟喂，路嘉，你掐我的腰干吗？待会儿我还要带你去见俱乐部的老板呢，你怎么这么没良心？"

"到底是谁没良心？"路嘉盯着魏映，没好气地说，"我……"她刚要开口讲述今天把周恺气得半路走掉的光荣事迹，程一恒轻轻地拉了拉她的手。

"你拉我干什……"路嘉话音未落，闵璐就气哄哄地接上了话茬："我没良心，我没良心好了吧。路嘉，你就不能看在我的面子上，跟周恺和平相处那么一小会儿吗？他好不容易从美国回来一次，你还处处针对他，早知道这样，我就不带他来了。"

"闵璐，我是在帮你好吗？你看看周恺那个态度，他都快跷到天上去了，如果没有人杀杀他的威风，他怕是会更加肆无忌惮，你忍得了，我忍不了。"

"你忍不了，我又没让你跟他朝夕相处，你喜欢程一恒的时候，我来捣过乱吗？你就不能考虑一下我的感受吗？"

路嘉还想告诉闵璐，她这不是捣乱，却被程一恒拉到了一旁。闵璐看上去很委屈，红着眼眶，咬着嘴唇，倔强地扭过头，努力不让眼泪掉下来。魏映在轻声地哄她，她却一个劲地推魏映。

"路嘉，你别说了。"

"我怎么了？"路嘉不理解。

"你理解不了闵璐，闵璐也理解不了你。你们最好冷静一下。"程一恒把路嘉拉到一旁，说了几句。

路嘉注视着不远处的魏映跟闵璐，只看到他们拉拉扯扯，听不清楚他们在说什么，只能看出闵璐很不耐烦，而魏映一个劲儿地在安慰她。

闵璐很少掉眼泪，碰到周恺的事情是例外。

周恺基本是闵璐整个青春时期的梦，这一点路嘉很清楚。是她击碎了闵璐的梦吗？她有些迷茫，也许这段时间她太浮躁了，做事情没有考虑到后果，也没有考虑到别人的感受。

比如程一恒跟帖子的事情，又比如闵璐跟周恺的事情。

她好像都处理得很糟糕。

"我是不是做错了？"路嘉自言自语。

"我知道你是想为魏映出一口气，也是为了让闵璐不要陷得太深，可是你的方法有待改进。"

程一恒觉得自己刚才不应该瞪路嘉，有些后悔，语气平和了许多。

闵璐还在跟魏映拉扯着什么，情绪越来越激动，最后干脆狠狠地推开了魏映，踩着高跟鞋扬长而去，留下捧着奖杯却一脸落寞的魏映。

路嘉走上前，拍了拍魏映的肩膀，安慰他："今天是我没处理好。"

"不关你的事。感情这种事，本来就不应该勉强。我们走吧，到了跟俱乐部老板约好的时间了。"魏映拍了拍路嘉的肩膀，"你打起精神来，好好表现。"

路嘉点点头，其他的事情都可以先放在一边，她能够重回赛场才是最重要的。

"路小姐，你的情况我们大致了解，但我们俱乐部还是觉得，你以前太忙了，应该趁这段时间好好休息一下。"

"路小姐，我们都知道，你是国内数一数二的女摩托车赛车手，可是之前出了车祸，大众对你还是有一点儿误解。我们想，是不是再过一段时间来谈这个事情比较好，等大家都忘了你跟华庭的事……"

借着魏映的关系，路嘉见了不少俱乐部的老板，得到的差不多是这样的回复。

路嘉从满怀希望到希望一点点破灭，到最后，她都不知道自己是怎么从聊天的地方出来的。

程一恒一直在旁边扶着她，生怕她因为受的打击太大，走路摔倒。

"没事，反正你的腿还没完全好，就当再留一段复健的时间好了。"程一恒安慰她道。

"遇到这种事，你不要着急，着急没有用。"魏映也在一旁安慰道。

路嘉下楼梯时走得很快，并且推开了程一恒，说："你不用扶着我，我自己可以的。"走到楼梯的尽头，她回过头去，看着还站在几级阶梯上的程一恒跟魏映，眼睛里渐渐蓄满泪水，"我感觉，我这辈子都逃不出华庭的阴影了。其实，我后悔过无数次，如果我那天没有一时兴起，没有答应跟她私下较量就好了。我怎么就那么蠢，那么蠢……"

程一恒立马从阶梯上跑下来，抱住她："没事了，没事的，都会好起来的。没有人会一辈子活在别人的阴影里。"

程一恒的安抚并没有起到作用，路嘉趴在他的怀里号啕大哭。

魏映站在另一级阶梯上，看着眼前的一对璧人相拥在一起，内心涌起一股酸酸的感觉，说不清，道不明，说羡慕吧，他肯定是羡慕的，但一点儿都不嫉妒。

路嘉能够找到一个爱她、对她好的人，真是再好不过了。

魏映想走上去跟他们一起拥抱，可人家在谈恋爱，他总不好意思去当电灯泡，只好偷偷摸摸地走掉，然后掏出手机，挨个儿给自己认识的俱乐部老板打电话："喂，王总啊，我是魏映啊，有件事情想跟您商量一下，对，就我最好的朋友，路嘉……"

哄好了哭鼻子的路嘉，在回去的路上，程一恒忍不住开玩笑说："要不，我让我爸开一家赛车俱乐部，就签你一个车手？"

路嘉立马开心了，歪过头来，说："真的吗？"

"不过，这样的话，我可能就当不成医生了。人想要得到什么，必定是要付出代价的。我爸一直遵循等价交换的原则。"

"那还是算了。"路嘉撇撇嘴，"当医生是你的梦想，赛车是我的梦想，我不能为了我的梦想而去践踏你的梦想。我要靠我自己，我要重新回到赛场上。嗯，我可以的！路嘉，你可以的！"

路嘉摇下车窗，身子探出窗外，大吼道："路嘉，你可以的！"

程一恒温柔地笑了笑，拉了拉她的衣服："你赶紧坐回来，被交警逮到，你得进去喝茶了。"

大家都在为路嘉能够重回赛场而默默做着努力，闵璐又到处飞了，好长一段时间没消息。

魏映联系不上闵璐，十分担心，便拜托路嘉联系一下她。

路嘉得知闵璐飞美国，知道她抱的什么心思。路嘉很无奈，便跟程一恒讨论了一下，说："我觉得她可能是真的有些魔怔了，就像我当初喜欢魏映一样。"

"每个人都有可能陷入这种旋涡，走不出来，这个时候，身为朋友，能帮一把就帮一把吧。"

"我知道。"路嘉点点头，"我这就联系她。"

路嘉拨了微信语音聊天过去，竟然被挂断了。

她再打，还是挂断。

她再打，终于有人接起。

是一道男声。

路嘉瞬间就炸毛了："周恺！怎么是你？！闵璐呢？！"

"你瞎嚷嚷什么呢？闵璐正在睡觉。"

路嘉气得跳脚："你给我等着，我马上就来美国。"

"我们不在美国。"

"算了。"程一恒制止了暴跳如雷的路嘉，"你应该专注眼前的事情。闵璐已经是成年人了，有自己的判断能力。"

路嘉实在没办法专注眼前的事情。

俱乐部不收她，她自己根本没有钱租车去比赛。

赛车基本是世界上最耗钱的运动了。

魏映给她想了一个办法：反正FASC（中国汽车运动联合会）的赛车执照她是有的，要是实在没有俱乐部收她，她就租车去比赛。所谓有钱能使鬼推磨，找一个大的赛车俱乐部，租用他们改好的赛车参赛，让他们提供赛车、赛车护具、后勤、维修等一条龙服务，她便可以安心上场比赛。

可是，这样的花费实在太大了，这一点路嘉很清楚。

魏映答应为路嘉出这一笔钱。程一恒说，如果她需要帮助，他义不容辞。如果她需要，他替她组建一个车队去比赛也行。

这两个方法的消费都是难以预估的，路嘉比谁都清楚。她不想欠别人太多，还是想靠自己的努力进俱乐部。

在魏映跟程一恒努力了很久之后，终于有一家俱乐部肯给路嘉一个机会，前提是，让她比一场，看看她受伤后的实力如何。

路嘉很珍惜这次机会，提前一个星期去俱乐部借赛车练习。她去的时候是一个人，俱乐部的人没有一个给她好脸色看，就连接待她的助理都对她爱搭不理的。

"我说路小姐，你就别来掺和这种事情了吧，跟小年轻抢什么饭碗。"

路嘉这才知道，俱乐部安排跟她比赛的对象，都是新招的一批小年轻。一股屈辱之感涌上心头，但路嘉还是强忍下来，微笑着说："我不是来跟小年轻抢饭碗的，属于我的东西就是我的。"

　　借到了车，路嘉准备好护具，准备上场练习时，发现身边空无一人，先前的工作人员不晓得跑到哪里去了。

　　路嘉戴好头盔，没介意那么多，发动了摩托车。

　　赛道是她熟悉的，车型是她熟悉的，但是她莫名紧张，一开始，她不敢开太快，车开出去之后，便觉得脚又酸又痛。

　　她的后背渗出一层细汗，但是开出去约莫一个弯道后，她觉得自己全身被注满了力量。

　　她又回来了。

　　回到这个属于她的地方，就像小豹回到山林，鱼儿回到小溪，鸟儿挣脱牢笼，她身体里的每一个细胞仿佛都扩张了，注满了新鲜空气。

　　在重新跨上摩托车之前，她私下请教练对她进行了科学训练和体能测试，她做得很吃力，但勉强通过了。她需要更加努力地训练一段时间，加上高强度的体能锻炼，才能恢复到能参加比赛的程度。

　　就这样练习了半个月后，以路嘉的天资跟努力，她向俱乐部的新人发起了挑战。其实，这种做法对她一个已经混出名堂的赛车手来说，带有一些屈辱的意味，不过，她没办法，既然她已经从神坛上摔下来，想再爬回去，就必须要付出比以前多几倍的努力。

　　不管是哪项运动、哪项比赛，一个人不管爬得再高，也许陨落就在下一秒钟发生。

　　时间是最残忍也是最仁慈的东西。

　　它可以在瞬间摧毁一个人，但一个人需要花上数万倍的时间恢复。

　　路嘉参加比赛那天，程一恒、闵璐、魏映，甚至连周恺都来了。这给了路嘉不小的压力，特别是在准备比赛时，周恺单独走了过来。

　　路嘉警惕地看着周恺，准备接受他对她的冷嘲热讽，没想到，他只是走到她面前，站定后说了一句："路嘉，加油。"

　　路嘉完全不能理解周恺的所作所为。

　　因为，路嘉跟周恺是宿敌。但凡两人聚在一起，不互相损几句，两人心里肯定都不痛快。

因为闵璐，路嘉一直对周恺抱有敌意，以为周恺也是这样对她的。周恺这句"加油"反倒让她浑身不舒服，起了一身鸡皮疙瘩。

"你咋了，不适应啊？"周恺看着她像便秘一样的表情，问道。

路嘉撇撇嘴，将头盔抱在手中，然后夹在胳膊下，说："对，就像后妈突然给了白雪公主一个苹果，里面肯定有毒。"

"我就说了一句加油而已，又没有戳破你的车轮胎。再说了，路嘉，祈祷你失败对我并没有什么好处，反倒会浪费我一次跟神交流的机会。"

"从资本主义国家回来的人都说这些话吗？"路嘉忍不住露出微笑。

程一恒此时拿着功能性饮料走了过来，路嘉说不喝，担心比赛中途会想上厕所："万一打败我的不是速度和技术，是尿意，那我就完了。"

"傻。"程一恒揉了揉路嘉的头发。

闵璐跟魏映也跑来给路嘉打气："路嘉，加油，保持平常心态就可以了。那些都是小渣渣，技术完全比不过你。"

路嘉点点头。虽然她知道，跟她比赛的都是新人，但那也是经过千挑万选、颇具潜力的新人，曾经她也是新人，也是因为在某场比赛中赢了一个知名车手，一战成名，慢慢地走到了现在。

她断过腿，中断了训练这么久，她不敢掉以轻心。

比赛马上就要开始了，路嘉跟程一恒他们道别。程一恒说："我们就在看台上等你。"

还好，他没有说"我们就在看台上等你胜利归来"，那样的话，路嘉的压力会陡增十倍。能够得到俱乐部给予的这次机会，程一恒跟魏映不仅用尽了办法，还花了不少钱，算是在她身上进行了很大的投资。

不过，他们并没有要求回报。

路嘉知道自己应该做什么，一个战士，一个车手，要做好的就是尽全力好好比赛，发挥出自己的实力，捧杯归来！

枪声响起，随着尖叫声跟呐喊声响起，赛车全部如离弦之箭瞬间飙出去。路嘉起步不好，很快被人在弯道超车，闵璐在一旁攥紧了周恺的手，手心全是汗。她看过路嘉不少场比赛，路嘉从来都是一骑绝尘，从今天的表现来看，路嘉的确因为伤腿受到了不小的影响。

路嘉奋起直追，一直跟冲在最前面的二十二号赛车手并排，但看上去隐隐有落后的势头。过下个弯道时，二十二号赛车手已经超越了路嘉，并且占据了更有利的进弯线路，路嘉本想强行超车，但是被后面追上来的车手逼到了内线，如果她在这里再被甩下，那就再也追不上了。

　　看台上看起来一直很冷静的程一恒忍不住捏了一把汗。

　　他在比赛现场看过不少赛车手比赛，每一次都有惊心动魄的场面出现，但像路嘉这么让他揪心的，还是第一次。

　　魏映拍拍程一恒的肩膀："放心，兄弟，路嘉没有那么弱。"

　　程一恒也知道路嘉没有那么弱，毕竟路嘉是能跟华庭比肩的女赛车手，华庭承认的，也只有路嘉一个人。

　　"天哪！"闵璐突然尖叫了一声，大家循声望去，看着被逼到内线的路嘉压低车身，车身几乎要刮到地面，稍不注意，就有可能因为巨大的冲击力车毁人亡。然而，路嘉借助这个机会，把之前将她逼到内线的车手甩下，顺利地过了弯道，但已经被甩下一个名次。

　　大家都笃定路嘉追不上了，毕竟离终点只剩几圈儿的距离了。二十二号一直把路嘉逼在身后，不让她超车，像故意针对她一般。不过大家很清楚，在这场比赛里，输赢并不重要，重要的是把她压下去。

　　把路嘉压下去，就等于踩着她的名号上位了。

　　路嘉已经没有超车的机会，但她仍未放弃，看台上的观众差不多能够确定这场比赛的结果了，都意兴阑珊，开始离场。

　　只有程一恒他们还坚持站在站台上等待比赛结果，其实，在一场赛车比赛中，不到最后一刻，还有无数可能，魏映深知这一点，因此，他依旧信心十足地抱臂观看着比赛。

　　到最后一圈儿的时候，连魏映都不抱信心了。

　　他回过头看了一眼手挽在一起的闵璐跟周恺，觉得有点儿难受，就转头跟程一恒说："这次……可能是不行了……下次我们再努力。"

　　"天哪！"闵璐又尖叫了一声。一道刺耳的声音响起，二十二号赛车手的车胎爆了。路嘉毫不犹豫地抓住机会顺利超车，第一个抵达终点。

　　"路嘉赢了！路嘉赢了！"闵璐高兴得差点流泪，拉着身边每个人的手说，"路嘉赢了！路嘉赢了！"

程一恒眼里跟着闪起了泪光："我知道，她赢了。"

"路嘉可以回赛场了。"

"她本来就属于这个地方。"周恺说。

比赛结束，程一恒他们几人迫不及待地去跟路嘉一起分享胜利的喜悦。她摘下头盔，满头大汗，甚至还显得有些狼狈，却比任何时候都要光鲜亮丽。

程一恒主动上前拥抱她："祝贺你，路嘉。"

"谢谢大家。"

路嘉的眼眶有些湿润，她抱着头盔的手还微微颤抖着，情绪有些激动，可一看到朝她蜂拥而至的相机跟记者们，立刻收敛了情绪，恢复了一张扑克脸。

这场比赛虽然没有对外界开放，知道的人也不多，但闻风而来的记者可不少，他们都等着看路嘉的笑话，以为路嘉车祸之后根本不能再开赛车，没想到她用实力打了他们的脸。

"路嘉，你真的有信心重回赛车圈吗？"

"今天你差点就被一群新人比下去了，若不是二十二号赛车手的车胎爆了，这场比赛你就输了。你真的觉得自己还有资格回去比赛吗？"

若是以前，路嘉就任由他们这样逼问，可是今时不同往日，她受够了这些得寸进尺的人。她捏住其中一个话筒，冷笑一声，说："我只想告诉大家一句话，我路嘉，回来了。"

"如果我没有资格站在这里，你更没有资格。"

路嘉这次没有打掉对方的话筒，扔下这句话就跟程一恒他们走了。

俱乐部老板没有食言，既然路嘉赢了这场比赛，那就答应跟她签约。

晚上，大家一起去庆祝，在店里高歌。路嘉举杯，说："这段时间，我就好像一直走在一条黑暗的甬道里，这个甬道好像是没有尽头的，我永远走不出黑暗，但是我没有放弃，因为我身边一直有一道声音，就是你们发出来的，你们在鼓励着我，给我勇气和力量。我坚持走下去，终于有一天，我看见了曙光。"

"我走出来了，谢谢你们每一位。"

路嘉端起酒杯，一饮而尽。

这天晚上，大家都喝多了，程一恒叫了代驾，跟路嘉一起坐在车的后排。路嘉靠在他的胸膛上，打的嗝里都冒着酒气："你知道吗？我今天以为自己要输了，有一瞬间甚至在想，干脆我撞上去，要死大家一起死好了，但很快，我的脑海中闪过你的脸，出了一身冷汗。我意识到，这样的想法是极度错误的，就摆正了心态，继续认真比赛。输也好，赢也好，其实，我有了你，就已经赢了人生。"

程一恒摸着她的脸，没有回答，平稳的鼻息证明他已经睡着了。

俱乐部让路嘉三天后去报到，路嘉就有三天时间在家里休息跟收拾东西。她宿醉之后起来，头疼欲裂，翻箱倒柜找阿司匹林时，接到了程一恒的电话。

"我……"程一恒的声音听起来在颤抖。

而路嘉正头痛呢，没找到阿司匹林，正想跟程一恒打电话："阿司匹林在哪里，你知道吗？"

"我出事了。"

"啊？"

"手术失败了。"程一恒的声音听上去很遥远，好像在发抖。他就像在冬天寒夜的室外，周围有野狼出没，心中充满了恐惧。

"啊？"

"医院近期会下达对我的处罚。你能过来一趟吗？我很累，很想你。"疲倦不已的程一恒说。

"我马上就过来。"

路嘉连袜子都没来得及穿，就急匆匆地出了门。自从她的腿好了之后，把她以前的车开了过来。

路嘉以最快的速度冲到程一恒工作的医院，见到程一恒的办公室大门紧闭。路嘉敲了敲门："是我，路嘉。"

门开了一条缝，里面没有开灯，漆黑一片。

穿着白大褂的程一恒在黑暗中很显眼，他抱着头坐在办公桌前，一言不发。

路嘉想，此时此刻，她不便去问到底发生了什么，只走过去，抱着他的头，安慰他："没事的，都会过去的。"

"过不去了。"程一恒哆哆嗦嗦地掏出一根烟，想要点上，打开了打火机，却怎么也点不燃烟，他的手一直在颤抖。

路嘉看着他，稳住他的手："你确定要抽烟吗？我没见过你抽烟。"

程一恒的手不停地抖，完全无法控制。路嘉把他的手按住："你的手怎么了？"

"啪嗒"一声，办公室的台灯亮了。

程一恒把微颤的手放在台灯的灯管下，距离近了，他的手掌几乎是透明的。这透明的手掌，在灯光下微微地发着抖。

他按着自己的手腕，声音里带着绝望："路嘉，我的手废了。"

"怎么会呢？"路嘉觉得，他应该是手术失败后的一种创伤反应，过一段时间就好了。这个时候去追究手术失败的原因不是她应该做的，她要做的就是陪在他身边。

"要不，我们去检查一下你的手吧？"路嘉提议。

黑暗中，程一恒紧紧地抱住路嘉，头埋在她的胸口，手还是止不住地颤抖。她温热的手握住他颤抖的手，过了好久，他终于冷静下来，手不再抖了。

不知道过了多久，有人来敲门。

程一恒松开路嘉，起身去开门。外面站着的，是X医院骨科的副主任医生，周医生。

程一恒被认为是周副主任团队的一员。

周副主任站在门外，看到程一恒后，表情有些无奈："医院领导班子开会结束了。主任让我来通知你，这段时间，你就先休息一下吧。"

程一恒点点头，捂住了自己的脸。

"你的手……"周主任欲言又止，"尽早去看看吧。"

周主任说完就离开了。

路嘉犹豫着要不要追上去，最终还是追出去问了："周副主任，程一恒的手到底怎么了？手术失败，跟他的手有关系吗？"

周副主任叹了一口气，说："这孩子太要强了，他的手在一个多月前就出问题了，他一直拖着，没有去检查，也没告诉别人，因为一旦确诊有问题，他可能再也无法拿起手术刀了，这对一个医生来说，无疑剥夺了他最重要的东西。他就那么拖着，以为总会好的，结果就出了这档子事。"

"病人呢？没大碍吧？"

"本来这场手术是主任用来考验程一恒的，如果他成功了，过了实习期，他自然可以留下来，当然，我们都是这么认为的。没想到……"周副主任摇了摇头，"这孩子……不过，病人没什么大碍，主任第一时间发现了他的不对劲，替他做完了手术，手术很成功。"

路嘉松了一口气。

程一恒的做法的确欠妥，如果他发现自己的手出了问题，就应该积极应对，及时治疗，这是一个医生应该做的。

也许，他是因为不敢面对吧，不敢面对梦想破灭的那一刻。他还这么年轻，如果从此再也不能拿起手术刀，那么，他在父母面前立下的那些誓言就会像抛在空中的沙子一样，随风而逝。

回到程一恒的办公室，路嘉发现他趴在桌子上睡着了。她从柜子里找出毛毯搭在他的身上，就坐在旁边看着他睡觉。

直到天彻底黑下来，程一恒才醒。

他的头好像很痛，揉了揉太阳穴后，清醒了过来，问路嘉："周副主任让我离开医院，对吗？"

"周副主任只是说让你休息一下。明天我陪你去检查手吧？"路嘉说。

"不用了，我自己去。你马上就要回俱乐部练习了，不要为了这种小事耽误你训练。"

"这不是小事。"路嘉突然想起程一恒说过，他跟她在一起是因为发生了一些事，"你说过，你跟我在一起是因为发生了一些事，是不是就是你手的问题？"

程一恒埋着头，不去看路嘉。

"你是不是早就知道了？"

程一恒没说话。

路嘉几乎全身在颤抖："你知不知道自己在做什么？如果在这之前你就知道自己的手出问题了，为什么不报告，非得在手术台上露馅了才肯承认这个事实？"

"你什么都不懂！"程一恒站起身来，"我……"

他说不出个所以然。

程一恒不知道说什么，因为他清楚自己的行为大错特错，是有可能害死一条生命的。

路嘉怒火中烧，但是强忍住怒气。这个时候，她不应该过多地苛责程一恒，既然事情都发生了，他就要想办法去解决，而不是消极应对。

消极跟逃避永远不是解决问题的办法。

路嘉握住程一恒的手，看着他的眼睛里满是鼓励："没关系，我会陪着你，治好你的手，就像你当初陪着我，治好我的腿一样，我们明天就去检查你的手。"

"不一样。"程一恒崩溃了，推开她，"不一样，我陪着我，治好你的腿，是因为……"

空气仿佛一下子凝固了，程一恒的话到嘴边了，他突然停了下来。

"因为什么？"路嘉冷着声音问。

程一恒冷静下来，脱掉白大褂，换上自己的外套："走了，我们该回去了，你开车了吗？"

"开了。你回答我，是因为什么？"

"没什么。我累了，想回家休息。"

看来，此时此刻，程一恒不愿意回答，路嘉没有勉强他："那我们先回去吧，你晚上想吃什么？"

"你自己吃吧，我没胃口。"

两人回到家，一路无言。程一恒进了房间就没再出来。临睡前，路嘉看了一眼手机，上面有两个未接电话，是冷警官打来的。

路嘉掐了自己一把，差点忘了跟冷警官约好说华庭的事。她回了个电话："冷警官，我最近有点儿事，华庭的事可以推后再谈吗？"

"尽快吧。"冷警官说。

挂了电话，路嘉去敲程一恒房间的门，说："你明天早上记得跟我一起去医院检查手。"

没有人回答。

第二天一大早，路嘉起来，准备敲程一恒的房门时，见他的房间门敞开着，里面没有人。她找了一圈儿，厨房、卫生间、他的健身房，都没有人。

玄关处没有他最近常穿的那双鞋子。

他不在家。

路嘉打他电话，没人接。

她再打，他索性关机了。

程一恒就这么消失了两天，其间，俱乐部的人通知路嘉去接受一周的封闭式训练。离开前，路嘉很窝火，因为联系不上程一恒，只好拜托魏映帮忙找一下。

魏映回答得很干脆："我跟程医生联系过了，他说想一个人静一静。等你这几天训练完了，他就来找你。"

好吧，路嘉觉得，她该给程一恒足够的空间，便没再去打扰他。其间，她路过购物商场，看到大屏幕上正播放着一段关于医药器材公司的宣传广告，广告过后，美女CEO接受采访。

美女CEO竟然是知花。

知花还是那么漂亮。记者问她："你年纪轻轻就这么成功，秘诀是什么？"

知花笑了笑，风情万种："我要感谢我生命当中的贵人，就叫他C吧。在我最困难的时候，是C对我施以援手，给公司大笔投资，让公司渡过了难关。"

路嘉站在大屏幕下看完了整段无聊的采访，可以确定知花暗指的人是程一恒。

路嘉忍不住冷笑了一声，看来程一恒真的很爱"精准扶贫"，在别人最困难的时候，他都爱施以援手，她并不是特别的那一个。

系统封闭式训练一个星期后，路嘉终于收到了程一恒发来的消息，他说会来接她。

在俱乐部门口，路嘉见到了一周未见的程一恒，他的状态好了不少，看上去让人放心了一些。

"你去检查手了吗？"路嘉问。

"检查了。"

"医生怎么说？"

"还能怎么说，我就是医生。没什么大碍。"

"那到底是什么病？"

两个人跟唱双簧似的，一问一答，但程一恒全程在跟路嘉打太极，不肯真正地告诉她答案。

程一恒开着车，把电台的声音调到最大，然后说："真的没事了！我已经调整好了。"

"我不信，检查报告呢？"

"医院。"

路嘉深吸一口气："程一恒，你不要逃避问题好不好？"

"我没有逃避问题。"

"你这一个星期，不就是在逃避我吗？"

两人争执中，车身突然不受控制地左拐右拐。路嘉定睛一看，原来是程一恒的手又开始止不住地颤抖，这次比以往都要抖得厉害，他几乎握不住方向盘，眼看就要撞上前面的车子。她大吼一声，越过身子，将方向盘扳过来，好不容易将车子保持平衡。她吓得心快跳出来了："刹车！"

程一恒在路旁把车停下，路嘉看着他，说："这就是你说的没事了？如果我今天不在车上，你已经撞上去了。程一恒，你怎么就是不肯面对现实呢？"

"我没有。"程一恒把脸埋在方向盘上，痛苦地捶了一下喇叭，发出刺耳的鸣笛声。

"走，我们现在就去医院。"

路嘉坚持要换到驾驶室去，但程一恒不肯让位。

"你要干什么？"

"我……路嘉，你别逼我。"

"可是，你这样下去是不行的。"

"我知道。"

"我们去医院吧。"路嘉的声音软了下来。

"好。"

程一恒终于同意去医院，但是他不肯去自己工作的X医院，路嘉便带着他去了另一家知名医院。

经过咨询，他们挂了神经科。

经过医生初诊、检查，初步判断是手部神经损伤。路嘉这才知道，程一恒的手除了无法控制地颤抖之外，还有一半的手麻痹，没有任何知觉，甚至使不上力。

"你这样的情况是不适合再拿手术刀的。"医生建议。

程一恒脸色苍白地离开了医院，答应医生回去考虑一下动不动手术。

"我想回家一趟。"程一恒说。

"好。"

路嘉第一次陪着程一恒回到了他金碧辉煌的家。程一恒的家在远山别墅区，是A市最贵的别墅区，市值都在千万以上。

但这只是程一恒家的一处资产而已。

程一恒回去的时候，他的父母并不在家，家里的阿姨接待了他们。

"一恒很久没回来了吧？程先生、程太太时常念叨你，一开始，程先生是不支持你当医生的，但是后来在程太太的劝解下，他理解你了。父子没有隔夜仇，你要常常回来看看啊。"

程一恒点点头："我知道了，这不是工作忙吗。"

"说起来，你的实习期快结束了吧？最近先生和太太的压力很大，你知道你的堂哥吧，我不知道该不该由我一个外人来说这些，可是先生和太太的年纪毕竟大了，真的不忍心将自己打拼的家业就这样拱手让人，虽然你堂哥不是外人……"

"阿姨，我爸妈什么时候回来？"

"我已经通知太太和先生了，他们说很快就回来，留你跟路小姐吃晚饭。"

约莫晚上七点钟，程一恒的父母出现了。路嘉首次见到他的父母，对他父亲的第一印象是威严。他的父亲戴着金框眼镜，模样很斯文，能看得出年轻时的俊俏模样。他的母亲看起来则要比实际年纪小很多，一头鬈发，十分热情，见到路嘉的第一面就叫她"亲爱的"，对于这种自来熟的人，路嘉始终有些不适应。

程家父母以为程一恒这次回家是为了带女朋友见家长，程太太便埋怨程一恒没有提前告知："我可以提前去做个头发，去美容院护理一下呀。"

　　程父倒是没说什么，只抬起眼皮问："你怎么回事？前段时间嚷着让给那个什么知花小姐投资，现在又冒出来一个？程一恒，我劝你不要太过分，以前弄个神经病回来，我已经给够你面子了！"

　　"孩子他爸！"程太太撒娇地喊道，"你说什么呢？路小姐看起来很聪明的，虽然知花小姐也很不错啦！"

　　"爸，我这次不是带路嘉来见你们二位的，我有事要跟你们说。"程父程母不太关注时事新闻，所以不知道路嘉跟华庭的事，更不知道路嘉也是个摩托车赛车手。

　　"什么事？还有事情比这个更重要？"

　　程一恒伸出自己的手，左手按住右手，但还是止不住地颤抖："我的手，需要动手术。"

　　程太太立刻紧张地飞奔到程一恒的面前，拿起他的手，左瞧瞧，右看看，担心得泫然欲泣："我的宝贝儿子啊，你怎么会这样？"

　　"我不知道。"

　　"我叫你不要去当医生，你偏要去当，我叫你不要跟那个神经病在一起，你非得跟她在一起。前段时间陈董事长打电话来，你又说要帮他的侄孙女知花投资，我还以为你转性了，结果你又来这么一出，你不气死我们不甘心吗？总之，我们的话你从没听进去过，都当耳边风了。现在出事了，知道回来找我们了？"

　　"我不是回来找你们，我只是通知你们一声，万一你们的儿子断了一只手，成了残废，让你们心里有个谱。"程一恒用很冲的语气回击自己父亲不客气的话。

　　程太太立刻出来打圆场："死孩子，怎么跟你爸爸说话呢？你快道歉。"

　　"我没什么好道歉的。还有，我再说一次，她不是神经病，只是得了抑郁症。"

　　路嘉站在一旁，看着这一家人上演这出爱恨情仇的戏码。程一恒说的

"她"是谁？谁是神经病，谁又得了抑郁症？难道是华庭吗？

"笑话！你是医生，你不是很厉害吗，怎么连自己的手都保不住了？"程父把茶杯重重地往桌上一放，发出巨大的声响。

程太太被吓了一跳，连忙跑到老公面前撒娇："老公，孩子都这样了，你就别发火了，现在我们应该想，怎么治好孩子的手。"

"我管不了那么多，他爱怎样就怎样。"程父甩手上了楼，留下一个冷漠的背影。

"宝贝，我们一起想办法。要不，我们出国吧？国外的医疗条件肯定比国内的好。"程太太还是很心疼自己的孩子。

程一恒起身说："不用了，我最近几天就会动手术，只是来通知你们一声。"

"路嘉，走了。"说完，程一恒就要走。

阿姨喊住他："你不吃晚饭了吗？我已经做好了，都是你爱吃的菜。"

"下次吧，阿姨，我们今天还有事，就先走了。"

程太太在身后喊了几嗓子，但是没有追出来。

这次见面不欢而散，出来后，两人的心情都很沉重。上了车，沉默了一会儿，程一恒才开口："你看吧，这就是我的父母。他们什么事情都要我自己负责，也只能我自己负责。"

"路嘉，我累了。"打开车内灯，程一恒抱住路嘉，"其实，我并不是害怕做手术，我只是害怕面对这样的他们。他们一味指责我，却没关心过我真正的想法。其实，不管手术的结果是什么，我还能不能继续当医生，我觉得都不重要了，我只想好好地睡一觉。"

路嘉轻轻地"嗯"了一声，缓慢而有节奏地拍着程一恒的后背，哄他入睡。她本来想问华庭、知花的事，但是她的心一点一点沉了下去，现在不是问这些的时候，一切等他的手好起来再说吧。

三天后，程一恒在检查手的医院接受了手术。

路嘉在手术室外焦灼地等待了十个小时。在最后一个小时，程太太踩着高跟鞋、戴着墨镜出现了。

"路小姐，手术快结束了吗？"程太太摘下了墨镜。她化了全套的妆，很精致。

路嘉朝程太太身后东张西望，程太太拉着路嘉的手，说："路小姐，别看了，他爸爸不会来的，今天飞香港了。"

"我打听过了，这个手术的成功率有百分之七十，所以不用太担心。"手术的最后一个小时里，程太太不停地打着呵欠。

程一恒从手术室里出来时，程太太没有第一时间冲到他面前，询问他的状况，还是路嘉去问了之后告诉程太太的。

路嘉在跟程太太一起去病房的路上，忍不住问："程太太，你好像一点儿也不担心一恒？"

程太太重新戴上墨镜："结果是既定的，我担心也没用。当医生这条路是他自己选的，换句话说，躺在手术台上这个结果，是一恒自己种的因。"

"但是你是他的妈妈呀，他应该最需要你的关心吧？"

"不，关心比不上替他找个医术高超的医生，你觉得呢，路小姐？"

路嘉心里感到一阵悲哀，原来程一恒是在这样的家庭长大的，怪不得他不愿意继承家业，而是选择当医生。

"其实……"坐在病房里，程太太削着水果，说，"一恒会选择当医生，我知道为什么。"

"为什么？"

"因为他奶奶。一恒跟他奶奶感情最好，他奶奶生病那一年，他查遍了网上关于骨癌的资料，试着写英文邮件，联系国外的医生。其实，我们家完全有实力把老人家送去国外治疗，可是她的身体已经经不起折腾。尽管我们给她提供最好的病房，用最贵的药，但生命这个东西，是用钱买不回来的。她去世之后，他把自己关在房间里，三天没出来。三天后，他打开门，眼下的黑眼圈都快掉到地上了，信誓旦旦地跟我们说，他要当医生。"

"你们同意了？"

"我们当然没同意。他爸爸以为他只是一时兴起，就没当回事。没想到，后来他高中毕业时，我们让他申请国外大学的工商专业，结果他硬要留在国内学医。当时他爸爸才意识到他是认真的，想要扭转，已经来不及了，便让他签下一份保证书。"

"什么保证书？"

"保证以后不后悔，不觊觎家产。"程太太说。

"他爸爸就算那么威胁他，他也没眨一下眼睛，坚持学医，没想到现在会弄成这样。本来，不管他学什么，他都可以回来，学习打理公司，可是因为他在大学交的那个女朋友的事，把父子俩的关系搞得更糟糕了。他当时那个女朋友好像比他大一些，是个名人，但是有抑郁症，脾气很不稳定，他爸爸见过一次就很不喜欢，让他们分手，他不愿意。他爸爸直接找到那个女生，没想到刺激到那个女生，两人在大街上起冲突，好像还上了新闻，最后被压下来了，事态才没闹大。"

路嘉跟程太太聊了约莫一个小时，程一恒身体里的麻醉药性过了，他醒了。

"手术成功了。"路嘉知道他醒来最想知道的是什么，"你想喝水吗，或者吃点儿水果？你妈妈来了，刚出去上洗手间了，马上就回来。"

"嗯。"程一恒脸色苍白地躺在病床上，看上去很疲惫，不想讲话。

路嘉不再打扰他。程太太回来，看到程一恒醒了，立刻一惊一乍地喊来医生，等医生检查完说没事之后，就放心地离开了。

离开了……

"她就是这样的，对我的关心跟爱护点到即止，说什么不能养成恋母情结，你别太在意。"

路嘉点点头。

　　程一恒说饿了，路嘉去楼下给他买了点儿粥。等电梯时，有很多人，她便站在一旁等下一趟，想起程太太说的新闻，就用手机搜了一下。

　　身为商界著名大鳄的程父与年轻女子当街起冲突的新闻一搜就出来了，新闻没有提到该名女子的名字，只有一张模糊的现场照片，时间是晚上，看不清女子的长相，不少人认为是程父找的小三，后来程父还出来辟谣，只是没有提到是儿子的女朋友。

　　网络上关于程一恒跟程父的联系几乎没有，似乎没有几个人知道他们的父子关系，大多数人还在猜测程父的孩子在国外求学。

　　路嘉看手机里年轻女子的身形，莫名觉得有点儿熟悉。

　　路嘉再想了一下，年轻女子就跟华庭的样子重合起来了。

　　程一恒接受手术之后，跟X医院的骨科主任医生联系了，同意休息一段时间："我的伤养好之后，我想先转岗，等我稳定一点儿，再回手术台。"

　　主任医生同意了。

　　转岗需要差不多一年的培训时间，主任医生答应给程一恒留一个位置，程一恒这段时间可以不去医院。

主任医生算爱才、惜才了。

生活暂时归于平静，路嘉在俱乐部有条不紊地进行着训练。

闵璐突然给路嘉打了电话，说："周恺要回美国了。"

路嘉本以为周恺终于决定跟闵璐在一起，没想到，他才安稳不到两个月，又开始作妖。

得知周恺要回美国的消息，闵璐的心态立马崩了。如果说，每个人都有软肋的话，那么，周恺戳闵璐的软肋，一戳一个准。

闵璐哭哭啼啼地给路嘉打电话，路嘉知道闵璐很伤心，很担心她，本想亲自上门去安慰她，但仔细考虑之后，决定把这个机会让给魏映。

路嘉怕在电话里头说不清楚，干脆把魏映约出来，一字一句地跟他交代，让他记得要怎么做，还让他多去知乎上搜搜怎么哄女孩子。

"你有那么多粉丝，应付妹子应该得心应手吧？"路嘉说。

"你多虑了，我跟粉丝基本上像在玩老鹰捉小鸡的游戏，每次不管我走到哪里，她们都是一拥而上，把我围了个水泄不通，手机都贴到我的脸上来了，我还得管理好表情。很多时候，其实我吓得不轻，谈何应付妹子得心应手？"

"就算你不得心应手，这次应该是你最好的表现机会了。过了这个村，可就没这个店了啊。"路嘉叮嘱魏映，心道：好不容易碰上周恺作死，你魏映就乘虚而入呗。

以前的路嘉无论如何都想不到，她会这么平和地坐下来跟魏映聊天，并且聊天的内容还是帮他追闵璐。

路嘉想，她可真是伟大。

周恺说走就走，不拖泥带水。闵璐从机场送别他出来后，哭成了泪人，当场就想买机票，跟着周恺飞美国，却被及时赶到机场的魏映拦了下来。

魏映很想用最近网上流行的"忘了他，我偷电瓶车养你"的梗来逗闵璐开心，可是他从没见过闵璐哭得稀里哗啦的样子，就像一只小兔子一样，可怜兮兮的，让人看了就心疼。

"走吧，闵璐，该回去了。"

闵璐把脸埋在手心，坐在机场候机大厅的休息椅上，不肯挪动。她摇了摇头，用哭腔说："你走吧，我自己在这儿待一会儿。"

魏映看着闵璐这样一蹶不振的样子，恨铁不成钢地说："闵璐，你知道吗，你现在一点儿也不像我认识的那个闵璐，我喜欢的不是这样的你。"

闵璐头也没抬地说："那最好。"

"闵璐，为了一个男人，这样做，真的不值得。"

"那你为了我，这样做，就值得了吗？魏映，爱不需要问值不值得。"

两个人跟辩论似的，你一言，我一语，最终谁都没说服谁。魏映没办法，只好垂头丧气地坐下来，陪着闵璐。

周恺走的时候是早上，闵璐跟魏映坐在机场大厅里，从朝阳初升坐到了夕阳西下。天色彻底黑了之后，机场大厅里依旧灯火通明，行人络绎不绝，大厅里甚至比白天还要热闹。

去国外旅游的旅行团总爱挑夜间航班，所以晚上的安检区域人头攒动，魏映提醒闵璐看那边的队伍。

"有句话是我从武侠小说里看来的，觉得很适合现在的你。我不记得是金庸还是古龙写的，是这么说的：'三妹，你看天上这些白云，聚了又散，散了又聚，人生离合，亦复如斯，你又何必烦恼？'"

闵璐渐渐抬起头来，眼睛已经哭肿了，像两个烂桃子。

"下一句呢？"她问。

"什么？"

"下一句是什么？"闵璐又问。

魏映想了想："下句反倒比较适合路嘉——'什么世俗礼法，名节清廉，通通全都是狗屁不通'。"

闵璐突然笑了。

"其实，我跟周恺单独见过一次面。"魏映冷不丁地说。

那时候，魏映刚知道周恺不久，对周恺更多的是嫉妒和憎恨。魏映在网上搜索了所有关于周恺的信息，当然，像周恺这种学术研究者，网上并没有什么关于他的有用资料，更多的是他的论文。

文化水平并不怎么高的魏映翻着字典看完了几篇周恺用英文写的论文，一个字都没看懂。

魏映又在Facebook主页看了好几天周恺的动态，看到高大帅气、有知识、有文化、有品位、有前途的周恺后，觉得输得心服口服。

但这只是短暂认输，赛车手只承认一场比赛的失败，不承认永远的失败。魏映觉得自己不可能在所有方面都输给周恺。于是，在周恺某一次回国时，魏映想方设法联系上了他。

实际上，周恺比魏映年纪还小一些，整个人却散发着成熟男人的魅力。

闵璐会喜欢上周恺这样的人，并且喜欢了这么多年，在情理之中。不过，只要一想起这件事情，魏映就嫉妒得连饭都吃不下。

魏映和周恺约在赛车比赛现场见面，一边看比赛，一边聊天。魏映先做了自我介绍，然后说："听说闵璐喜欢了你很多年。"

周恺不甘示弱："听说你喜欢了闵璐很多年。"

这句话成功逗笑了魏映。

"其实，你不必对我有太多恶意，如果你喜欢闵璐，就尽量去追，不要太浮夸，她是个很懂事的女孩子，不太会表达自己，你要多用心，去观察她，去了解她，知道她想要什么。一旦你成功地做到了这一点，那么离她对你倾心就不远了。"周恺像个前辈一样，向魏映传授着经验，一点儿也不像路嘉口中的混世魔王。

"你就是这么做的，所以俘获了她的心吗？"魏映问道。

"不。"伴着观众席的欢呼尖叫声，周恺摇了摇头，"我什么都没做，她就喜欢我。"

"为什么？"魏映扯着嗓子问，因为观众席的声音实在太大了。

"因为我就是这么优秀。"周恺用普通音量说，但魏映还是捕捉到了，恨不得给周恺一拳。

"所以，我一直觉得，周恺是一个不错的人。"魏映说完了自己跟周恺的故事，总结道。

"那是你的错觉。"如果路嘉听到他这么说，一定会这么评论。

在夜晚的机场，坐了一天、滴水未进的闵璐终于站起身，肿着眼，笑着对魏映说："我饿了，我们去吃点儿东西吧。"

魏映早就饿得肚子咕咕叫了，他站起身，跳了跳："走吧，你想吃什么？哥请客！"

闵璐笑着跟他肩并肩走出了机场，晚风拂面，空气里浮动着燥热的因子。闵璐突然感叹道："原来已经夏天了啊。"

俱乐部虽然收了路嘉，但是并没有及时给她安排比赛，三番五次找借口，说她还需要训练，现在不适合出去比赛。她虽然心有不满，但还是默默地忍受了俱乐部的不公待遇。

正是因为这样，除了训练之外，她有很多空闲时间。

于是，她直接杀到了周恺住的地方。

周恺之前一言不发地回国，不说发生了什么，闵璐还以为他是专程回国来找她的，以为她这么多年的良苦用心终于得到了回报。但路嘉觉得，事情绝对没有这么简单。

路嘉敲开周恺住的地方的门。周恺穿着白色的睡袍，睡眼惺忪地站在门背后，问："你怎么来了？"

"你为什么突然要回美国？你回国是为了做什么？"

"我有必要跟你交代吗？" 周恺说着就要送一碗闭门羹给路嘉吃，还好路嘉用脚把闭门羹踢了回去。

还是以前那样，两个人是天生仇敌，说不了三句话就得开战。

"我警告你，如果你对闵璐负不了责，就别去招惹她。"

"那我也告诉你，大家都是成年人了，能做到为自己负责就不错了，为什么还要为别人负责？"

路嘉快被周恺气死了，站在门口破口大骂："人渣，去死！"

周恺换了个姿势倚在门上，用探究的目光扫过路嘉："我一直有个疑问，为什么从小到大，你总追在我屁股后面骂我？是不是，其实你对我是真爱，爱而不得，就只好对我口不择言、拳脚相向？"

"你知道不要脸三个字怎么写吗？我告诉你，其实，从小到大，要不是闵璐，我压根不会正眼瞧你。"

"为什么？"

"因为你太娘炮了。"

路嘉成功回击，周恺差点甩一只拖鞋过来，路嘉扬扬得意地扳回一成。

也许是打嘴仗打累了，周恺一阵猛咳后，让开一个位置："你进来说吧，外面风大。"

路嘉撇撇嘴，周恺什么时候猫哭耗子假慈悲了？

"我不冷。"

"我冷。"

路嘉只好跟着周恺进了屋。

周恺住在四十多楼的高层公寓，屋子里有一扇大的落地窗，几乎可以俯瞰整个A市。路嘉站在落地窗前，看到了夕阳。没想到时间已经这么晚了。

"都快晚上了，你才睡觉？"

"我过的是美国时间。"

路嘉觉得跟周恺完全没办法交流，扫视了一圈儿他的房间："你为什么不回家里住？短期租公寓很贵吧？"

"谁说是我租的？我买的不行吗？"

……

路嘉拿起茶几上的水果吃起来，剥皮的时候，她注意到垃圾桶里有一团用过的卫生纸。

纸上面有血。

她抬起头，塞了一瓣橙子在嘴里，问："你怎么了，垃圾桶里……"

周恺一听到"垃圾桶"三个字，立刻跑过来，提起垃圾桶里的垃圾袋，然后放到门口，再回来套上空袋子。

路嘉还想问什么，觉得不太方便，就算了。

"闵璐之前住我这儿，我昨天让她搬走了。"

"我知道，不然我能来找你吗？"

"我要回美国了。"周恺很无奈地说，"我真的很感谢闵璐这么多年来对我的惦记，让我觉得在这个世界上不是孤单的。"

路嘉觉得周恺又在大放厥词了。他明明从小就是天之骄子，被不少小姑娘惦念至今，还说孤单呢。

他真是矫情。

"我说……"路嘉觉得现在的氛围不错，周恺还算友好，就把她的心里话一股脑地说了出来，"就算你回了美国，也可以跟闵璐继续在一起啊，如果你真的喜欢她的话，这是前提。我相信闵璐会毫不犹豫地跟你一起去美国的，而不是像你这样，回来一两个月，撩拨了她的心，又远走高飞，你不是渣男，谁是渣男？"

"路嘉。"天色越来越晚，夕阳照进屋子里，周恺没有开灯，脸上血色全无，不知为什么，看起来有点儿恐怖，"我已经不做学术研究了。"

"那你做什么？"

"我说我失业了，你信吗？"周恺虚弱地笑了笑。

"够了，周恺。我不是来看你演戏的，我想说的已经说了，如果你还有点儿良心，你就放过闵璐吧。"

"嗯。"

让路嘉觉得意外的是，周恺没有回怼她，而是乖乖地答应了她。

直到离开周恺家，路嘉都觉得跟周恺的这次见面整个过程有点儿奇怪。

那次见面后，周恺还是回了美国，闵璐像丢了主心骨似的，沮丧了很长一段时间，好在路嘉跟魏映一直不离不弃地陪在她身边，陪她散心，陪她旅游，大约过了半年，她终于有一些走出来的迹象了。

程一恒接受转岗培训后，整个人平和了许多，跟路嘉的生活渐渐步入正轨。路嘉感觉，现在的她就像劫后余生。她又想起了那个《我的医生好像喜欢我》的帖子，重新点开时，发现已经有大半年没更新了。

她点击编辑，简要地叙述了这段时间以来发生的事情，包括程一恒的手，包括闵璐跟周恺的事。

她的心态成熟了许多，不再像以前那样，刚更新完就迫不及待地想看评论。

等到第二天，她才重新打开帖子。

评论里说："楼主回来啦！欢迎！没想到在这短短的半年内，楼主经历了这么多的事情。哎，生活不易，且行且珍惜。"

"C离开医院了吗？天哪，那段时间C肯定很煎熬吧，还好有楼主陪在他身边。楼主辛苦。"

"楼主的闺密挺惨的，遇到那种大渣男，简直是绝世大渣男，女人找对象还是得擦亮眼睛啊。"

"楼主什么时候跟C结婚啊？看样子，你们的感情很稳定了。"

路嘉看到最新的这条催她结婚的评论时，笑了笑，继续往下翻。

有人说："楼主，又有营销号把你的帖子搬去微博了。"

路嘉一看，脑袋又疼了。

路嘉赶紧去联系营销号，营销号对她的消息已读却不回。

路嘉看了看"八卦来了"小组，里面有几个帖子似乎跟她的帖子有关。其中一个特别扎眼，标题是《我好像发现隔壁医生帖的主角是谁了，顺便扒一下跟医生帖密切相关的一个人》。

帖子的内容是：

"相信'八卦来了'小组的小伙伴对医生帖都很熟悉了，曾经有不少小伙伴熬夜追过更新吧？我也是。

但跟小伙伴们不同的是，楼主比较有探究心，在把医生帖来来回回地看了不下十遍之后，楼主可以肯定，医生帖在现实中有对应的真实人物。

当然，我不是凭直觉猜的或者胡诌的，而是经过上网搜索加实地考察，确定了的确有这么回事。但今天我不是来扒医生帖的男女主角，而是来扒与医生帖息息相关的一个人物——H。

H是某项比赛类运动的知名选手，人长得漂亮，粉丝众多。欢迎各家粉丝对号入座。

不幸的是，H英年早逝，在这里，我就不说死因了，那样就太明显了。

然而，经过我认真地研究，H真正的死因，也许应该换种说法，造成H真正死亡的原因，不是外界传言中的那样。H的死，她自身占了很大一部分原因。她的父母也许是为了车祸赔偿，也许是为了维持自己孩子在粉丝心目中的形象，没有把真相公之于众。可是楼主的职业跟医生是同类，不过是精神科的，属于业内人士。虽然楼主学的是精神科，但是楼主有一颗八卦之心。经过艰难地搜索，我找到了H的微博小号。

我翻遍了她三千多条微博后，职业的敏感性提醒我，她患有抑郁症。

在微博里，H提到了一个私人心理诊所，我恰好认识那里的医生。虽然本着保护病人隐私的原则，医生没有告诉我H是不是他的病人，但是从他的言语间，我已经可以肯定，H患有严重的抑郁症。

当然，我没有实锤。

更可怕的是，H自杀过好几次。所以，作为一个推理爱好者，我有理由相信，H的车祸可能是意外，但也有故意的成分在里面。"

这个帖子掀起了惊涛骇浪，同时被营销号跟医生帖一起转发。有人直接点名道姓："有网友扒出华庭生前患有抑郁症，怀疑其与路嘉的车祸有人为成分在里面。"

一时间，一石激起千层浪，沉寂已久的媒体用电话轰炸来"关心"受害者路嘉："你有没有想过自己是冤枉的？"

"得知这件事情后，你是什么心情？"

"你要不要来做个专访？"

路嘉一一拒绝，尽管俱乐部要求她接受采访，趁机炒作一波，装可怜，重新赚取人气。

她真的真的一点儿也不想跟那场车祸再扯上关系。

开始不断有科普大V从科学的角度来分析那场车祸事故，得出的结论是：华庭完全有机会不冲下山崖，不排除她有故意的成分在里面。

很快，华庭的微博小号被扒出来，跟豆瓣爆料的那个帖主说的一模一样。

路嘉突然沉冤得雪，位置调换，变成了受害者。

路嘉突然想起冷警官约过她好多次，想跟她讲华庭的事，都被各种各样的事情耽误了。网上鱼龙混杂，泥沙俱下，目前爆出来的消息肯定有真有假。她努力平复好自己的心情，然后联系了冷警官。

路嘉主动去了交警队，冷警官为她泡了一杯茶。

"实际上，在网友爆料前，我们就调查出了这些事情。"

"网上说的那些都是真的吗？"路嘉问。

"一半一半吧。"

冷警官详细地跟路嘉说了他们的调查结果。

首先，取得重大突破的就是路嘉跟华庭出事现场的监控，当晚雷雨交加，监控被破坏，技术人员努力修复后，终于恢复了数据。

路嘉的记忆没有出现偏差，在路嘉撞上路障之后，华庭的车速确实慢了下来。看到路嘉连人带车摔了出去，华庭曾经把车停在大雨里，上前去察看了一下路嘉的情况。

也许，在那个时候，路嘉已经晕过去了。

本来以为华庭会打电话求救，但华庭靠近路嘉似乎不是为了确认她没事，而是确认她晕过去了。

确认之后，华庭重新骑上车，往后退。

可能有人会以为华庭是想逃离现场，但不是。她的车退到一定距离后，可以明显看见车子加速了，她不顾一切地朝护栏冲过去。

车速太快，加上雨天路滑，在视频中，路嘉可以清楚地看到华庭撞上护栏，因为冲击力度过大，整台摩托车翻转过来，连人带车摔下山崖，消失在黑暗当中。

而视频中的路嘉在大雨滂沱中躺着，没有任何反应。

这是一段无声的视频，但同样跟赛车比赛一样，看得人胆战心惊。

路嘉看到视频最后，全身止不住地发抖："为什么？她为什么要这样对我？她自己想死，非得拉上一个垫背的吗？"

"你冷静一下。"冷警官试图安慰路嘉，"一开始，我们也不知道华庭为什么要这么做，所以这个视频一出来，我就联系了你，想了解一下，你跟华庭是不是有什么过节。可是后来，我们知道华庭有抑郁症这件事情，知道她已经闹过好几回自杀了，就有了一些头绪。我们想到这件事情对你的影响很大，就没再催你过来了，想尽量调查清楚一点儿再告诉你。"

"那你们现在调查清楚了吗？"路嘉问。

"八九不离十了。我们找到了华庭的遗书，她在上面说了制造这次事故的动机，并让她的父母代她向你道歉。"

路嘉真是人在家中坐，祸从天上来。

路嘉气得失去了组织语言的能力，只能听冷警官继续讲。

"据华庭父母说，一开始，他们是不知道有一封遗书的，是后来有一次打扫华庭房间发现的。我们相信了他们的话，因为我们了解到，他们好像找过你好几次麻烦，但后来不知道为什么就偃旗息鼓了。"

"我以为是因为我给了他们五百万。"

冷警官说："的确有这个因素。警方已经协调好，华庭父母同意将五百万退还给你。"

"算了。"路嘉摆摆手，"虽然我很缺钱，但毕竟华庭死了是事实，钱就让他们老两口拿着吧。"

冷警官夸路嘉人美心善。路嘉用手撑着下巴，说："冷警官，你可别调笑我了，还有其他要说的吗？"

冷警官盯着路嘉看了一会儿，欲言又止。

"你跟那个程医生，走得很近吧？"

"对，怎么了？"

冷警官说了一句话，路嘉听完后，耳朵里好像灌进了很多水，"咕噜咕噜"地响，渐渐地，她就听不清楚冷警官说什么了。

她不知道自己是怎么从交警队里走出来的，尽管冷警官一再嘱咐她，让她想开一点儿，事情都发生了，就不要去纠结它为什么偏偏降临在她身上，不要想为什么她这么倒霉，而要积极地去想解决的方法。

在回去的路上，路嘉接到消息，说是过去接诊过华庭的那家心理诊所抵不住压力，最终还是侧面承认了华庭的确是他们的病人，并且有重度抑郁倾向。

舆论开始讨伐华庭的父母。

紧接着，发生了更糟糕的事情。华庭的舅舅因为赌博，输了一大笔钱，跟记者报料，华庭有一封遗书，这是从来没被外界知晓的。

华庭的舅舅见钱眼开，收了一方的好处后，将华庭遗书的部分内容报料出来。

华庭在遗书里写明了自己计划通过赛车的方式自杀，并且希望父母及时公布遗书，不要牵连无辜的人。

路嘉曾经受过怎样的舆论风波，现在全部重新在华庭父母身上上演了一遍，并且人们骂得更厉害，语言更不堪入耳。

网络上甚至掀起了反华庭父母的风浪。

这些事情发酵得很快，当时程一恒在外地培训备考，被没收了手机，等他出来时，外面已经闹翻了。

这段时间，路嘉一直没有联系程一恒。她坐在这个她住了半年多的房子里，不吃不喝地过了两天，流了不知道多少眼泪。在程一恒结束考试时，她给他打电话，说了华庭的事情，但没有提冷警官最后说的话。

程一恒在电话那头沉默了许久，说："我知道了，路嘉，从现在起，不管发生什么事，在我回来之前，你都不要到处乱跑，不要表态也不要发声，知道吗？"

"好，我等你回来。"

挂了电话，路嘉无力地坐在沙发上。

程一恒在外地，需要驱车三四个小时才能回到A市。他已经把车速加到最大，担心用不了三四个小时，强大的网友就会把一切扒出来。

路嘉在家里关注着网上的动态，手机已经关机，被她扔到了角落。

不停地有新的爆料出来，直到她看到一个让她全身发凉的帖子——《重磅——路嘉现男友C竟然是华庭前男友》。

帖子的内容为：

"天哪，其实我不敢确定。我那天去X医院体检的时候，看到路嘉跟C在一起，我就莫名觉得熟悉。说一下，我跟C还有华庭是校友。那时候，他们谈恋爱，在学校里闹得挺轰动的，但不知道为什么，没有流传到网上来，所以好多人不知道华庭有男朋友。

据说，C的背景很深，至于多深，就得靠你们去挖了……"

帖子的内容看上去不是编的，有很多生活细节，楼主很像生活在程一恒跟华庭身边的人。

帖子里面提到，程一恒跟华庭是通过社团活动认识的。

路嘉哆嗦着搜了华庭毕业的大学，果然，华庭跟程一恒读的是同一所大学。路嘉又搜了关于华庭大学生活的采访，华庭的确提到了一个社团。

那个社团，程一恒也提过。

"还有啊，华庭有抑郁症这件事情，其实发生在跟C在一起之后。至于原因，其实我们外人不太清楚，但我可以打包票，华庭有抑郁症肯定不是因为C，因为C对华庭好到了极致。华庭抑郁的原因，更多还是来自她的父母跟赛车吧。她的父母对她的要求很高，不是那种高，而是有点儿压榨她的意思。她的父母总向她要钱，觉得以前培养她学赛车，在她身上花了不少钱。

华庭跟路嘉不一样，不属于天赋型选手。

路嘉是因为有天赋，小小年纪就被选进俱乐部，而华庭自费练习了好几年，赢了几场小型比赛后才崭露头角，然后才有俱乐部注意到她。所以，前期她父母在她身上的投入还挺大的，大家应该都知道玩赛车很费钱吧。

她父母的想法就是，他们种的韭菜源源不断地长出来了，他们自然要不断地割韭菜，以此换回收益。所以，他们就经常向她要钱，还是大数额的那种。后来，他们干脆控制了她的经济来源，她的每一笔收入都打进他们的账户里。

我前面说了，华庭不是天赋型选手，她的好成绩都是通过刻苦与努力换来的。到后期，其实她已经有点儿力不从心了，跟路嘉比赛之前，她就提出过好几次退役，但她的父母不允许。

就这样……

真的很可惜，我们作为旁观者都觉得很可惜。

但我有一点要强调，C对华庭真的好到没话说。说起C跟华庭分手的原因，双方家庭都占一部分因素。

为什么这么说呢？

C的家境非常好，是我们普通人难以想象的好。以前，我跟他就读一所大学，他的吃穿用度、个人气质，看起来就不是一般家庭能培养出来的，但我没想到他家会那么有钱，说到底，是C够低调了。C明明可以继承家业，偏偏要当名小医生，这也是我佩服他的地方。

C还没毕业就带华庭去见他的父母了，但他的爸爸好像对华庭不太满意，逼他们分手。C抗争得很厉害，差点跟父母断绝关系。不过，最后他跟华庭还是分手了，原因不明。

后来的事情，我就不太清楚了……等高手来扒吧。"

路嘉不知道自己是怎么看完这个帖子的，只知道全篇的核心就是程一恒多么爱华庭，华庭多么不幸。路嘉心想，那她呢？

路嘉躺在沙发上，望着天花板上的吊灯，真的很想问程一恒一句：在你们这场深情的戏码里，我路嘉到底扮演了什么角色？

路嘉原本打算等到程一恒回来之后当面跟他谈的，现在看来没有必要了。

他可真狠心啊。

他骗了她这么久，还可以在她面前装得若无其事。其实，这也怪她自己。她在健身房里看到那张被藏得那么隐蔽的合照时，就应该明白，他跟华庭的关系绝不简单。其实，她想到过这一层，但当时被爱情的甜蜜冲昏了头脑，以为只要没人提，这件事情就可以当作没发生。可是，现在整个世界的人都在谈论这件事情。

路嘉很混乱，忍不住打电话给程一恒："网上说，你是华庭的前男友，对吗？"

"路嘉，我在开车，很快就回来。我回来了，会把一切都解释给你听。"

"那就是了。"路嘉笃定地说，"你是不是早就知道了车祸的真相，所以，你从一开始接近我，就是带有目的的，对吗？"她之前以为自己跟程一恒的相遇是偶然，现在看来，是人为的。

"路嘉，你别激动，等我回来再说，好吗？"

"你只需要回答我，是还是不是？"

程一恒犹豫了很久，终于回答："是。"

"那这一切是为了什么，你为了报复我，替华庭报仇，还是为了替她赎罪？"路嘉的声音里已经带了哭腔，"程一恒，你说，这一切算什么？"

"路嘉，你先冷静一下……"

没等程一恒说完，路嘉就挂了电话。其实她很冷静，冷静地开始收拾东西，准备离开这个她住了半年的地方。

她每走一步都觉得很讽刺，这个她无比熟悉的地方，其实华庭也住过很久吧？不，这里本来就是华庭的。

她不知道华庭到底怎么想的。华庭想去死，还非得拉个垫背的，这个垫背的还非得是她！

她是今年正月初一没有去寺庙烧香才这么倒霉吗？华庭害她就算了，为什么华庭的前男友要处心积虑地接近她？

这演的到底是一出什么戏？

路嘉越想越头痛，眼泪扑簌扑簌地掉，根本擦不完。其实，她的东西不多，没到一个小时，她就收拾完了，两个二十四寸的大箱子，当初她怎么搬来的，现在就怎么搬走。

程一恒买给她的东西，她一样也不要。

车祸后，她赔给华庭父母的五百万已经是她全部的积蓄，就算支付这大半年来程一恒对她所有的付出。

出门的时候，她把钥匙扔在了玄关。

她没有给任何人打电话，找了一家酒店暂时住下，手机关机。

她在酒店待了三天，其间，没有登过微信，只上过微博。她收到了闵璐给她发的不下一百条私信，终于把她所在的地点告诉闵璐。

闵璐很快就赶到了酒店，一开门就火急火燎地说："路嘉，你知不知道，程一恒找你快找疯了？"

"你没有告诉他我在这里吧？"

"当然，我知道，如果我告诉他，咱们这辈子就当不成朋友了。网上说的那些，我都看了，是真的吗？"

路嘉点点头："八九不离十吧，真相只有他们知道。"

闵璐叹了一口气，坐在床上，整个人自然地陷下去一点儿："你说，咱们姐妹怎么就这么倒霉，我遇到周恺那样的大渣男就算了，你这个，算是惊天动地了吧？但我不好评价程一恒，我觉得他很诚恳，不像在骗你。"

"也许他只是为了替华庭赎罪。那个心理医生不是说，一直以来有个人陪在华庭身边吗？他肯定什么都知道。"路嘉说着，就红了眼眶。

闵璐伸出手抱住路嘉："你哭出来可能会好点儿。"

"我不哭。"路嘉吸了吸鼻子，"我没什么好哭的。还好，我知道得早，万一我真的错付真心呢？"

"路嘉，你的真心早已错付。"闵璐说，"就像我一样。"

"你接下来打算怎么办？"

"我想跟俱乐部请假，出去玩玩，顺便避避风头。"

"可以。但我觉得，在你走之前，应该给程一恒一个交代。"

"什么交代？他给过我交代吗？"路嘉愤怒地说，"机票我已经订好了，我明天就走。"

"你去哪里？"

"美国。"

听到美国，闵璐的眼睛亮了一下，转瞬又写满了落寞："如果你见到周恺，可不可以帮我跟他说，我很想他。但如果你没见到他就算了，我已经很久联系不上他了。我想，他不愿意再联系我了。"

"我知道了。"路嘉拍了拍闵璐的肩膀，"我会跟他说的，如果我见到他的话。"

外界的新闻报道了很多天，程一恒的贵公子身份被挖出来，不断有当年在学校里的人爆料程一恒跟华庭的事情。所有牵涉其中的人，包括魏映，生活都被搅得一团糟。

而本应处在风暴中心的路嘉，独自一人悄悄去了美国。

路嘉疯玩了几天后，想起闵璐交代她的事，尝试着去联系周恺，意料之中，没联系上。

她辗转打听到周恺的实验室，登门拜访时，被告知周恺已经不在实验室了。

出于一点儿好奇，路嘉多问了一句："那他现在干什么去了？"

路嘉本以为周恺被挖去哪里高就了，结果实验室的人告诉她："怎么，你不知道吗？周生病了。"

"什么病？"路嘉很惊讶，之前从来没听说过周恺生病的事情。

实验室的人开始回忆："一年前，周就离开实验室了，心脏上的病，二尖瓣破损。他接受过一次手术，然后在休养期间回了一趟中国，重新回到实验室工作时，二尖瓣再次破损，被送去抢救，医生说无法再进行手术，只能保守治疗。"

路嘉听不懂什么瓣不瓣的，只知道她必须马上见到周恺。

从实验室的人那里打听到周恺所在医院的地址，路嘉当天就赶了过去。她的英文水平不算好，找了好久才找到医院的具体位置，花了好些时间跟医院的前台护士沟通，才知道周恺的病房。

医院非常注重病人的隐私，不肯告诉路嘉关于周恺的消息，路嘉只能问心脏内科的病人住哪里，一间一间找过去，在靠电梯间的那头找到了躺在病床上、脸色苍白如纸的周恺。

周恺很高，以前就瘦，现在生了病，就更瘦了，躺在病床上，就像一个纸片人。

路嘉迟疑着走进病房，目光跟周恺对上的一瞬间，眼泪簌簌地往下掉。

周恺看见路嘉，惊讶的程度不亚于路嘉看见周恺的程度。

周恺艰难地扯出一个微笑，说："可以啊，路嘉，国内闹得那么大，没想到你竟然跑美国来了。"

路嘉用手背揩去眼泪，擤了一下鼻子，挤出微笑，努力打趣："你比我更惨，都躺病床上了，意气风发呢？年少得志呢？"

周恺苦笑了一下，猛地咳嗽起来。路嘉赶紧走上前，扶起他，轻轻地拍着他的后背。他好不容易缓和了一点儿，说："也许就是因为我人生的道路走得太顺了，才会摔得这么惨，重新爬起来的机会都没有了。不像你，之前那么惨，现在反而活蹦乱跳的。"

周恺像是经历了沧海桑田。听他说出这番话，路嘉心如刀绞，却不知如何出言安慰他："你……会好起来的吧？"

周恺轻轻地摇了摇头："已经不可能了。做学术的人最相信的就是科学，科学告诉我，我所剩的时间不多了。"

"所以……"路嘉还是没忍住流泪，带着哭腔说，"所以你才会特意回国，找到闵璐，跟她共度一段时间，然后残忍地离开？"

路嘉已经不忍去苛责周恺了，但她挺好奇周恺这么做的动机。

"我……对不起闵璐。但是，只有她才能让我忆起最青春、最灿烂的时光。其实……我一直记得那个傍晚，闵璐洗过头来找我，湿漉漉的头发披在后背上，浸湿了她的衣服，她的肩带隐约可见，洗发水的香味混杂着她身上淡淡的少女味。在夕阳下，她向我表达她的心意，我回答说，我在北京等她。其实，那是我关于夏天最美好的回忆。我本来想告诉她，她可能永远也追不上我的脚步了，可那时候，我鬼使神差地向她许下了诺言。在离生命终点越来越近的时刻，我有关青春的回忆，只剩那个片段了。"

路嘉坐在他的病床前，静静地听他讲起过往。他讲的明明是淡得跟落日前最后一抹余晖一样的青春，她却觉得万分揪心。

周恺的眼神已经没有什么光亮了，路嘉在他身上看不出意气风发、年少得志的曾经，只看得到一副病重的躯壳。

"你爱她吗？"路嘉问。

"爱吗？我不确定。我甚至都不知道什么是爱。但如果要我提起青春，那就只有闵璐一个人了。"

"你知道吗？"周恺提起闵璐大学毕业那年来加州找他的那段回忆，"其实，我真的很想好好陪陪她。她刚大学毕业，怀抱着对这个世界的美好憧憬，我觉得自己有义务有责任将美好展示给她看，让她不至于过早地对人生失望。可是，那几天恰逢我的一个非常重要的实验要出成果，我必须守在那里。没办法，我只好找了一个最信得过的哥们儿Tony带她出去玩，可是她太漂亮了，你知道的，很少有男人跟她接触后不为她动心。她跟Tony出去玩，回来Tony跟我说，她勾引他，我不信，但我出于尊重，还是问了她，她说没有。私下里，我跟Tony打了一架，打到他住院，我蹲了半个月局子。这件事情，她不知道。"

这件事情，路嘉听闵璐提过。闵璐非常委屈，那时候她还在加州，躲在周恺家的卫生间里，把水声开到最大，打着国际长途向路嘉诉说她的委屈，在电话那头号啕大哭，最后哭掉了路嘉好几百的电话费。

说完这些话，周恺突然猛烈地喘起气来。路嘉手忙脚乱地按了病床旁的报警铃，立刻有护士跟医生冲进来，把路嘉挤到一边儿。他们说了个什么单词，大吼着推来了一系列仪器，可是没有任何作用，周恺休克了。

经过抢救，旁边仪器上显示周恺的血压并没有回升。

再后面，路嘉就被请出了病房，后来的场面她没有看到。周恺被推出病房，送进了手术室，她一直在手术室外等候。没过多久，两个黄皮肤的中年人出现，她认出来，那是周恺的父母。

周恺的父母由于挂儿心切，没有注意到旁边的路嘉。

不到一个小时，手术室灯灭，主刀医生走出来，摘下口罩，路嘉虽然听不懂他说的那一串英文，但是"Sorry"这个单词她还是听懂了。

紧接着，路嘉看到周恺的妈妈无力地瘫倒在周恺爸爸的怀里，两个老人痛哭流涕，抱作一团。

白发人送黑发人，人生最大的悲哀之一。

路嘉用磕磕巴巴的英文向医生了解了周恺的死因——冠状动脉瘤破裂导致心包填塞。

路嘉没有跟周恺的父母打招呼，而是朝着手术室的方向鞠了一躬，离开了医院。

她订了第二天的机票回国。

上飞机前，路嘉把一段录音发给了闵璐，在录音后面加了一行字：临终时间是昨天下午五点二十五分。

那是在周恺临终前跟路嘉唯一一次还算交心的谈话，被路嘉有意地录下来了。

闵璐收到录音后的反应是怎样的，路嘉在第一时间肯定无从得知了。她再跟这个世界重新联系上，得在十几个小时后了。

回到国内后，路嘉补办了之前停用的电话卡，登录各大社交平台，挑选着回复了一些消息。

找路嘉次数最多的当然是程一恒。她回了一条：我们抽个时间见面吧，时间地点你定。

回来之后，她依旧住酒店。闵璐第一时间找上门来，眼睛肿得像烂桃子："我晚上就飞美国。"

"我送他最后一程。"闵璐抽噎着说。

路嘉看着闵璐，没有说话。她移开视线，目光落在闵璐的行李箱上："闵璐，你知道吗？我以前很讨厌周恺。我一直觉得，世界上可能没有比周恺更让人讨厌的人了，可是，当我看着他濒临死亡时，他的眼神那么平静，我自己却哭得稀里哗啦的，完全不像我。其实，对于很多事情，我们去计较背后的真实意图或是想法已经没有意义了，因为语言永远可以造假，你爱听什么，我就可以讲什么给你听，可是心是不会造假的。那一刻，我之所以会哭，大概是因为我感受到了周恺的真心吧。"

阅璐好不容易止住眼泪，闻言，又有滚烫的泪水跌落："你……准备跟程一恒怎么办？"

"能怎么办呢？"路嘉用很轻的声音说，"这段时间，我的生活实在太混乱了，需要平静一段时间。等我想开了，再说跟他的事吧。"

阅璐在当天晚上飞去了美国加州，周恺的告别仪式在那里举行。其实，几年前，从加州回来后，阅璐就放弃过周恺一次。

Tony轻薄阅璐的事情发生后，她满心希望周恺会替她出气，给她一个说法，可是周恺没有。周恺就像什么都没发生过一般，只是没让Tony再出现在她后面几天的行程中。

那时，阅璐已经很失望了，她回国之后打算不再联系周恺，好好过她的生活。

但是，她还是没能跟周恺断掉联系，断联了几天，她就忍不住去找周恺说话。后来通信软件越发发达，实时联系的机会越来越多，她就这样和周恺拖着，一直拖到了两年前。

周恺找了女朋友。

其实，这么多年来，不管周恺怎么躲避她，怎么跟她打太极，她都未能彻底死心的原因就是——他身边的位置始终空着。

那是周恺第一次公开承认有女友。

阅璐如同挨了当头一棒，狼狈又凄惨地捂着头，缩回自己的龟壳里。那一次，她真的做到了跟周恺断联。虽然她还是会时不时地去看他的Facebook和Instagram的主页，但仅限于此了。

周恺过了很久才意识到阅璐从他的世界当中消失了，第一次主动发来邮件关心阅璐，问她最近过得怎么样，但没有问她为什么不联系他。

她没有回。

又过了一段时间，阅璐在自己的航班头等舱里碰见了周恺，他依旧帅气，变得更加成熟。

阅璐止不住地心动，却在第一时间想起他身边的那个人。

周恺跟她打招呼，找她说话，她落荒而逃，只能让自己的同事去为他服务，却没想到他一再按铃，非要她服务。

落地后，他约她吃饭，她想拒绝，说自己还有事。他在出口处等着她，见她一出来就想逃，便握住她的手腕，说："乖，你不要再闹脾气了，我和她已经分手了。"就这一句话，让她长久以来苦心修筑的心墙轰然倒塌，溃不成军。

她奋不顾身地冲上去，抱住了他。

在川流不息的机场大厅里，在外人的眼中，他们更像一对久别重逢的情侣。对，闵璐在心里说：我们已经离别了太久，终于重逢。可能在外人看来，对周恺的评价都少不了一个"渣"字，但实际上，只有当事人闵璐清楚，周恺就是那样的人。有的人，天生就学不会爱人。在他力所能及的范围里，他已经给了她最多。

在飞机上想起这段往事，闵璐不禁泪湿衣襟。抵达加州后，闵璐在微信上给路嘉发了一张照片，是周恺的遗照。遗照上的周恺帅气依旧，讨厌依旧，路嘉评价道。

路嘉跟程一恒约在一家网红咖啡馆见面。说起来，这家网红咖啡馆跟程一恒就像有孽缘似的，三番五次在这里发生重大事件。

路嘉把头发剪得更短了一点儿，比起以前更瘦了一点儿，看起来更加干净利落，更有狠劲儿。但程一恒知道，除了比赛，路嘉从来就跟狠字沾不上边。

"你来了。"

不到十天的时间，程一恒就消瘦了一圈儿，胡子都冒出来了。

"嗯。"路嘉拉开椅子坐下。

"其实，事到如今，事情你应该了解得差不多了。但是，有些细节我还是想跟你交代一下。至于你最后怎么选择，要不要分手，取决于你。"

"好。"

接下来，程一恒说了一个不算漫长的爱情故事。

他跟华庭相识相知于社团，经过接触，他发现华庭跟赛场上的她判若两人，对她很感兴趣。

华庭对他很友好，应该是说，她对整个社团的人很友好，经常邀请他们去看她的比赛。其实，社团里有一部分人对赛车比赛并不感兴趣，但是因为她的名人效应，不得不硬着头皮去看，时间一长，就积累了怨气和情绪。

在一次社团活动当中，华庭又准备邀请大家去看她的比赛，就有人当面提出了这个问题，还跟她吵了起来。程一恒本以为她会用她强大的气场把对方压下去，没想到她被对方骂哭了。

这让社团里的所有人震惊了。作为下一任社长备选者，程一恒自然要出来缓和气氛，社长把哄华庭开心这个重任交给程一恒。程一恒心怀忐忑，想破脑袋，只能带着华庭去看电影，逛商场，吃东西。

这一套对普通女生来说应该受用，但程一恒担心对华庭不管用，毕竟华庭是知名赛车手，见过不少大场面，跟普通的大学女生肯定不一样。

让程一恒没想到的是，他忐忑地跟华庭提出他的安排，华庭欣然应允，并且表现出了极大的期待。

"我还记得我们看的是《致我们终将逝去的青春》，那场戏是杨子姗饰演的郑微跟赵又廷饰演的陈孝正表白，然后陈孝正又惊又怕地吼郑微：'你神经病啊！'华庭笑得前仰后合。"

看完电影，程一恒带华庭去逛商场。她想吃一个冰激凌，程一恒帮她买了，她开心得像一个孩子。

那次之后，程一恒跟华庭的联系渐渐多了起来。在学校里，他立志做一个低调、普通的大学生，所以没有人知道他的家庭背景。

他跟华庭在一起的时候，不过是一个普通的大三学生。

他一直没有把自己的家庭情况告诉华庭，直到他即将毕业，要去医院实习。家里给他安排相亲，他不得不将华庭的事情告诉家里。

程父对华庭的职业并不满意，抛头露面，被人评头论足，极限运动有很大的危险性。程父提出要见见华庭，但那段时间华庭的状态并不好。华庭跟程一恒在一起没多久，就告诉了他关于她有抑郁症的事情。

华庭与抑郁症对抗得很辛苦，好在程一恒一直陪在她身边，一来，程一恒身为医生，对抑郁症病人本来就有怜悯之心；二来，那时候他的确深爱着华庭。

华庭推迟了与程父见面的时间，调整好了状态去见程父，但她在面对程父的种种逼问时，还是在程父面前露了馅。

那次会面不欢而散之后，程父逼着程一恒跟华庭分手。

程一恒不同意，华庭也不同意。

两方拉扯了很久，华庭为了跟程一恒在一起，争取程父的同意，特意在程父饭局结束后去等他，当街与程父拉扯起来，就发生了后来的新闻。

"在父母的高压下，我们分手了。但父母的高压只是一方面原因，另一方面，是我受够了华庭的反复无常。我愿意继续陪在她身边，陪她治病，但不是以爱人的身份。"

路嘉平静地听完了程一恒跟华庭的故事，跟许多最终分开的爱情故事如出一辙，没有什么令人觉得动人的地方。

"既然她都跟你分手了，那你为什么要来接近我？"路嘉最关心的是这个。

程一恒抿了一口咖啡，手轻轻托着杯底，放下杯子："因为华庭跟你私下进行那场预演之前，给我打过电话，当时我有些不耐烦，就挂掉了。所以，在某种程度上，是我促使华庭坚定冲下护栏，同时我也害了你。我觉得自己有必要为这件事情负责。"

"那你直接说就好了，赔钱、赔礼道歉，或是用其他方式，为什么要选择跟我在一起？"

程一恒深深地吸了一口气："那是因为……"他整个人身子往前倾，表现出很强的表达欲望，但瞬间这种表达欲回落，他坐回椅子上，"如果我说，是因为我喜欢上了你，你信吗？"

路嘉没有回答。

她凝望着程一恒，过了好一会儿，她喝完最后一口咖啡，起身说："抱歉，我还是接受不了这样的方式。"

程一恒跟着起身，追到咖啡馆门口，不远处就是他曾经给她买下一个系列口红的专柜，那个专柜小姐似乎认出了他们，微微点头，朝他们致意。

路嘉看着专柜小姐，商场华丽的灯光有点儿刺眼，照得她有点儿想流泪。

"路嘉，我真的爱你。"程一恒说。

"我的确跟华庭在一起过，我跟她彼此深爱过，可是后来我们分开了，我现在爱的是你。"

"不。"路嘉的眼眶慢慢蓄起眼泪，"你错了，可能连你自己都没有发觉，你对我所有的感情，是基于要为华庭赎罪的。"

"你最爱的，还是华庭。"

路嘉说完，离开了咖啡馆。

程一恒没有追上来。

其实，在转身的这一刻，路嘉就哭了。她捂住嘴巴，加快脚步，但内心还是有一丁点儿希望，希望程一恒能追上来。

如果他追上来的话，她就什么都不计较了，不顾一切地跟他在一起。

可是他没有。

路嘉像是回到了十四岁那年，父母刚出车祸的那个下午。那时，她坐在教室里上课，老师突然把她叫出去。

在走廊上，夕阳的金色光芒穿过了整栋教学楼，铺满整个操场，那本应该是一个无比祥和的夏日午后，空气里飘着树叶的淡淡香气，但从老师口中说出的话像给路嘉的余生判了刑。

"路嘉，你的父母出了车祸，现在在医院抢救，老师带你过去。"

说是抢救，其实路嘉的妈妈当场就去世了，重伤的路爸爸被送进手术室抢救，等路嘉赶到时，她爸爸的脸上被盖上了白布。

人在极度悲伤的情况下是不会哭的，因为大脑已经被吓蒙了，不晓得下达哭的指令。

直到各路亲戚准备路嘉父母的后事，老师端来一份盒饭，路嘉将第一口饭吃到嘴里，突然泪如泉涌。

然后，路嘉再也忍不住了，一个劲儿地吐。

明明胃里什么都没有，她却还是不停地干呕。

看着医院外的那轮圆月，路嘉开始明白，从今以后，只有她单独生活了。

闵璐的父母跟路嘉的父母是好朋友，路嘉在经历了亲戚踢皮球后，闵璐父母提出收养路嘉。

路嘉迅速地住进了闵璐家，闵璐待她情同姐妹，闵父闵母待她视如己出，她在闵家很少感觉到生分。只有在深夜做了噩梦醒来时，她才会意识到，自己真的是孑然一身了。

　　赛车俱乐部来找她时，闵家父母的意见是拒绝，因为女孩子学赛车实在是太辛苦了，但她坚持要去，原因很简单，她不能一辈子当闵家的米虫。虽然她相信闵家养她一辈子完全没问题，也愿意养她一辈子，但是她还是想靠自己的努力，在这偌大的天地间站起来。

　　她好不容易站起来了，却又被打趴了。

　　有人扶起她，却又这么扔下了她。

　　路嘉觉得，此时此刻的她跟十四岁那个深夜的她一样孤独。

　　她实实在在地失去了什么，或许因为她从来就没有拥有过。

　　路嘉在久未登录的微博上发表了一则声明，表明那场车祸已经过去，希望大家不要再过多关注，给当事人留足够的空间，毕竟无论哪方都受到了巨大的伤害。

　　这则声明发表之后，她再也没联系过程一恒。

　　但是网友们并没有放弃八卦，相关事情继续在网上发酵，有真真假假的爆料陆陆续续地出来，但都算不得什么大料，直到有一天，有人在网上发帖，说："你们知道吗，当初爆料H跟C的，竟然是那个美女CEO知花！她的公司投资就是C给她拉的，真是一场大戏。"

　　网友扒出来，知花是最早在网上爆料程一恒跟华庭事情的人，但她很快就发律师函否认了，不过还是被网友扒出了小号。

　　知花不愧配得上路嘉对她"演技不行"的评价，蠢到在小号上详细地叙述了她跟程一恒、路嘉的相遇以及后续发生的所有事情。

　　知花的小号被发现后，她迅速删博，但还是被网友截了图。

　　不过，知花死都不认，这件事情也就只能随着热度揭过，毕竟每天网上都有层出不穷的新闻需要讨论，剑拔弩张，群情激愤。不知道网友到底是在网络上消遣，还是被网络消遣了。

　　程一恒知道这件事情后，并没有在第一时间撤掉投资，当初知花威胁他，要曝光这些事情时，就是以投资她的公司为条件作为交换的。他本身是拿不出那么多钱的，只好去求助自己的父亲，在父亲那里，他受尽了奚落，但程父提出了更为苛刻的要求才同意投资——程父要他放弃做医生，回家接手公司。其实，当时他已经知道自己的手出了问题，以为自己不能当医生了，就勉强先答应了程父。

不过，后来他食言了，惹得程父震怒，他被冻结了所有名下资产，相当被动。他搬出自己的高级公寓，去跟别人合租，拿着实习医生的几千块工资，车不敢开了，只能搭地铁上下班。

他找知花开诚布公地谈了一次。既然知花没有信守承诺，他就在后来陆陆续续地撤了资。

知花的公司被网友拉黑，被不断吐槽，口碑和信誉一落千丈，濒临破产。她再次找到程一恒，希望他能施以援手，他拒绝了。他没有把撤资回来的钱还给程父，而是重新找了几个项目，分散投资，日子才渐渐过得滋润起来。

一年后。

新的一届亚洲女子摩托车赛车锦标赛在日本东京举行，知名赛车手路嘉作为最为瞩目的参赛选手出现在这场比赛当中。在过去的一年中，经历了车祸和断腿的她，在赛道上再现辉煌，一口气拿下了不少公路站的冠军。这场比赛对她而言相当重要，意味着她是否能重回巅峰。

看台上人潮涌动，不少观众在脸上涂上了支持路嘉的LOGO，一个穿着粉红色连帽衫的大高个站在观众中，格外抢眼。

大高个旁边是一名身材姣好的女士，双手比画着，在说着什么。这名女士旁边站着的，就是当今最有名的男赛车手魏映，他一直笑意盈盈地看着旁边正在说话的女士。

比赛开始，观众席沸腾起来，欢呼声、呐喊声不绝于耳。

路嘉的名字被叫得最多，最大声。

转弯的时候，路嘉推了右侧的车把，车身立刻倾斜，她的膝盖撑地，让所有看比赛的人都为她捏了一把汗。

"这个推胎转向很漂亮啊。"魏映感叹道。

在前面的几圈赛道上，路嘉一直保持着第一，为了追求更快的速度，她把车身越压越低，几乎与地面齐平了，但竟然神奇般地保持着平衡，以高速过了一个又一个弯道，把对手甩在身后。

路嘉赢了。

意料之中，情理之中，她本来就有这个实力，如今的她就像涅槃的凤凰一般，获得了新生，并且有了更强大的力量。

无数的镜头对着路嘉，"咔嚓"声不绝于耳，不同于以往的是，路嘉已经学会笑对镜头跟媒体了。

颁奖时，路嘉不再像以前一样僵硬地捧着奖杯，而是配合着观众，单手振臂，高举奖杯，欢呼道："我赢了！"

观众席持续爆发出尖叫声跟鼓掌声。

这场比赛，门票钱值了！

颁奖结束后，是媒体采访环节。面对媒体刁钻地提问或是故意刁难，路嘉已经得心应手，不回答就一直微笑，采访的记者拿她没办法，而她甜甜地笑着，说："下一个。"

路嘉留起了长发，这样的她看上去比以前温柔，如今的她配得上风情万种这个词语了。

结束采访，路嘉瞥到人群中一道粉色的身影，再定睛去看，那道身影又不在了。

她微微一笑，摇了摇头，心想：她是太想他了吗？

"路嘉，你可以啊！"魏映跟对付兄弟似的，给了路嘉一拳。闵璐在旁边瞪了他一眼，他赶紧收手了。

"你们什么时候结婚？"路嘉问。

"下个月吧。"闵璐在加州待了半年，由于情绪不太稳定，辞掉了空姐的工作，在加州一家汉语学校里当助教。魏映辗转反侧，打听到她的消息，比赛都顾不上了，飞去加州找她。在那半年时间里，魏映拒绝了一切国内国外的比赛，切断与外界的联系，专心地陪她在加州过小日子。

魏映求婚的时候，闵璐正好带学生们去农场参观。正值春天，农场上的花花草草都冒出了头，五颜六色，格外美丽，风一吹，魏映望着远处的牧羊少女，仿佛置身于十八世纪的油画当中。

魏映伙同闵璐的学生们，等夜晚降临，漫天布满星子时，大家围着篝火讲自己的爱情故事。轮到魏映时，所有的学生突然后退，围成一个心形，在魏映跟闵璐周围摆满蜡烛和玫瑰花瓣。

"至于我的爱情故事，我套用一句微博上的话，就是'一见倾心，我本来是想杀你的，后来却为你死了。'"魏映单膝下跪，递上闪闪发亮的钻戒，"闵璐，可以给我一个照顾你的机会吗？"

闵璐愣了一下，捂住嘴，突然泪奔。

不知学生们从哪里拿来的音响开始放起Bruno Mars的《Marry You》，停靠在一旁的汽车的后备箱被打开，一堆粉红色的气球飞了出来。看着满天星光、鲜花、钻戒和气球，听着音乐，闵璐哭成了泪人，好半天后才哽咽着伸出手，把手递给魏映，说："好。"

"啧啧啧。"只有在魏映跟闵璐面前，路嘉才会露出本性，"婚都没结，就出来度蜜月了，有钱有时间真好。"

"谁叫你这么拼，别人在你这个年纪都计划着退役了。"

"我得挣钱嘛。"路嘉去候场区的休息室换了衣服出来，一边整理头发，一边继续说话时，突然愣住了。

程一恒站在她的面前。

先前她没看错，的确是穿着粉红色连帽衫的他出现了。

路嘉有些猝不及防，略带慌张地问："你怎么来了？"

要知道，这可是在日本。

"我来看你比赛。"程一恒笑着说。

闵璐跟魏映对视了一眼，眼里的笑意藏都藏不住。路嘉瞬间明白了，指着他俩说："是不是你们……"

"我们要继续去其他地方度婚前蜜月啦！"说完，闵璐就拖着魏映走了，留下程一恒跟路嘉两人在休息室。

程一恒看着路嘉，两个人就这么站在休息室的中间，窗外有赛后收拾场地的工作人员走来走去的脚步声和说话声。程一恒把手抬起来，不太确定地说了一声"嗨"。

"嗨。"路嘉回。

"我想先去洗个澡,太热了。"气氛有些尴尬,路嘉说。

"好,那我就在这里等你。"

休息室尽头就是淋浴室,花洒一开,程一恒坐在外面就能听见水流声。路嘉冲凉冲得并不畅快,沐浴露打在身上,路过胸口的位置,她摸到心脏跳得格外快。

她是在紧张吗?

不,刚才她赛车时心都没跳这么快。

路嘉洗完澡,顶着湿漉漉的头发走出来。她换了一身衣服,就是简单的T恤加短裤,露出一双大长腿,穿了一双人字拖。她擦着头发走到程一恒的身边,在自动贩卖机上买了两罐冰冻的咖啡,递了一罐给程一恒。

路嘉拉开拉环,罐子发出响声,她"咕噜咕噜"喝下去的咖啡,在这个夏日里显得无比美味。

"闵璐跟魏映,兜兜转转,还是在一起了啊。"程一恒感叹道。

"对啊。"路嘉又喝了一口咖啡,坐在休息区的椅子上,抬起腿晃荡,"他们兜兜转转,还是在一起了。"

"那你呢?过去的这一年,你过得怎么样?"程一恒冷不丁地问。

"我挺好的啊,你应该可以在新闻上看到我的消息吧。倒是你,我跟你分开后,再想知道你的消息就不太容易了。"

"毕竟我只是一个小人物嘛。"程一恒自嘲道。

跟路嘉分开后,他通过了转岗的考试,转去了全科。后来,他发现其实在全科待着挺好的。做医生是个漫长的过程,需要不断地累积经验。他的手慢慢好起来了,他尝试着参与一些手术。

"你这次来日本,难道是专程来看我比赛的?"路嘉问。

"正好医院里有一个参加学术论坛的名额,魏映告诉我,你会在这边参加比赛,我就申请过来了。"

路嘉点点头,继续晃荡着腿。

当初他们的分别虽然不算太难看,但是也不怎么好看。他们再次见面,谈起过往,总归有点儿尴尬。

"其实……"程一恒打破沉默,"我是专程来看你比赛的。"

"华庭的忌日就快到了。"程一恒又说，"之前我忘了告诉你，其实她出事的时候，我已经跟她分手一年了。虽然我现在说这个，看上去很像在找借口，但后来我跟华庭更像是互相扶持的亲友。"

"可是，从别人描述的故事里来看，她很爱你。"

"别人的描述始终缘于别人眼里看到的，但是，我才是离华庭最近的人。我知道，她被父母禁锢太久，需要一个人陪她释放。到后来，她认清楚了我们之间不再有爱情。"

"你跟我说这个，是想表达什么？"

"我想，如果你回国了，我们一起去看看她吧。"程一恒说。

路嘉想了想，然后点点头："好。"

她起身："我还要跟俱乐部的人去开庆功宴，就先走了。"

程一恒目送她："好。"

东京之旅就这样结束了，程一恒在日本待了五天，路嘉比程一恒先回国。回国之后，华庭的忌日转眼即到，程一恒正在考虑怎样联系路嘉时，路嘉主动出现在X医院。

程一恒刚好结束门诊，想去针灸推拿科找蒋叔时，在大厅碰到正在跟蒋叔聊天的路嘉。

他没有立刻走过去，站在离他们不远的地方，听了一会儿墙角。

路嘉在跟老中医寒暄："蒋叔，还记得你以前教我的按摩方法吗？现在我一感觉脖颈不舒服，就按照您说的方法按一按，立马就舒缓了。"

"那当然，现在你们这些年轻人啊，身体比我们当年差多了，可要好好爱护自己啊。小路啊，你很久没来医院了，我还以为你跟小程两人闹矛盾了，又看见你，我可真开心啊。"蒋叔拉着路嘉的手说，"走，叔叔开心，叫上小程，今儿中午叔叔请你们吃饭。"

"程一恒……"路嘉欲言又止，"这么久了，他没跟你说点儿什么吗？"

"关于你们的事情吗？他没有提过。"老中医摇摇头，"只是，我看得出来，他这段时间是挺难熬的，年纪轻轻就经历了这么大的身体变故，差点就当不成医生了，好不容易熬过来了。熬过来就好了啊。当初，我还以为你是因为他的手坏了就不跟他好了呢。"

路嘉笑了，但同时觉得心酸。

或许她真的不应该在程一恒最需要她的时候选择离开，毕竟在她最难熬的时候，程一恒一直对她不离不弃，虽然这不离不弃里面包含了欺瞒的成分。

路嘉可以想象，她走了之后，程一恒独自面对那些孤独的黄昏时，内心多么煎熬，因为她也是这么过来的。

明明应该是两个互相救赎的人，却因为错综复杂的关系最终走向了分岔路，他们还能回得去吗？

"蒋叔请吃饭啊！路嘉你有口福了。"程一恒走上前，打断两人的对话。

老中医见程一恒来了，很高兴，拉着他跟路嘉的手，一个劲儿地嘱托。

快到饭点了，老中医拉着他们又去了那家川菜馆。席间，见老中医抿了一口白酒，路嘉迟疑道："不是说中午不能饮酒吗？"

程一恒偷偷告诉路嘉："蒋叔马上要退休了，之前因为眼睛不好，给一个病人按摩时出了点儿差错，病人来医院闹得很厉害。医院领导扛不住压力，就给了蒋叔一个处分。"

蒋叔都是要退休的人了，却挨了一个处分，该多么难受啊。

虽然老中医仍旧坚持每天来上班，但是没有病人再找他了。家里人都劝他，让他干脆别来上班，安心地耍着，直接领工资不好吗，可他还是舍不得这个他待了大半辈子的医院。

路嘉有些唏嘘。在一个人的职业生涯当中，没有人能保证一辈子不出错，这些错误可大可小，有的能鞭策人前进，有的能毁掉人的一生，但有些错误，却缘于固执。就像程一恒，他早就发现了手的问题，却还是坚持上手术台。老中医也是，眼睛已经不行了，还是坚持工作，导致最终出错。

其实他们的出发点都是好的，但在不经意间伤害了别人，也给自己带来了沉重的伤害。

如果人能够轻易地放下就好了。

人其实就是需要不断地拿起、放下，才能够正视人生。

吃完这顿饭，老中医的眼里突然蓄起泪光。在分别时，他颤颤巍巍地握着路嘉跟程一恒的手，略带悲怆地说："明天我就不来了。"他摇摇头，"我一共退休过三次。六十岁的时候，我到龄退休，院领导找我谈话，说我还年轻，医疗战线需要我，让我留下来，给我和以前一样的待遇。我想了想，六十岁的确还算年轻，李嘉诚七十多岁了都还在工作呢。就这样，我干到了六十二岁，身体有些吃不消了，再次提出退休申请。院领导又找我谈话，举了一个九十多岁了还奋斗在一线的妇科医生的例子，我就又留下来了。等干到六十四岁时，我老伴再也受不了了，发脾气，让我干脆死在医院里。我又跟领导提出申请，领导说再等等，这一等就等到了现在。我明年就六十五岁了，早就该离开了。知道我为什么喜欢你们吗？其他人都叫我爷爷，只有你们叫我叔叔。"

第二天，老中医果然没再来上班。

路嘉跟程一恒约好周末去给华庭扫墓。

去之前，路嘉买了一束小雏菊，在X医院门口等程一恒。他开着车出来，看到路嘉手里的一束小雏菊，沉吟了一下，然后道："谢谢你。"

去墓地的路上，路嘉摘下墨镜，看着车窗外不断倒退的风景，然后进了郊区，高速公路四周都是农田。

其实，路嘉对华庭的感情很复杂，她们明明不是很熟，但命运让她们牵扯在了一起。从此，只要路嘉的名字被人提起，就让人难以避免地联想到华庭。

而华庭落得一身轻松，她去往的那个世界应该让她觉得很轻松、很惬意吧？

路嘉看向旁边的程一恒："你为什么要找我一起来给华庭扫墓？你应该知道，我对她没什么好感。我的今时今日，全部拜她所赐。"

程一恒摇下车窗，窗外的凉风吹进来，带起路嘉的头发，路嘉把长发别在耳后，程一恒扭过头看了她一眼，说："你去了就知道了。"

进了公墓，气氛变得肃穆起来，来祭拜的人都不约而同地放轻了脚步，每个人的脸上都挂着严肃而悲痛的表情，来这儿的人，总归不会多开心。

顺利地找到华庭的墓碑后，路嘉首先放下了小雏菊，从包里拿出一瓶从日本带回来的清酒，洒在华庭的墓前，说："希望你跟小雏菊的花语一样，永远纯洁、天真烂漫，但同时，我也要敬你这一杯酒，希望往事随风散去。至于你对我做的事情，我不怪你，毕竟是因为你，程一恒才来到我身边的。"

程一恒很惊讶路嘉会这样讲。他穿着黑色的西装，肩宽腰窄，就像一尊黑色的雕像一样立在路嘉的身旁。

路嘉回头看程一恒，他的双手空空如也。

"你不是来扫墓的吗，空手来？别人上门拜访都知道提一点儿保健品。"路嘉调笑他。

"华庭不会在意这些的，你给她带来东西就可以了。今天我带你来这里，还有别的事情要做。"

"什么事情……"路嘉还没问完，程一恒已经单膝跪地，从裤兜里摸出一个丝绒的钻戒盒子。

他轻轻打开盒子，里面有一枚小巧精致的钻戒，在路嘉面前闪着微光。

"路嘉，嫁给我。"

路嘉很惊讶，因为她不知道程一恒的求婚为什么会来得这么突然，毕竟他们已经分开了一年，感情淡了很多，如果要重新开始，肯定是要先复合，再交往一段时间，才能谈婚论嫁。

况且，这还是在华庭的墓前。

"我知道这很唐突，一时间你肯定无法接受。但我只是想让你知道，在这一年当中，我无数次确定过自己的心意。我问过自己，最开始接触你的原因。一开始，我的确是因为怀抱着对华庭的愧疚，想要替她对你做点儿什么。可是，后来我对你的感情渐渐起了变化……"

路嘉觉得鼻子一阵发酸："可是，为什么要在华庭的墓前？"

"我不想欺骗你，也不想欺骗她。我在她面前一直是光明磊落的，我希望在你面前也是光明磊落的。我想过忘记你，去接触其他的人，但回过头，我发现最爱的还是你。所以我决定去日本找你，既然我下定决心再也不要放开你，那么我就想让你毫无芥蒂地跟我走下去。在华庭的墓前向你求婚，就是这个意思。我向她表明，我已经向前走了，也向你表明，我在走向你。至于你要不要走向我，决定权在你手里。"

　　凉风从公墓的山顶刮下来，吹乱路嘉的头发，摆在华庭墓前的那束小雏菊在风中微微摇动。
　　路嘉走向程一恒，扶起了他。
　　"程医生，别来无恙。"

　　在豆瓣"八卦来了"小组，《我的医生好像喜欢我》的帖子被偷偷更新了。主帖添加了一张图片，是一束在风中摇曳的小雏菊，背景好像是墓地。
　　自那以后，观众如果仔细地看路嘉的比赛，就能扫到观众席里有一个高个子，穿着粉红色的连帽衫，格外抢眼。
　　路嘉的每场比赛他都来看，但不为比赛的惊险刺激而激动，而是一看见路嘉，就忍不住勾起嘴角。

（完）